俞你同行

我从陇上走过

俞敏洪 著

江苏凤凰文艺出版社
JIANGSU PHOENIX LITERATURE AND ART PUBLISHING

果麦文化 出品

目录

001　序一：初行甘肃
008　序二：再入甘肃

2020 年 7 月 16 日 星期四
在人群中，总有一些人，以默默无闻的姿态守卫着某种永恒，用自己的热爱，来抵抗岁月的漫长。

017　麦积山
032　天水伏羲庙
039　南郭寺
045　李广墓

2020 年 7 月 17 日 星期五
一个城市是需要培养的，需要有千年的历史熏陶，需要有百姓世世代代的坚守，才会产生那种迷人的气息。

052　祁山堡
058　秦公大墓
064　舟曲—舟曲新东方希望小学

2020 年 7 月 18 日 星期六
草原的夜空万里无云，繁星闪烁。把车停在路边上熄灯后，我们看到银河横贯天空，似乎触手可及。

074　巴藏小学—拉嘎山—藏乡新农村各皂坝
079　腊子口
084　扎尕那
090　夜闯阿万仓

2020 年 7 月 19 日 星期日

那优雅的大半圆弧线，呈现了自然的选择，也象征着人生的发展：即使遇到再大的障碍，我们也要优雅前行。拐弯，是为了更好地走向远方。

096　玛曲—阿万仓湿地草原

104　宁玛寺

108　黄河第一弯

111　香浪节

115　河曲马场

119　尕海

2020 年 7 月 20 日 星期一

街道的悠长，僧人的飘逸，构成了一幅完美的图画，在午后的阳光下，诉说着某种无言的永恒。

130　拉卜楞寺

139　进入兰州

2020 年 7 月 21 日 星期二

凡是生活中涉及的各种器皿，在彩陶中几乎都有体现。古人解决生活问题的智慧，比起我们现代人并没有明显的差距。

144　甘肃省博物馆

148　武威—乌鞘岭—八步沙

153　白塔寺

2020 年 7 月 22 日 星期三

历史总是在沉浮，百姓为了生计奔忙。这个过程中，总有一些人能够突破时代局限，为人类创造伟大的遗产。

158　鸠摩罗什寺

163　武威文庙

167　雷台汉墓

172　沙漠雕塑和摘星小镇
176　瑞安堡
178　民勤卖瓜
179　和王登渤对谈凉州文化

2020 年 7 月 23 日 星期四

人生路上，真不需要太多的奢侈，只要前路有期待，一碗牛肉拉面，就足以让人精神抖擞地上路了。

182　回徕拉面
183　山丹军马场
190　培黎学校
192　大佛寺
196　七彩丹霞

2020 年 7 月 24 日 星期五

这些塑像，寂静无声地在这里聚集了千年，我见到的一瞬间，它们却好像刚从昨天走来，如此灵动。

202　马蹄寺石窟
208　金塔寺
214　走向嘉峪关市

2020 年 7 月 25 日 星期六

我这一路走来，一路想见祁连山的真容，却总是云里雾里不能相见，那魂牵梦绕的相见，真的就这么难吗？

218　嘉峪关
225　锁阳古城
230　沙漠清泉
234　榆林窟
240　鸣沙山月牙泉

2020 年 7 月 26 日 星期日
当他们把生活和生命有意无意地注入塑像和壁画的每一个细节中时,他们实际上注入了一种生命和灵魂的永恒不朽。

248　　莫高窟

2021 年 7 月 22 日 星期四
中华文明几千年的发展,就被凝聚成了这样一座小山,和时光一起变老,也为苍生提供生存的坐标。

258　　直罗战役

263　　南梁革命纪念馆

267　　周祖陵

2021 年 7 月 23 日 星期五
那一条佛教传播到中国的道路,就是依靠那些无名的匠人,一凿子一凿子开凿出来的。千年之后,那叮叮当当的声音,依然余音在耳。

274　　南佐遗址

278　　北石窟寺

282　　大云寺

286　　王母宫石窟和王母宫

290　　崆峒山

2021 年 7 月 24 日 星期六
水声潺潺,清流飞瀑,青苔绿茸,古木森森,一派世外桃源的景象,有那种"泉声咽危石,日色冷青松"的幽静。

302　　六盘山

306　　六盘山红军长征景区

309　　会师楼

序一：初行甘肃

2020年在家的几个月，我对未来人生何去何从做了一点思考。思考的结果，是我决定把行走定为未来人生的一个主题。当然行走并不是乱走，而是认真地走，同时用文字、图片和视频的方式把行走过程记录下来。通过这种方式，起到传播风情、历史、文化和思想的作用。在让自己更加了解世界和文化的同时，也让我的读者和粉丝更多地了解世界和文化，激发更多人行走世界、丈量人生的渴望和行动。我一直觉得，人与人之间更多的了解和理解，以及在此基础上的宽容和谅解，是人类合作共赢的前提和基础。当然，行走，更多的是为了达到自足的人生状态，让自己的生命不要留下太多的遗憾和不足。如果能够和大家分享感悟，也未尝不是一件美好的事情。好的东西，总会因为和人分享而弥足珍贵。

我给自己定了一个初步目标，用五年左右的时间把中国所有重要的区域都走完，再用五年左右的时间把世界重要的文化区域走完。当然，这两件事情可以交替进行。这样整体用上十年时间，就能完成我行走中国和世界的愿望，也能把自己一路行走的感悟和体会分享给大家。在人类历史的长河中，总有一些人怀揣高山大河，眼望苍穹宇宙，翻阅历史长卷，书写繁华星河，比如司马迁、徐霞客、班超、玄奘等，和这些人相比，我们大部分人不能望其项背，但"苔花如米小，也学牡丹开"，我们可以向这些人学习，同时开好自己小小的花朵，向生我养我的世界致意。

目前，行走世界这件事情只能暂时搁置。但任何困难都会有被克服的一天，当那一天来到，世界的大门一定会重新打开。我们现在能够做的，就是耐心等待。"改变那不能接受的，接受那不能改变的！"这也是人生很好的指导原则，接受命运的安排，不屈从于命运的霸道。如今，人们初步回到可以自由工作和行走的状态，全国的旅游业正逐步开放，秩序在恢复正常。

于是，我认真思考后，决定先找中国的一些地区走一下。经过比较，我决定先走甘肃的一部分。之所以选择甘肃，是因为甘肃南部是秦文化的发源地，甘南地区是藏文化的主要区域之一，而河西走廊是早期佛教文化最繁盛的地区。丝绸之路自东南到西北横贯整个甘肃，这是中国文化历史上的大通道，是当时世界贸易最忙碌的路线。没有河西走廊，就没有佛学融入中国文化的进程，也就没有中国文化今天的整体模样。如果没有丝绸之路，中国和西方诸国的贸易就不可能进行，中国的民族融合进程就会缓慢很多，大唐时期的繁荣盛世就有可能不会发生，中国的今天也许就是另外一个模样。汉武帝打通河西走廊的战略眼光，和唐太宗设立西域都护府的雄才大略，都为中国今天的版图奠定了坚实的基础，同时也让中国文化经过和其他文化的交流融合，变得如此大气恢宏，包罗万象。几千年来，草原文明和农耕文明的碰撞和融合，东方帝国和西方王朝之间的贸易和战争，塑造了今天中国的模样。

由于工作繁忙，世俗事务缠身，我花费了好大力气，才腾出了7月16日到26日共十一天的时间。我知道用十一天的时间行走甘肃是远远不够的，无非就是走马观花而已。但这已经是当前我能够拿出来的最多的时间了。打开甘肃地图，我认真思考了如何走才能效果最大化，达到基本覆盖主要文化地点和自然景观的双重目标。汽车是必备的工具，我不打算自驾，因为自己驾驶会在路上耗费太多时间。我可以用在车里的时间来整理自己的思路，并且做必要的资料查询和记录工作。但有车随时供我调配是必须的，这样我就可以随心所欲去到任何我想去的地方。另外，为了确保文字、图片和

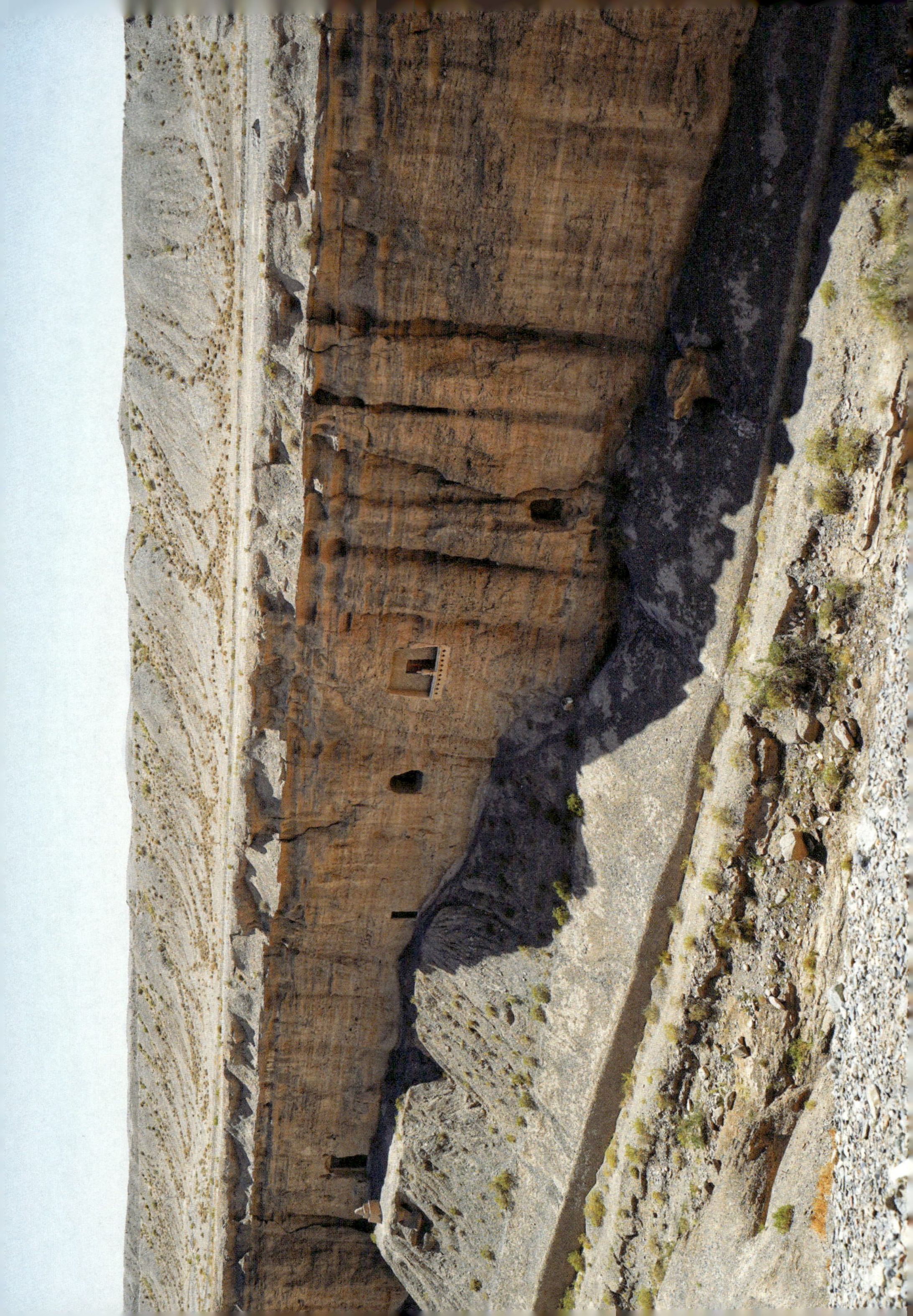

视频齐全，我一个人行走可能无法记录完整，所以需要有摄影摄像人员，跟着我进行图片和视频的记录。文字的记录和写作则不需要他人，我一个人就可以完成。

　　同时，我和甘肃相关领导和部门取得了联系。甘肃文旅局听说了这件事情后，表示愿意全力对我的行程进行配合和协调，他们认为这是对甘肃一次很好的宣传。这一安排后续既给我带来了很多方便，也给我带来了不少时间上的损耗。方便的是，很多没法去的景点和看不到的文物，因为有相关部门协调都看到了，也包括景点开门前和关门后，我们依然得以进入参观。时间上的损耗，就是各地的相关领导知道我到达后，都非常热情地接待，甚至全程陪同我考察，还时不时给我增加考察之外的活动和任务，让我在时间上不断"失控"。有些我想去的地点没有去成，比如武威的天梯山石窟和隋炀帝走过的扁都口，还有一直想去的玉门关。但不管怎样，因为相关部门的积极安排，我算是一路畅通走完了这趟甘肃行程。同时，我这一路走来，也可以给那些希望到甘肃去旅行或者自驾的人探探路，也许沿着我走过的路走一趟，看看我写的东西，可以帮你节约不少时间，避免不必要的麻烦。

　　为了旅行有更多的收获，我预先收集和阅读了一些必要的资料。我再次看了《河西走廊》纪录片，看了《嘉峪关》电视片专辑，也看了《航拍中国》第二季甘肃篇。同时，在网上也订购了一些书籍和地图。这些书包括：刘基主编的《华夏文明在甘肃》（上下卷），《河西走廊》文字版，龚斌的《鸠摩罗什传》，徐兆寿的《鸠摩罗什》，上海人民美术出版社的《丝路传奇》一套，张小泱的《神奇的北魏》，英国奥雷尔·斯坦因的《勘踏河西走廊古遗址》。我同时在电子阅读器上下载了《甘肃深度摄影之旅》《美丽甘肃》《左宗棠在甘肃》《甘肃文史精粹》等书。先把这些书翻阅一下，在行走的时候，就不会两眼一抹黑，光知道看热闹了。关于旅行，我一直坚持在出发前查阅尽可能多的资料，这样做，是最有收获的一种准备，会让你的旅行变得广阔而深邃。旅行除了愉悦身心，更重要的是让生命浸染在历史的长河里，使你的生命因为旅行而丰富。那些到了一个地方拍完照就走的旅行，在我看来是时间的浪费，也是对自己成长机会的一种漠视。

　　随着行走时间越来越近，我的心情也莫名兴奋起来。中间出了一些工作上的事情，差点就把行程给搅黄了。但我想，如果自己最想做的事情总是可以被别的事情搅黄，那一生想做并且能够做到的事情就寥寥无几了。人总应该有排除干扰、勇往直前的能力，否则一生都有可能走不出自己狭窄的视野。视野的广阔，是通过走向远方的脚步来丈量的。所以，最终我还是下定决心，一定要让这次行走成为事实，并为以后的行走开个好头。

终于，7月15日到了。我们的行程是7月15日晚上飞西安，7月16日早上，开启甘肃之旅。北京派过去的两辆车，已经提早一天出发，在西安机场等待我们。15日晚上七点三十五分，我乘坐的航班从首都机场准时起飞，行程正式开启。飞机冲向天空，晚霞依然如水彩画般布满苍穹，明亮的金星发出耀眼的光芒，一如人类心中的希望，总是在走向黑暗的时候，从内心深处冉冉升起。

2020 年 7 月 16 日

序二：再入甘肃

去年（2020年）7月，我用十一天时间游了一趟甘肃，从天水下陇南，再向西折到甘南，穿越了舟曲、玛曲、碌曲、夏河。一路走过去，又经兰州到了河西走廊，沿着祁连山北麓，过武威、张掖、酒泉、嘉峪关、瓜州，直到敦煌。在匆忙的旅程结束后，我把走马观花所见，写成了四万多字的旅行记录，后来发表在我的自媒体"老俞闲话"上，本来是自娱自乐，没想到得到了读者比较热烈的反响，同时也引起了甘肃相关政府部门的重视。他们认为我为甘肃做了很好的形象宣传工作，便与我取得了联系，希望我有时间可以把甘肃那些我还没有走到的地方走完，并继续写旅行记录，这样合起来就可以专门出一本关于甘肃的"老俞游记"，图文并茂，供更多的人来到甘肃旅行参考。

我天性热爱旅行，觉得不在天地之间行走，不足以成就自己更加完善的人生。人在天地间，俯仰之间，一生一世，转瞬即逝。在有限的生命中，去体会和领悟无穷尽的世界，把自己融为世界的一部分，让大山大水、亭台楼阁因为我的走过而有所不同，而我也因为走过大漠孤烟、长河落日而变得有所不同。正如此花彼花，见与不见，必然意义不一。人与自然、人与文化、人与人之间，最好的境界就是"相看两不厌，只有敬亭山"。

其实，即使没有甘肃相关部门的邀请，我也会再次走进甘肃。我真心希望自己能够重走河西走廊，再次面对那些沉淀了足够的历史和信念底蕴的塑像、壁画、石窟和断壁残垣。那是用一生的时间都走不完的心灵之路，用全部的灵魂都不容易浸泡成熟的历史陈酿。但在此之前，我确实愿意把上次没有走到的地方先走一走，这样才能对甘肃这个简称为"陇"的土地，有一个更加深刻的了解和体悟。

说到陇，我的内心就会泛起一种异样的情感。这一情感主要来自在大学时听了无数遍的张明敏的歌曲《垄上行》："我从垄上走过，垄上一片秋色；枝头树叶金黄，风来声瑟瑟，仿佛为季节讴歌……"其实我知道此垄非彼陇。垄，是指农民把土地一条条隆起来，可以在上面种庄稼，通过轮种让土地肥沃起来。我小时候就干过这样的农活。而陇，指的是甘肃的广大地区，有陇南、陇东、陇中、陇西等。但每次听《垄

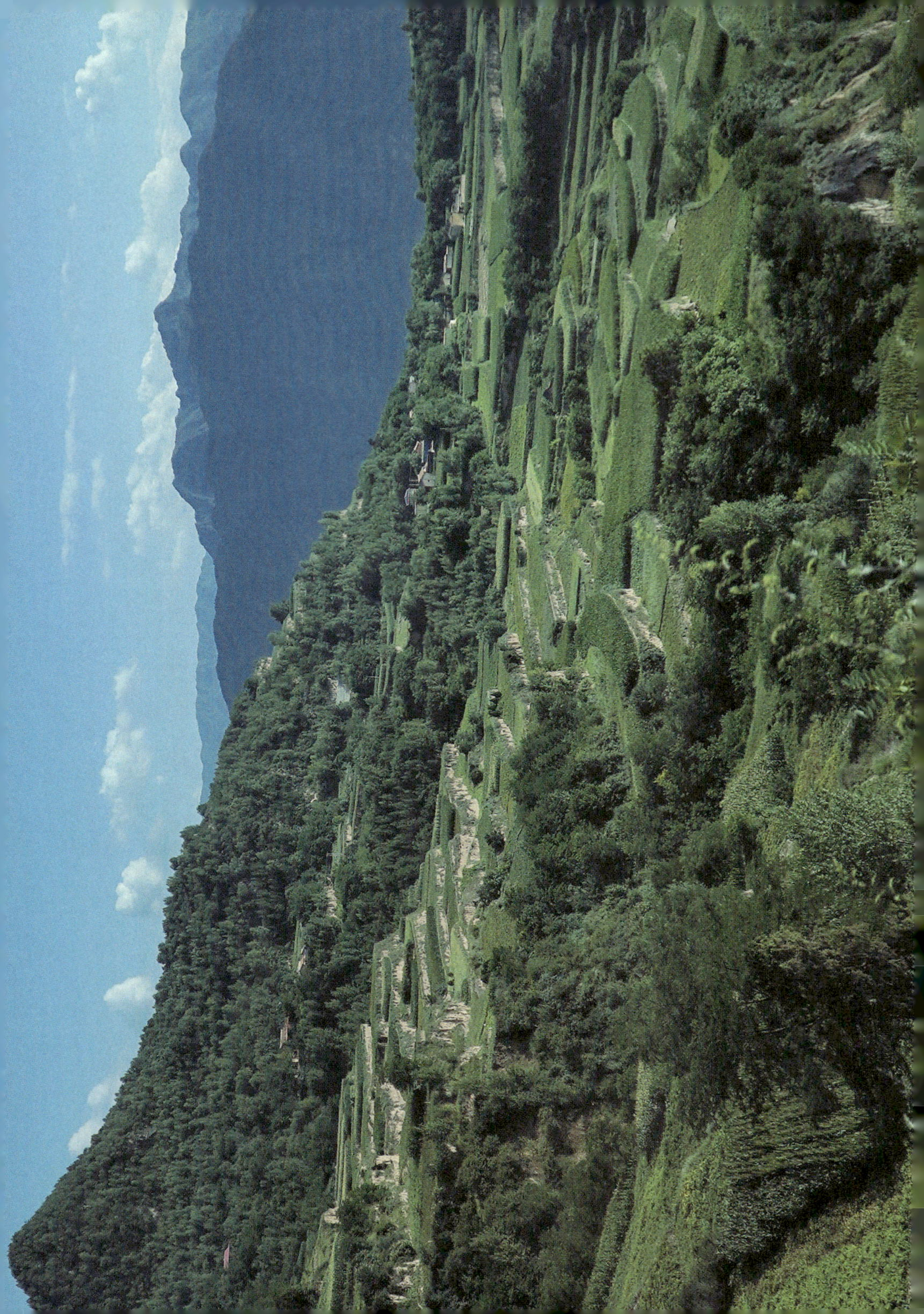

上行》这首歌，我都会不自觉地想象自己行走在黄土高原的秋天里，而周围已经成熟的庄稼跳着金黄色的舞蹈，在风中沙沙作响。

去年我去过陇南，只不过是匆匆而行，对于陇这片土地上的历史还了解得不够深入。但我知道，秦国的真正发源地和繁衍之地，就是在陇南这个地方。陇的名称，来自一座山，叫陇山。它有一个大家更加熟悉的名字，叫六盘山。甘肃的地图整体上很像是一个如意，在如意的一头突出来的那一块，是今天庆阳市和平凉市的所在地。六盘山就在今天平凉市西边和宁夏固原境内。六盘山是南北走向，纵深一千多公里，北部更多叫六盘山，中南部更多叫陇山。固原在北部，所以固原机场也叫六盘山机场。山脉下行直到宝鸡和天水，几乎和秦岭山脉相接，所以天水南边那块地还叫陇南。诸葛亮六出祁山，到达的就是陇南地区。

凭着有限的历史知识，我知道这片土地在中华文明的演进和发展中，起到了重大的作用。除了我上面提到的，秦朝起源和发展于这片土地，据说黄帝带领自己的部族，也是在这块土地上发展起来的。今天的道教圣地崆峒山，依然流传着黄帝到山上问道广成子的故事。比秦朝要早很多的周朝，就是孔子心心念念想复旧回去的那个美好的周朝，也是在这片土地上成长起来的。今天在庆阳还有周祖陵，被认为是周人最早的祖先不窋的陵寝之地。正是不窋，在庆阳这块陇东土地上，带领周人勤恳劳作，发展农业，使得周地人口繁衍，并逐渐向东南方向（今西安）发展，最后积累了足够的实力，在公元前1000年左右的时候，进军中原，和商朝决一死战，最后推翻了商朝，在中华大地上建立起延续了约八百年的周朝。除了黄帝、周、秦，还有很多的力量在这块土地上崛起过，比如曾经作为一个独立王国的西夏，其主要活动区域，东边就是在今天的银川到庆阳一带，西边差不多一直到了敦煌。北宋的时候，范仲淹抵抗西夏的进攻，就是在庆阳。

当然，这片土地产生的最伟大的成就，就是这里成了中国工农红军的根据地。陕甘宁革命根据地，囊括了陕北、甘肃陇上、宁夏南部这一大片地区。这里，人民朴实勤劳，土地丰茂，易守难攻。中国共产党依托这一根据地，不断发展实力，坚持抗日，自力更生，终成气候。在抗日战争后，又经过解放战争，夺取了全国胜利，成立了中华人民共和国。所以，要是神秘一点说，这块土地蕴涵了王者之气。不知道当初红军长征北上，是不是有意无意想到了这一点。这可是中国最伟大的朝代黄帝朝、周朝、秦朝，甚至是汉朝和唐朝的发源地啊。汉唐定都在长安，进可攻，退可守，终成大器。而项羽称霸之后，非要回到彭城，本想衣锦还乡，结果自刎乌江。北宋定都汴梁，不仅无险可守，而且黄河一决堤，还形成自然灾害，偏安一隅，终究没有逃脱被金国"连锅端"的命运。南宋定都临安，不是战略要地，而是温柔之乡，也就只能偏安江南了，后续依然逃不掉被元朝所灭的结局。

　　看来定都在什么地方真的很重要。周、汉、唐定都西安，元、明、清定都北京，都算是中国历史上大一统并且时间跨度比较长的朝代。西安和北京，在古代都算是比较靠近边疆的城市。周朝和秦朝，从西安再往西北走一点，就是戎狄占领的区域。汉朝和唐朝虽然比较强盛，但之所以要不断拓展西域，是为了让首都更加安全一点，否则敌人一旦突破河西走廊，翻过祁连山，就能直达长安了。北京也是一出居庸关、古北口或者山海关，就都是草原民族占据的地盘。草原民族来如风去如电，只要突破关口，瞬间就能兵临城下。但也正是因为卧榻之侧总是有他人酣睡，帝国才能时时处于警觉之中，厉兵秣马，保持比较持久的战斗力和拓展力。汉唐的地盘不断扩张，明朝尽管没有扩展，但基本上把除了西域的失地都收回来了。清朝则是把草原文明和农耕文明进行了完美的结合，二元统治，进一步扩大了疆域。我想，如果当初赵匡胤勇敢一点，把国都定在长安，会不会就没有西夏什么事了，燕云十六州反而能够收回来，历史也可以被改写了？

　　当决定要到这片土地上去走一趟时，我自己的内心就开始激动起来。这趟行程，我本来决定于 2021 年 6 月成行，但因被各种事务缠身，推迟到了 7 月初，又推迟到 7 月下旬。从 7 月初开始，北京一直阵雨不断，整个北方天气开始变得温湿异常。我查询了一下甘肃东部地区的天气，整体还算正常，阳光或者多云，应该是可以出行并基本保证安全的。最后我确定了 7 月 22 日出发。行程的安排是从庆阳到平凉，再到定西，然后从定西到临夏回族自治州。行走的主题是：红军战斗过的地方，周祖陵文化，崆峒山道教文化，渭河和泾河源头考察，临夏中华文化源头和回族文化，最终收尾在炳灵寺石窟，和此前考察的河西走廊接上渊源。由于事务繁多，我前后只安排了五天的时间来完成这次考察，所以依然是走马观花式的旅程。但岁月苦短，走过了，总比在心中日日期盼要好。走过了，如果从此日日在心中，那便是另外一种境界了。

事实证明，变化总比计划快。在真正开始旅程后，刚走到崆峒山，北京的工作就出现了一些紧急情况，我只能中断旅程，经兰州返回北京。上面提到的渭河源头、临夏中华文化源头、炳灵寺石窟等，只能等待下次的缘分了。

2021 年 9 月 21 日

2020年
07/16
星期四

那些让自我谦卑的东西，
一定是浩瀚的宇宙、内心的道德、永恒的艺术和天地的正气。
如果人类不懂得谦卑，就必然创造不出伟大。

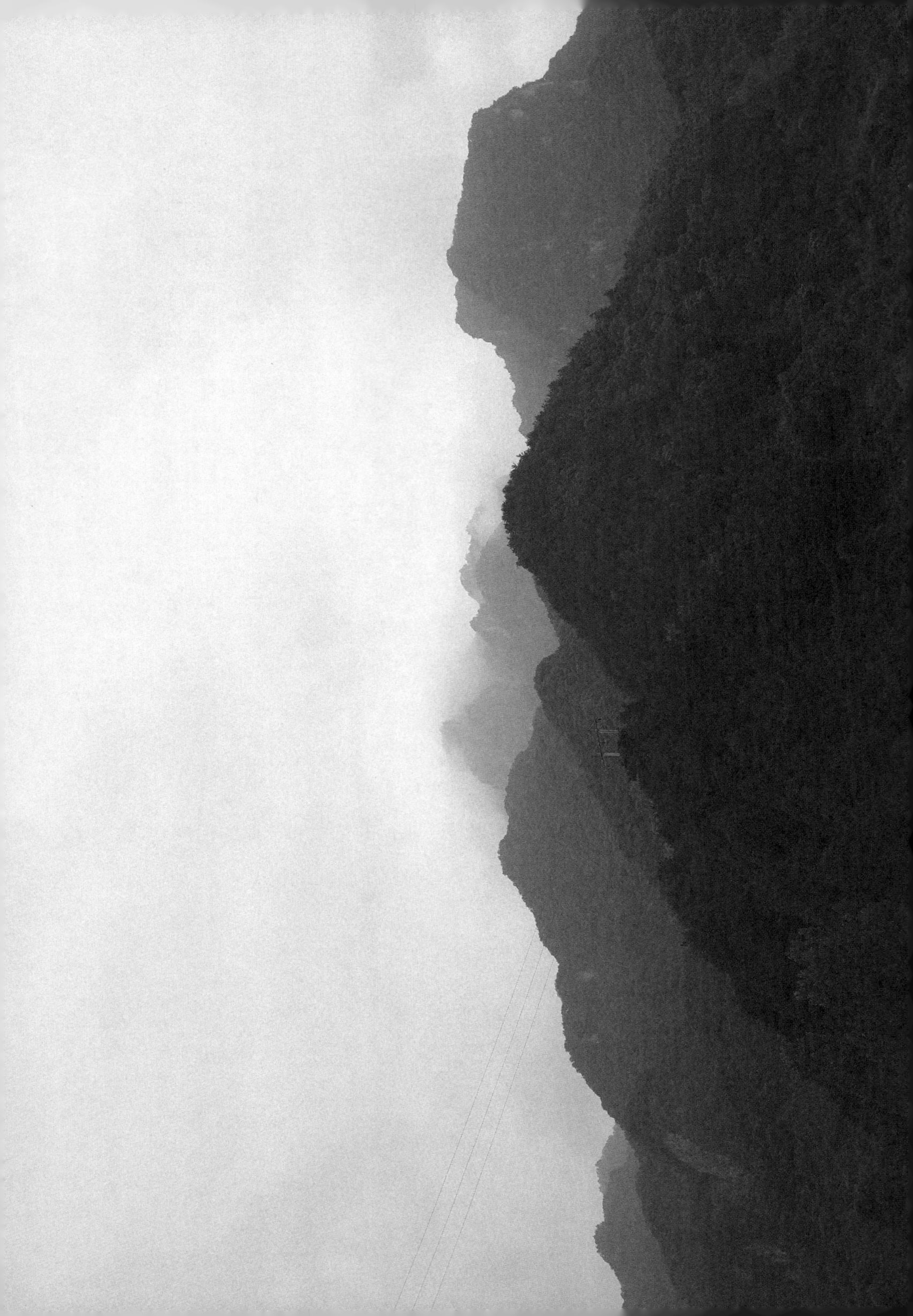

麦积山

如果从天水入甘肃，开车过去，最方便的路径就是从西安出发，这也是为什么我们要从北京先飞西安。

前一天晚上九点四十分落地西安，我们选择在机场附近入住，天亮从机场上进入天水的高速，要比从西安城里走方便很多。西安机场附近都是快捷酒店，团队选择了机场全季酒店入住。

全季酒店是华住旗下的高端连锁酒店，算是新品牌，房间干净整洁。华住酒店集团，是我的好朋友季琦做出来的。季琦是携程旅游的联合创始人，后来从携程离开，做了连锁酒店如家，后来又创立的汉庭，现在又开始做全季，立志一生献给酒店事业。

房间不豪华，但是舒适宁静，一夜睡觉无事，我的心被即将开始的行程所带来的兴奋塞满。为了能够及时赶到三百多公里外的天水麦积山——我们行程的第一站，我们决定早上六点就从酒店出发。

这一段行程，导航显示四个半小时到达。我们将从机场上连霍高速，沿着秦岭山脉北麓，一路向西，越过宝鸡，贴着渭河，翻越陇山，到达天水。陕西境内的沿路景点和胜景，全部忽略，留给下次的陕西之行。

我们出发的时候宾馆还没有开早餐，决定先上路，在路上找服务区填饱肚子。八点多，我们到达了宝鸡西服务区。服务区居然有很好的早餐：很好吃的臊子面，还有包子和紫米粥。一碗臊子面下肚，满肚子的秦腔就开始往外冒，果然饮食和文化是紧密相连的。中国人的胃，决定了中国人的文化气质。如果你吃着江南的阳春面，脑子里绝对不会冒出铁板铜琶的陕西民歌，只会响起软绵绵的"好一朵美丽的茉莉花"。在陕西，把粗犷的臊子面碗一扔，一句"山丹丹那个开花红艳艳"，就会脱口而出。

吃完继续上路，浑身酸爽舒坦。下高速后，经过一段绿树掩映的山间公路，十点四十分就到达麦积山石窟景点的门口。

石窟门口，天水的文史专家辛轩老师已经在等待。我们握手问候后进入景区，坐车向麦积山进发。之所以要坐车，是因为从景区门口到麦积山脚下还有很长一段距离。游人也可以步行过去。其实步行显得更加虔诚，也更加从容，但我们时间不够，今天一天要完成四个景点的游览。汽车到达麦积山入口瑞应寺前面的广场，石窟艺术研究所所长李天铭先生出来接待。他派了最好的导游来为我们讲解，并亲自跟着我们一起上山。站在广场看麦积山，内心已经涌动起从千年岁月中穿越而来的激动，那些隐藏在山中

的佛教艺术瑰宝，坚守千年，为每一个有福之人布施着福音。

　　从瑞应寺通向麦积山的道路，两旁茂林修竹，青翠欲滴。天水的山岭，是陇山山脉的一部分，雨水丰润，植被很好，一路过来，任何一座山都郁郁葱葱。在这样的葱绿中，麦积山显得尤其鹤立鸡群。从远处看麦积山，显得很奇特，周围的山都是一片翠绿，只有麦积山的一面呈现出一整片土黄色，是很高峻的悬崖峭壁，这也许是地壳运动所产生的奇迹，也可能是地震坍塌所致的半壁山崖。麦积山并不是当地最高的山，周围的山峦都比它高。但它长得突兀，拔地而起，形似麦垛，所以叫麦积山。估计古人也是从很远的地方看到了这座山的与众不同，所以起了来开凿洞窟的念头。人看到某种与众不同的东西，都会多看一眼，这多看一眼，可能就形成了某种新的能量场。"只是因为在人群中多看了你一眼。"麦积山的命运，从此注定不凡。

中国古代佛教洞窟的兴盛，都在佛教从印度传入中国的必经之路上，这条道路，和古代陆地丝绸之路基本吻合。丝绸之路是古代各个地域之间的商贸之路。自从有了人类，就有了物资的交换，物资的交换也促进了人类文明的繁荣和发展。在货物和货物互相流转的过程中，人们逐渐地熟悉和接纳来自不同地区的习俗、宗教和思想。更有一些信仰坚定者，用坚忍不拔的脚步，一心一意推广和弘扬自己心中的神圣的理念。佛教文化进入中国，首先接纳和应用的其实是西域诸国和沿丝绸之路的草原民族，因为他们更靠近佛教的发源地，得风气之先，耳濡目染，日久生情。佛教在传播过程中，受古希腊雕塑艺术影响，开始塑造和雕刻各种佛像，后世叫作犍陀罗艺术风格。这种艺术在诞生的时候，吸天地之灵气，一般都体现出粗犷、宏伟、气势如虹的特点。三四世纪，佛教洞窟在中国开始兴盛起来。为了在乱世统一百姓的思想，佛教信仰成了北方各族所成立的小政权的首选。统治者像演戏一样，你方唱罢我登场，屁股还没有在宝座上坐热，就被另一批人灰溜溜地赶走，但佛教的传承，却不断地稳定下来，一直到北魏统一中国北方，佛教几乎成为国教，和儒学、道家"相爱相杀"，互相融合。尽管有北魏太武帝拓跋焘短暂的灭佛运动，但佛教终于在中国广袤的大地上生根发芽，成为中国文化重要的分支之一，一定程度上影响了中国的民族特性。这一过程,除了佛经的翻译和传播,也为中国留下了一系列实实在在的文化遗产,非常著名的就是一些迄今为止大家耳熟能详的石窟:新疆的柏孜克里克石窟,甘肃的敦煌莫高窟,甘肃的炳灵寺石窟,山西大同的云冈石窟,河南洛阳的龙门石窟,还有我现在正面对着的麦积山石窟,等等。

麦积山并不在古代丝绸之路必经的正路上,甚至有些偏僻。有一件事可以证明其偏僻。明清以后,当地的人们几乎把这座山上的石窟给忘记了。洞窟周围杂草丛生,路径荒芜,最低的石窟离地面也有二十米之高,麦积山的峭壁不仅垂直,甚至有点倒倾,没有架子和栈道,爬上去十分困难。在很早以前,通向石窟的架子就已经坍塌了。石窟里的佛像,在过去也不算什么珍贵的东西,连盗贼都懒得去看一眼。这样反而保全了麦积山石窟的面貌。

麦积山石窟始建于十六国后秦(384年—417年)时期,历经北魏、西魏、北周、隋、唐、五代、宋、元、明、清等十余个王朝,经过一千六百余年的开凿和修缮,现存窟龛221个,各类造像3938件10632身,壁画979.54平方米。佛教石窟分为塑像石窟和雕像石窟,莫高窟和麦积山石窟都是以泥塑造像为主,因为洞窟的石头是砂砾岩,不适合雕塑,而云冈石窟和龙门石窟,则以雕塑为主,就是在石壁上直接把佛像雕刻出来。麦积山石窟最兴旺的时期,也就是在北魏前后,留存到今天最尊贵的塑像,也是在这一阶段产生的。麦积山的造像活动持续了上千年,所以各个

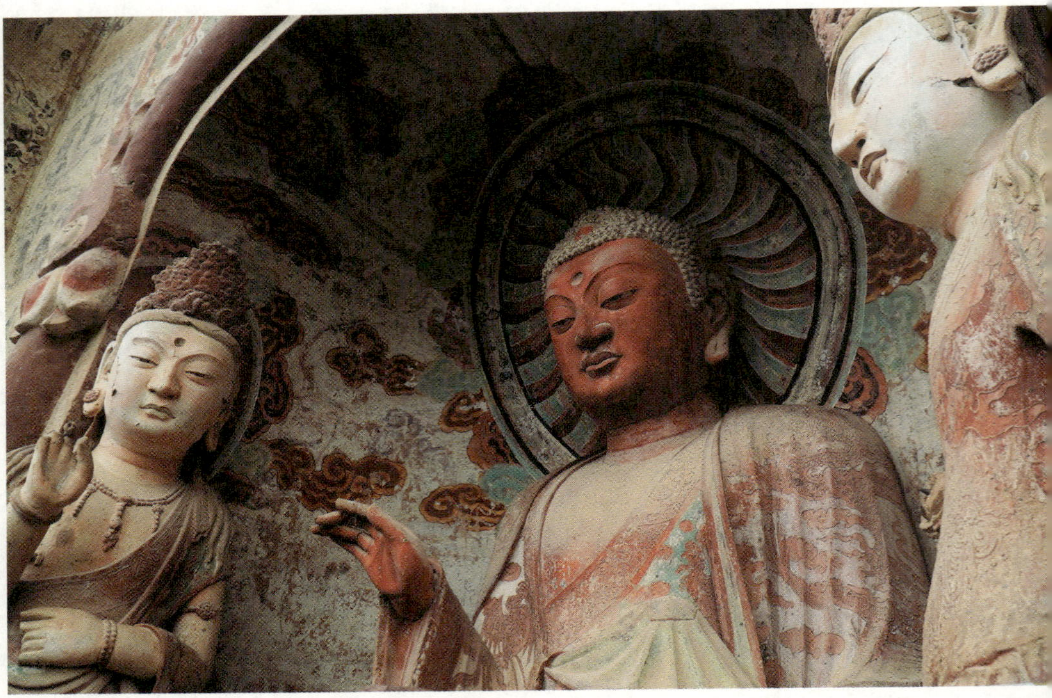

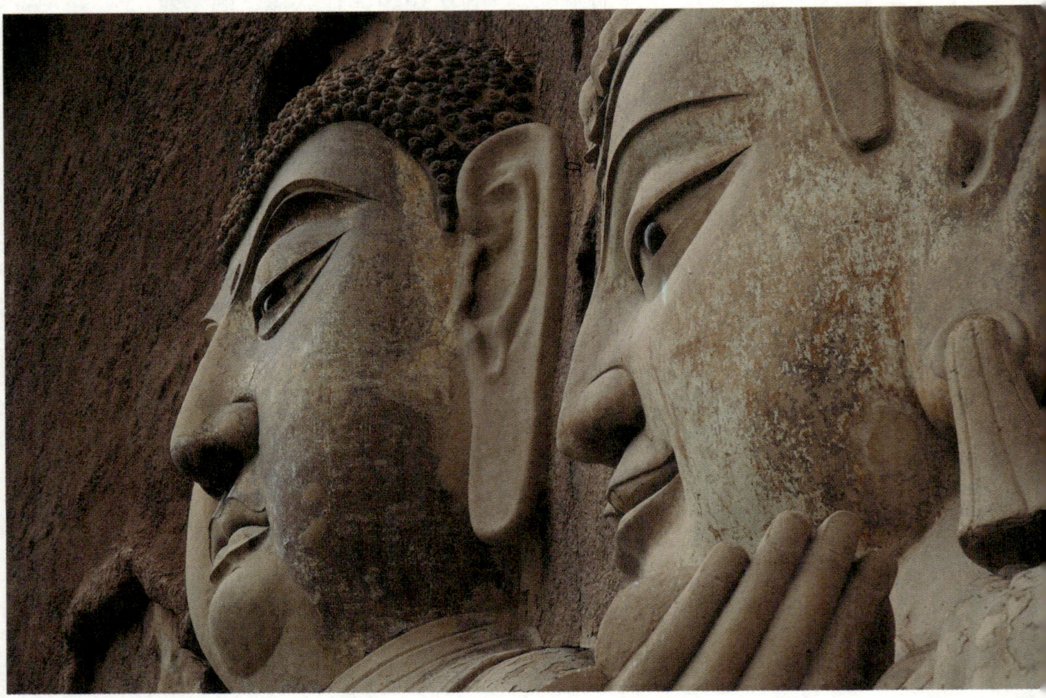

时代的塑像反映了中国泥塑艺术发展和演变的过程，为后世研究中国佛教文化提供了丰富的资料。

今天的麦积山石窟，已经被列为中国四大石窟之一。其他三个为：莫高窟、云冈石窟、龙门石窟。其他三个我都去过，只有麦积山石窟还没有来过。有一年，我到天水师范学院做讲座，几乎已经到了石窟边上，心心念念要去看一看，终究因为时间不够放弃了。这一次，可以说是专门为石窟而来，我秉持着很虔诚的信念。

自古以来，走进麦积山石窟都不算容易。最低的石窟离地面至少有二十米，最高的要八十米之上。为了开凿石窟，必须用木头搭起架子，于是周边山上的木头几乎都被砍光了。老百姓有"砍尽南山柴，堆起麦积崖"的说法。开凿石窟这样的事情，不是一般老百姓可以做到的。首先，在这里动心起念开凿石窟的人，一定是王公贵族或富贾望族。后续也有一些经济条件相对不错的人在这里开凿石窟，供奉佛祖菩萨，为家族祈福。麦积山的石窟不仅仅都是佛龛，也有作为墓穴而开凿的。比如西魏文帝元宝炬原配皇后乙弗氏，死后就"凿麦积崖为龛而葬"。现在皇后的墓穴还在，前厅有保存很好的佛像塑像，但后面的墓穴已经空了，据说是被皇后的后代迁移走了。

说到乙弗氏，其实有一个悲惨动人的故事。乙弗氏的祖先是吐谷浑的首领。凉州（今武威）归降北魏后，乙弗氏的高祖父莫瑰归顺朝廷，并世代为官。后来北魏分裂为西魏和东魏，西魏的开国皇帝叫元宝炬,选乙弗氏为魏皇后。乙弗氏当时只有十六岁,长得秀美,很少说话和发笑,为人仁慈,宽宏大量,毫无嫉妒之心,因而元宝炬很看重她。两人共生了十二个孩子,但只有太子和武都王戊活了下来。

当时柔然崛起,十分强大,屡次侵犯北方边境,元宝炬采取结亲的办法来安抚柔然,因此,他和柔然可汗的女儿郁久闾氏成婚,把乙弗氏降居别宫,命其出家为尼。后人称郁久闾氏为悼皇后。悼皇后生性善妒,又强行把乙弗氏迁居到秦州(今天水)。元宝炬迫于国家大计,只能忍气吞声,希望有一天还能够迎请乙弗氏回宫。但悼皇后心性歹毒,希望斩草除根,就让柔然军队聚集边境,要求元宝炬赐死乙弗氏。元宝炬无奈,只能派人去告诉乙弗氏,其被赐自尽。皇后接令,流着泪说:"我愿皇上活到千万岁,天下太平,虽死而无恨!"进入室内,拿被自压而死,享年三十一岁。乙弗氏死后,朝廷开凿麦积崖石龛安葬她,石龛号为寂陵,就是我们今天在麦积山见到的第43号石窟。今天,在旁边的第44号石窟中,有一尊美丽佛像,脸上的微笑被称为东方维纳斯的微笑,面容安详静美,以仁慈之态俯瞰众生,令人顿生吉祥庄严之感。民间一直流传,这个佛像就是照着乙弗氏的容貌而塑的。

后来,元宝炬去世后,乙弗氏儿子成为皇帝,就把棺木从石窟移走,和元宝炬合葬于永陵(在今陕西省富平县留古乡何家村大冢堡北)。悼皇后在乙弗氏死后,总觉得有冤魂日夜纠缠,在

生第一个孩子的时候难产而死,也没有善终。不过西魏本身总共才只有二十多年的历史,流传最广的故事,就是乙弗氏的故事。

  前文提到,麦积山的山体为砂砾岩,所以不适合雕像,这点和莫高窟很相似。开凿出洞窟是为了安放塑像。麦积山的岩壁上也有一些雕像,但因为砂砾容易剥落或者风化,也没法细腻雕刻,所以一定要在雕像外面用泥巴再塑一遍,变成石胎泥塑。存放在洞窟中的塑像,大部分都是木胎或者草胎,中间用铁条或者木条加固相连,再泥塑成精美的外表,绘上彩绘,就成了精美的各色塑像。有些塑像,直到今天依然色彩鲜艳,有些则因被风吹雨打而黯然失色。

今天的麦积山，政府做了很好的文物保护工作。原来简陋危险的木架子，已经换成了水泥钢筋阶梯，沿着峭壁凌空盘旋而上。为了确保这些阶梯的安全，修建时把支撑的钢梁都打进岩石十米左右的深度。可即使阶梯有护栏，凌空走在这些阶梯上，往下看去，依然有眼花腿软的感觉。可以遥想古人开凿洞窟，绝对是拿生命在赌博。当然赌的不是那些王公贵族富贾望族的命。他们太惜命了，只是站在远处，看着那些像蝼蚁般的老百姓，为他们的千秋功业卖命。老百姓帮助贵族开凿洞窟、绘制壁画、创造塑像，只是为了求得眼前的生存，并没有意识到，自己在用卑微的双手，创造永恒的美丽和奇迹。但无论是贵族供养人还是劳作的百姓，他们都没有想到，千年的烟云和迷雾在时间的长河里散去之后，留给我们后人的，是永恒的无价之宝。

这些文化遗产，如此精美独特的塑像和壁画，是当时没有留下任何名气的人创造的。在西方的艺术史上，我们可以列出古希腊的米隆、波吕克利特斯、菲狄亚斯等，以及文艺复兴时期的米开朗琪罗和贝尼尼等。但在我们中国的雕塑历史上，却不太容易找到这样的人物。负责开凿云冈石窟的昙曜，也只是负责监督开凿而已。现在留在各个石窟中的伟大的艺术作品，都是集体主义的结晶，是民间艺术人士共同努力的结果。今天，我们可以叫这些人为艺术家了。他们被历史的尘土埋没了上千年的岁月，没有留下姓名和任何痕迹，但他们创造的作品留了下来，直到今天看

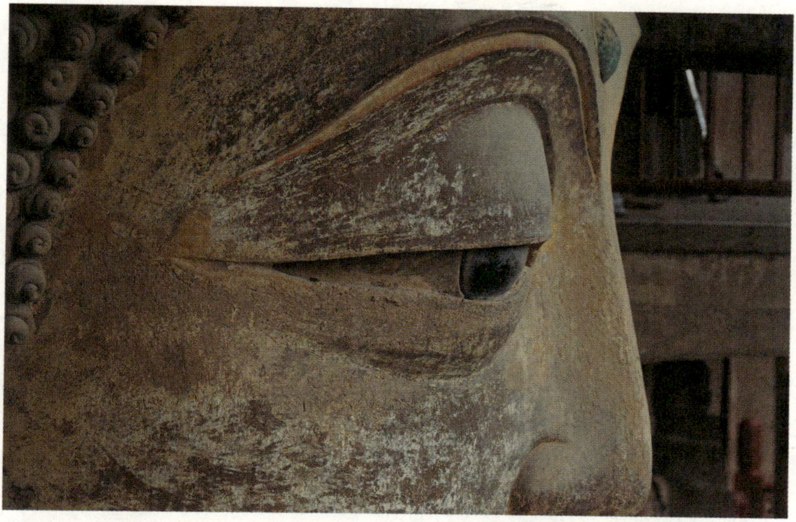

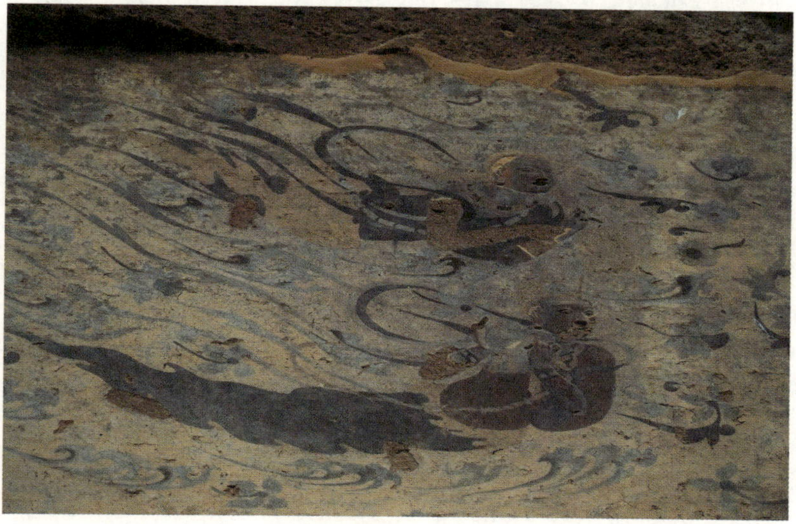

上去也熠熠生辉、美轮美奂。从后秦到明清，上千年的时光，这里留下来了七千多座塑像。要不是因为唐代的一次强烈地震，把山体中间的一段震落下来，可能还会有更多的洞窟和塑像保留至今。真正的艺术永远是超越时代的，那些在洞窟中现存的最优秀的作品，到今天依然是艺术创作中不可超越的顶级明珠。真正的美，永远不受时空的羁绊，不会因为久远而黯然失色，只会因为岁月而魅力倍增。

承蒙相关方面对我的关照，平时不怎么开放的几个石窟，这次都对我们开放了。我们能够真切感受到各时代的世俗生活和民族交融对于艺术的影响。麦积山的地理位置，刚好处于西域文化和中原文化的交界处，文化的冲突与融合，时刻都在发生，如浪涛和堤岸，互相激荡。可以看出来，石窟里的塑像尽管大多数是佛像、菩萨像，或者沙弥像，体态中都带有一份庄严，但这些人物形象的原型大部分来自民间，也展现着不同朝代的风俗习惯和审美特征。包括造像身上的服饰，也体现了不同时代的民族特征，这也印证了民族之间的文化融合和相互影响。

麦积山石窟中造像的灵动和魅力，我在莫高、云冈、龙门三窟都没有这么深刻的体会。云冈、龙门二窟以佛像的宏大取胜，莫高窟以洞窟里的壁画出奇，而麦积山不少塑像的表情，却生动到了无与伦比的地步。尤其是那些带着东方韵味的微笑，令人心醉神往，以至于很多塑像常常被比作东方的蒙娜丽莎。典型的有第 123 窟的童男童女、第 44 窟正壁的主佛、第 121 窟右侧胁侍菩萨与弟子、第 133 窟的小沙弥等。这次我来到麦积山，以一种顶礼膜拜的心情，得以和他们近距离对视，整个身心都被感染滋润，洋溢出由内而外的宁静感。我的顶礼膜拜，不是对于佛陀作为神的膜拜，而是在千年艺术宝窟前的虔诚和谦卑。人内心总要有一些东西，应该永恒地高于自我，并让自我消除迷狂、谦恭有加、俯首帖耳。这些东西，不是权力，不是财富，不是名声。这一切只会让自我更加张狂。那些让自我谦卑的东西，一定是浩瀚的宇宙、内心的道德、永恒的艺术和天地的正气。如果人类不懂得谦卑，就必然创造不出伟大。

参观完洞窟，从山上逐级而下，李所长带领我们进入瑞应寺，邀请我们一起喝茶聊天。瑞应寺是个小寺庙，原来是被废弃的状态。他来了以后，打扫干净，在里面开了个小小的书吧茶室，让登山疲乏的客人可以在这里喝杯茶、歇歇脚、静静心。在古老的庙门后面，有一处绿草铺地的舒适小园，正面是朴素的大雄宝殿，侧面就是辟出来的厢房茶室。从瑞应寺里看麦积山石窟，更有古意，因为眼前的寺庙和作为背景的石窟相融一体，了无隔阂。

李所长给我们泡上了一壶龙井，一起坐下聊天。他告诉我，他曾经在日本留学七年，出于对石窟艺术的热爱，来到麦积山石窟工作，担任所长已经好几年。尽管家不在天水，但依然对麦积山石窟艺术恋恋不舍，以至于抛家舍口，沉浸于此。正是因为有

了他这样热爱石窟艺术的人，我们才能够在今天感受到其无穷的魅力。在人群中，总有一些人，以默默无闻的姿态守卫着某种永恒，用自己的热爱，来抵抗岁月的漫长。

茶后，我们和李所长告别离开，但离不开的，是我已经产生的对麦积山石窟艺术的深深喜欢和眷恋。我和李所长相约再见。下次再来，我一定要给自己留足够的时间，使自己可以反复品味每一尊塑像的美丽和禅意，并在佛寺茶香的虚无缥缈中，让人生向更高处升华。

天水伏羲庙

离开麦积山，我们在山间找到一家农家乐吃午饭。老板一下子把我认了出来，热情迎客。饭菜很实惠，大盘鸡、野蘑炒腊肉等，还有一些叫不上来名称的山野菜，也清香可口。老板是一位摄影爱好者，足迹遍及麦积山及周围地区，用相机拍遍了春夏秋冬，留下了很多美好的瞬间，出了一本自己的摄影集，墙上也挂着自己的摄影作品。我离开时，老板非常热心地送了我一本他的摄影集，饭菜也给我们优惠了一百块钱，随后拉着我在他的饭店门口照相留念。

午饭后的行程，是去天水伏羲庙。

伏羲，被认为是中华民族的始祖之一。神话传说伏羲和女娲结合生出了孩子，后逐渐繁衍形成了中华民族。非常有意思的是，今天流传的伏羲女娲相交图，和今天的 DNA 遗传基因图谱非常相像，也许是巧合，也许是老天早就识透了生命传承的奥秘，用伏羲女娲的故事，来启发先人的智慧。

伏羲最早的记载见于先秦文献，是中国的三皇五帝之一。三皇五帝到底是哪些人，有不同的说法，但伏羲一直居于其中。传说中，伏羲为中华文明的进步和发展作出了很多贡献。最重要的贡献是他创造了文字，结束了"结绳记事"的历史；他又观察蜘蛛网，教会了人们结绳为网，用来捕鸟打鱼；他还根据天地万物的变化，发明了八卦；同时，他还是乐器的发明者，发明了陶埙、琴瑟等乐器，将音乐带入人们的生活；据说，我们最早的婚嫁制度和礼仪，也是伏羲制定的，因此他把人类带入了文明的状态。有了婚嫁制度之后，人们从此建立家庭，互相尊重，不再像动物那样充满兽性。

我想，就算伏羲真的存在，也不太可能一个人做出这么多开创性的事情。按照通俗的话来说，历史的进步是劳动人民智慧的结晶。可以想象的是，在伏羲存在的那个时代，人们开始从原始社会走出来，文明取得了巨大的进步，人们开始创造文字、创作音乐、探索宇宙奥秘，同时学会使用更加复杂的工具，比如渔网。人类社会也开始建立自己的秩序。社会等级制度和婚嫁制度，是典型的人类走进社会秩序的标志。伏羲也许是当时部族统治者中最出色的一位，后来被人们不断神化，很多重大发明和创造就都归到了他一个人身上。一定程度上来说，人类历史发展的过程，同时也是造神的过程。有了神或者领袖的指引，人类向前的方向可能就会更为明确，不至于变得茫然而脆弱。大多数宗教的信仰，都是对神的信仰，或者说是把人神化的过程。在历史进程中，中华民族没有发展出一神教，而是演化成了多神并重。中国人所信仰的神，背后都有人的影子，比如三皇五帝，可能是古代的部族首领。在中国，凡是被敬仰的人，最后或多或少都会被推到神的位置，比如关公、诸葛亮、妈祖等。

伏羲后来被敬为神，所以各地就开始设立伏羲庙。庙里供奉的，当然是伏羲的塑像。有的地方是人身的，有的地方是人面蛇身的。人面蛇身更加符合传说，因为传说中，伏羲和女娲两人蛇身相交而产出后代。现在在天水伏羲庙里，就有一幅画，是伏羲和女娲蛇身相交的情景，与人类DNA的双螺旋结构有着十分巧合的相似。

现在全国各地还有不少伏羲庙。影响力最大的就是天水的伏羲庙和河南淮阳的伏羲庙。天水被认为是伏羲的出生地，而淮阳则被认为是伏羲去世并安葬的地方。所以淮阳的伏羲庙也叫太昊陵。太昊陵比天水的伏羲庙更有名气，春秋时期就有了，被称为"天下第一陵"。历代帝王曾五十一次亲自去太昊陵祭奠。太昊陵的庙会历时数千年，被列为国家级非物质文化遗产。庙会每年农历二月二至三月三举办，曾以单日超过八十二万游客流量的纪录，刷新了吉尼斯世界纪录。不过我还没有去过太昊陵，所以只能在这里堆砌一些资料。

　　和淮阳的太昊陵相比，天水的伏羲庙起步晚很多，最早起步于元代。元代统治者对"三皇"特别推崇，认为"三皇"是伏羲、神农、轩辕，诏令全国各州县，务必修建"三皇"庙进行通祀。也不知道草原出身的元朝，为什么会对农耕文明的三皇如此上心，可能是为了安抚当时汉族的人心吧。传说中，伏羲的出生地是成纪，就是现在的天水。既然是伏羲故里，这里的三皇庙也就修得特别讲究，为后面的伏羲庙打下了基础。后来元朝覆亡，三皇庙没人打理，随着时间的推移就倾倒坍塌了。通常来说，如果时代繁荣，寺庙就通常很兴旺，如果时代没落，寺庙也通常很冷落。究其原因，大概是只有时代安定了，国泰民安，老百姓才有钱去供养心里的神佛。直到明弘治三年（1490年），当时的秦州指挥尹凤，不知道被什么所触动，认真倡导重造庙宇，改三皇庙为伏羲庙，延续至今的伏羲庙正由此而来。明清时期，整体算是安宁的时代，庙宇不断扩建，尤其是清朝时期建设最多，就形成了今天我们看到的整肃宏伟、气象非凡、像宫殿一样壮观、占地一万多平方米的古建筑群。

中国的庙宇建筑，不管是崇拜什么神的，在形态呈现上最终都大同小异，无非就是年代不同和规模不同而已。如果不看标识和文字，我们甚至分不清是佛教寺院、道教寺院、孔庙还是伏羲庙。天水的伏羲庙，主要还是规模上的壮观。有些建筑因为年代久远，而有了历史价值。院子里的树，因为生长在这里几百年，有了古木森森的感觉。我们在导游的引领下，一路进入了大牌坊、文祖殿、先天殿、太极殿等。一个殿接着一个殿，有小故宫的感觉。值得观赏的，一是文祖殿后的中院，场面开阔，院内有参天古柏，树枝横生，蔚然形成气势。据说前后院原来共有古柏六十四株，按照八卦推演的六十四个方位栽种，现在只剩下三十七株。这些活着的树依然四季常青，生机盎然。另外一个值得看的，就是先天殿的屋顶天花板，是用六十四卦卦象拼装而成的。其实在伏羲时代，应该还没有八卦，更加没有六十四卦。根据历史记载，六十四卦是周文王被商纣王囚禁在羑里的时候推演出来的。而羑里，在今天河南汤阴县一带。

伏羲庙的后半部，是一个很开阔的花园。花园里有一座亭子，叫见易亭。亭中立着一块碑，上面是"羲皇故里"四个字，亭上楹联为"德合天地，恩泽神州"。从花园往左拐，就到了天水市博物馆馆藏历史文物陈列馆。陈列馆里收藏了大量从天水地界出

土的历史文物。其中大地湾文化的文物，陶罐陶器等尤其丰富。

大地湾遗址，是在1958年发现的一处大概距今八千年至四千八百年的人类生活的文化遗址，刚好和伏羲的年代有点吻合。遗址已经有了小型城市的样子，从房子规制可以看出，人类已经有了等级和贫富的区别，但生活状态依然是原始公社制。大地湾文化延续接近三千年，历史层级非常丰富，出土了大量新石器、彩陶、青铜器和农耕用品等文物器具。这次行程原本安排了要到大地湾发掘现场，但由于修路，交通不便，来回要七八个小时，最终只能遗憾放弃。但没有想到，在这里见到了这么多挖出来的文物，也算是得到了一些心理补偿。

博物馆里还展出了大量春秋战国时期的青铜器和金属装饰品。

天水是秦国的核心故地，尤其是秦国早期的活动中心，所以有大量秦国时期的文物出土。明天行程中要去的陇南礼县秦公大墓，离天水几十公里，据说就是秦国早期的政治中心和都城所在地。天水和陇南现在是两个独立的地级市，但古代是同一个区域。博物馆里展览的1919年从天水出土的著名青铜器秦公簋（展览为复制品），其精致的纹路和图案，让人很难想象这是接近三千年前的作品。

看完陈列馆里的展品，我有了一个比较确定的认知——天水这一带，确实是中华文明的发源地之一，至少是一个巨大的文明支流，后来汇入中原地区，组成了中华文明的宏大场景。这里的文化，就像在这个地区流淌了万年不竭的渭河一样，浩浩荡荡并入黄河，形成了中华民族母亲河的一部分。以秦岭和陇山为核心的早期中华文明，逐渐并入中华大文明中，最终成为中华文明的强劲力量。从这个地区开始发迹的秦国，经过五百余年的努力，最终统一了中国，成为中华大地上第一个大一统的王朝。可以说，秦朝为后来两千多年的各代王朝，树立了灯塔和榜样，并不断被模仿和学习。大一统，也成为中华文明的核心标志。这种大一统的理想，既让中华文化和思想得以成体系的传承，也一定程度上消灭了思想碰撞的活力和人民生活多样性的选择，使得社会结构和思想活力走向僵化，难以走出千年形成的藩篱。

南郭寺

对于我来说,比起伏羲庙,更想去的是南郭寺。之所以想去,是因为杜甫去过南郭寺,还写过有关南郭寺的诗。

安史之乱时,杜甫在公元759年带着全家来到了秦州(今天水),在天水住了三个多月,写了一百多首诗,几乎是一天一首。在那样天下大乱、无家可归的日子里,居然能一天写一首诗,非诗圣莫属。杜甫写诗写得多,也写得好。写得好既是文笔能力,更是境界能力。乾隆也写了很多诗,据说有四万首,好像很少有大家记忆深刻,真正流传开来的。而杜甫写诗的境界,几乎无人能够超越。他描写天水的一百多首诗现在就刻在石碑上,竖立在南郭寺的院子里。他描写南郭寺的诗是:"山头南郭寺,水号北流泉。老树空庭得,清渠一邑传。秋花危石底,晚景卧钟边。俯仰悲身世,溪风为飒然。"诗的最后两句,透露出安史之乱给他和家人带来的飘零凄苦的感受。杜甫在秦州写得最有名的诗是《月夜忆舍弟》:"戍鼓断人行,边秋一雁声。露从今夜白,月是故乡明。

有弟皆分散，无家问死生。寄书长不达，况乃未休兵。"其中"露从今夜白，月是故乡明"，成为千古名句。可以说，安史之乱造成了杜甫颠沛流离的命运，也成就他中国一代诗圣的地位，真所谓"国家不幸诗家幸，赋到沧桑句便工"。苦难出诗人，诚如此言。不过，即使杜甫再生，他也不会希望，为了成就一个伟大的诗人，让自己的一生和自己的家人，陷入悲苦之中。

天宝十四载（755年）十一月，安史之乱爆发后，杜甫将家搬到鄜州（今陕西富县）羌村避难，随后听说肃宗即位，就在八月只身北上，结果途中不幸为叛军俘虏，押至长安。同样被俘的王维，被严加看管，但杜甫官小，就没有被囚禁。757年，趁着郭子仪大军来到长安北方，杜甫冒险逃出长安，穿过对峙的两军，到了凤翔（宝鸡）投奔肃宗。肃宗感于杜甫的忠诚，授他为左拾遗，所以，杜甫又称"杜拾遗"。杜甫不懂得八面玲珑，仗义执言，很快触怒肃宗，被贬到华州。从此之后，肃宗对杜甫不再重用。759年，杜甫放弃了华州司功参军职务，西去秦州，在秦州住了三个月左右，又几经辗转，最后到了成都，在朋友帮助下，在城西浣花溪畔建了一座草堂，这就是有名的"杜甫草堂"。763年安史之乱结束，杜甫兴奋异常，写下了《闻官军收河南河北》一诗："剑外忽传收蓟北，初闻涕泪满衣裳。却看妻子愁何在，漫卷诗书喜欲狂。白日放歌须纵酒，青春作伴好还乡。即从巴峡穿巫峡，便下襄阳向洛阳。"但安史之乱的结束，并没有给杜甫带来好运，唐肃宗也早已把他忘到了脑后。765年，作为杜甫靠山的严武去世，杜甫沿长江而下，到达夔州（今奉节），受到夔州都督柏茂林的照顾，过了两年安定的生活。到了768年，杜甫思乡心切，乘舟出峡，年底在寒冬中，漂泊到了湖南岳阳，泊舟岳阳楼下，写下了著名的《登岳阳楼》："昔闻洞庭水，今上岳阳楼。吴楚东南坼，乾坤日夜浮。亲朋无一字，老病有孤舟。戎马关山北，凭轩涕泗流。"由于生活困顿，连续两年，杜甫在南方的山水之间飘零。770年冬，在途经耒阳县的时候，杜甫在小船上去世。

  我们今天来到的南郭寺，是杜甫人生旅途中的一站。南郭寺，位于天水市城南两公里处的慧音山坳，到达寺庙需要沿盘山公路上去，汽车能够直达寺庙台阶前的平台上。想当初杜甫和李白，应该都是爬上来的吧。不过山不算高，爬上来也不会太累。

对了，李白小时候也来过天水。父亲带他来祭祖，祭的就是大名鼎鼎的汉将军李广。天水是李广的故乡，李白认为李广是他的祖先。唐朝人范传正撰写的《唐左拾遗翰林学士李公新墓碑并序》中说李白出生在碎叶，李白的先人在隋末从天水流寓到了碎叶，李白幼时又随父亲迁居到了今四川江油青莲乡。李白号称李青莲，说明他对青莲乡的热爱。但他一生都没有回过碎叶，而天水，他确实来过。他有一首《南山诗》，写的应该就是南郭寺："自此风尘远，山高月夜寒。东泉澄彻底，西塔顶连天。佛座灯常灿，禅房花欲然。老僧三五众，古柏几千年。"千年古柏，到今天还是南郭寺的象征。

据说南郭寺是中国最老的寺庙，有一说是春秋时期就有了。现在院子里有棵老柏树，被认为是春秋时期所栽的。但春秋时期中国应该还没有佛教庙宇文化，所以有人考证南郭寺真正建寺的时间应该是在北朝。这个时间就比较靠谱了。至于院子里的老树，如果真的是春秋时期的，那应该是在有寺庙之前，树就存在了吧。

我们拾级而上，进入南郭寺。寺庙不大，门口两棵古槐树据说也有千年岁月了。南郭寺最大的特点就是古树比较多。院子里的龙爪槐有千年历史，几乎长成老树精了。最瞩目的就是上面提到的那棵老柏树。柏树前面有著名书法家沈鹏的题词："春秋古柏"。牌子上写着该树的年龄大概是两千五百年。柏树从根部分成了三支，每支都长成了参天大树。其中一支据说在特殊年代被砍掉了，只剩下五米左右的一个枝干，另外两支都还活着，在顶上长着绿冠，呈现出顽强不屈的生命力。南边的那个枝干，树干已经明显枯死，但树冠依然活着，长出了很多暴露在外的根系，据说能从空气中吸取水分，真有点吸天地之精华的感觉了。北边的枝干，刚好有一棵老槐树撑住了它的重量，又有一棵朴树生长在老枝干上，形成了三树合一的景象。不同的三棵树，组合在一起，生机勃勃，互相寄托着各自的生命，相依为命活着，让我想起了儒释道三家合一的中国文化。

除了树，南郭寺另外一个特点就是有杜甫的纪念祠堂，叫"杜少陵祠"。没有看到该祠是什么年代建起来的。祠堂不算大，是

寺庙的一个厢房改建的。里面有杜甫和他两个孩子的塑像。杜甫的像被塑造得胖胖的，完全没有饱经风霜的感觉，和我们想象的杜甫大相径庭。塑像的艺术价值应该不高，我们只看了一眼就出来了。我想，在庙里建"杜少陵祠"的目的，可能也是为了利用杜甫的名声来吸引游客。你看，我不就被吸引过来了嘛。

李广墓

从南郭寺出来，夕阳已经落到了山后。下山后，我们顺道去了位于石马坪村的李广墓园。这个墓园实际上是他的衣冠冢。李广老年的时候，和卫青一起西征匈奴，深入敌境，孤立无援，迷失道路，难抑悲愤，拔剑自刎。但他的尸体并没有运回家乡。

李广的出生地在陇西成纪，就是今天的天水。他一生英勇善战，体贴将士，为汉朝开疆拓土，匈奴畏服，称之为"飞将军"。他守卫边疆的时候，匈奴数年不敢来犯。唐朝人尤其怀念李广，这可能和皇帝姓李有关系。唐朝诗人，写了不少关于李广的诗。比如王昌龄的《出塞》："秦时明月汉时关，万里长征人未还。但使龙城飞将在，不教胡马度阴山。" 还有卢纶的《塞下曲》："林暗草惊风，将军夜引弓。平明寻白羽，没在石棱中。" 这首诗讲的是李广月夜散步，看到一块石头，以为是老虎，一箭射过去。第二天早上起来一看，原来是一块石头，箭镞已经深入石头之中。另外，还有大家更加熟悉的王勃的《滕王阁序》："时运不齐，

命途多舛,冯唐易老,李广难封。"这讲的是李广作为三朝抗击匈奴的元老,一直出于各种原因没有得到封侯的机会,而比他年轻很多的卫青等,却都被封了侯,让他心气难平。

　　李广在非常年轻的时候,也就是汉文帝时,匈奴"大入萧观",李广"以良家子从军击胡",非常厉害,"用善骑射,杀首虏多",被提拔为汉中郎,成为武骑常侍。文帝看到李广这么凶猛,曾经说了一句话:"可惜你生不逢时。"因为在汉文帝时代,大家以和平安宁为主,不像汉高祖刘邦打天下的时代,可以拼命去砍杀敌人,所以说李广"子不遇时",要是生在高帝时候,"万户侯岂足道哉!"原文是:"惜乎,子不遇时。如令子当高帝时,万户侯岂足道哉！"

关于李广，主要有几个故事：第一个故事是李广在守边疆时，当时的皇帝汉景帝，派了一个宦官去监督他的行动。中国古代皇帝对将领不信任，反而对自己身边的宦官非常信任，每一个朝代都会派宦官到军队去，明朝达到了极致。宦官不懂军事，心理扭曲，背后有皇帝撑腰，常常为非作歹。这个宦官到了李广部队后，正事不干，带着几十个军人到外面去打猎游玩，结果碰上三个匈奴人。这三个匈奴人其实不是战士，而是射雕的人，也就是出来打猎的人。宦官一看对方人少，就挑衅，结果这三个匈奴人很厉害，把宦官所带的那些战士杀掉了一大半。宦官逃回来，跟李广说了后，李广就去追那三个匈奴人，并把他们都干掉了，结果引来了大批匈奴的战士。李广当时带着一百多人，已经离开驻地有几十里路了，如果转头就逃，匈奴追过来，这一百多人就全完了。李广很沉着，干脆让大家把马鞍解下来放在地上，让马自由吃草，他们就懒懒散散坐着。匈奴一看，这一百多人不跑，以为背后有大量埋伏，就不敢过来了。扛到晚上，那些匈奴人也不敢过来，到了半夜，李广带着大家偷偷撤退了，一个人都没有损失，回到了自己的驻地。可见李广是个智勇双全的人。

第二个故事，是有一次李广带领部队出雁门，就是今天山西的雁门关，去打击匈奴，但众寡悬殊，那边匈奴人太多了，李广负伤被俘。被俘后匈奴人知道是李广，就想把他带回去，李广假装伤很重，躺在两匹马之间（应该是一个车或者一个布兜里），途中趁匈奴大意，飞身夺了一匹马就往回奔。匈奴人在后面追，李广的骑射技术特别好，凡是靠近他的匈奴人都给射死了，他就这样平安脱险，回到了自己的部队。后来匈奴人听说李广都非常害怕，称之为"飞将军"。李广把守的地方，没有匈奴人敢来侵犯，就这样守卫了一方边疆的安宁。

第三个故事就是前面提到的李广自杀。到了汉武帝时期，汉武帝不太相信李广，最重要的任务通常不愿意交给李广，可能是觉得李广年纪太大了。汉武帝所重用的人，一个是霍去病，一个是卫青，都是他的亲戚。卫青是他老婆的弟弟，霍去病是卫青的外甥，都是英气勃发的年轻将领。汉武帝当时也年轻，刚好碰在一起玩，构成了"北征匈奴，西拓西域"的重要战斗力量，打得匈奴节节败退："亡我祁连山，使我六畜不蕃息。失我焉支山，使我妇女无颜色。" 在公元前119年，汉武帝发起了漠北之战，漠北就是今天的阴山北部地区。这是对匈奴的一次巨大战争，也是这一战奠定了汉朝战胜匈奴的基础。李广一直想在战争中打前阵，直接跟匈奴对阵，但卫青并不特别愿意用他，就把他派去从另一个方向追击匈奴。李广在行军过程中，整个部队迷失了道路，等到漠北之战打完了，李广都没能参加战争。卫青倒是没有太责备他，但李广作为一个将军，非常羞愧，就举剑自刎了。几十年南征北战，到死也没有被封侯。

"李广难封"这个成语也有故事。有一次，李广跟望气者王朔（跟今天写小说的王朔是一个名字）聊天，"望气者"就是指看星象算命的人。那个时候李广年纪已经有点大了，说："自汉击匈奴而广未尝不在其中。而诸部校尉以下，才能不及中人，然以击胡军功取侯者数十人，而广不为后人，然无尺寸之功以得封邑者，何也？岂吾相不当侯邪？且固命也？"朔曰："将军自念，岂尝有所恨乎？"广曰："吾尝为陇西守，羌尝反，吾诱而降，降者八百余人，吾诈而同日杀之。至今大恨独此耳。"朔曰："祸莫大于杀已降，此乃将军所以不得侯者也。"

这是《史记》中司马迁写的一段话，李广跟王朔讨论，说："诸部校尉这些人，才能也不及我，然而他们却都已经封邑，封侯，我是怎么回事？是'固命'吗？（是命运不好吗？）"王朔就问他，你在一生中有什么遗憾吗？李广说他曾经诱降羌族的反叛者，把投降的八百多个人都给杀掉了。王朔就说，他没法被封侯就是因为随便杀人，杀得太多了，"祸莫大于杀已降"。这就是"李广难封"的故事。当然，李广难封的真正原因，就是汉武帝看不上李广。如果汉武帝真的重视李广，那么他的孙子李陵，英武勇敢地继续跟匈奴作战，即使失败了，他也不会把李陵"诛命"，这相当于是把他全家人都给杀掉了。而且汉武帝还把为李陵说话的司马迁，也连带执行了腐刑。

我们到达李广墓的时候，其实已经过了关门的时间。我们给天水文旅局提前打了招呼，才得以进去。黄昏时候到李广墓来，更加容易引发内心的悲壮情结。这个地方原来应该没什么人关注，不久前才开辟为旅游景点。两边所造的纪念室，也没有什么文物，就是一些书画故事等。我们爬上台阶，到了后面的墓园。墓园由两部分组成，前面是一座墓碑，后面是墓包。墓碑上是"汉将军李广之墓"的字样，落款是蒋中正题。估计这是后来复建的，原墓碑应该在特殊年代被毁了。墓包修葺得比较整洁，一圈石砌的圆墙，墓包顶上长满了青草，似乎李广不灭的保家卫国之魂，依然在蓬勃生长。穿越千年，此魂不灭。门口的对联，说尽了李广的一生，和后人对他的怀念："勇无敌忠无双列传一篇为英雄千古绝唱，生不侯死不葬佳城半亩壮桑梓万姓豪情。"

从李广墓出来，天色已黑。天水文旅局专门安排便饭招待了我们。晚饭后，我们驱车一个小时，来到了预先订好的兰州饭店天水和谐园。这是处于群山包围中的酒店，环境幽美。

甘肃之旅第一天的行程，在星光满天中结束，收获满满。

2020 年
07 / 17
星期五

舟曲新城在群山的包围中有点寥落,
唯有窗户里那星星点点倔强的灯光,
透露出生活在这里的人们自强不息的灵魂。

祁山堡

早上六点起床,发现窗外层峦叠嶂,绿树浓荫。打开窗户,带着树香的新鲜空气扑鼻而来。穿好衣服,我到外面跑了一圈步。该宾馆是政府招待宾馆,在群山环抱中,环境极佳,山溪在园子里穿行,流水淙淙。

七点十分收拾行李,下楼吃早饭。早饭上了兰州拉面,好吃,食欲大开。

今天的行程是从天水到陇南,然后还要到甘南舟曲县。

在陇南,要考察的两个文化景点,一个是祁山堡,一个是大堡子山。说起祁山堡,大家脑子里应该能够想到《三国演义》中,诸葛亮六出祁山。是的,祁山堡和诸葛亮的六出祁山有密切的关系。而说起大堡子山,大多数人一定一脸迷茫。据考证,这里是秦国的发源地。秦国最早的两个国君,就把王宫建在这座山上。至少可以肯定的是,他们的墓地就在这座山上。秦文化,是中国文化的源头之一。大堡子山,作为源头的源头,当然值得去看看。

之所以要去甘南舟曲,是因为 2008 年汶川地震之后,新东方在舟曲东山镇山顶上的石家山,捐了三百万,建了一所抗震希望小学。十年前开学典礼的时候我来过一趟,十年后的今天,我故地重游,同时也给上学的孩子们带去一些礼物。

七点半,车队出发,沿着连霍高速,从天水枢纽转向往南的 G7011 高速,一直到达陇南的礼县出口。祁山堡和大堡子山都在礼县,两者相距不远。

在高速公路上,就能够看到祁山堡非常显眼突兀地耸立在西汉水的河谷里面,整体高度也就不到五十米,但由于四周全是河谷低地,所以显得鹤立鸡群。

下了高速,拐了两个弯就到了祁山镇。祁山堡所在的这座小山并不是祁山,祁山镇后面那座连绵的山脉,才是真正的祁山。祁山并不高峻,山势平缓,山腰上还开发了各种梯田。这样一座不险峻的山脉,为什么在魏蜀之争中如此重要,以至于《三国演义》浓墨重彩地描述诸葛亮的六出祁山?

祁山堡几乎不能算是一个风景区,我们到达的时候没有一个游客。门票标价二十元。整个祁山堡三面都是黄土峭壁,只有一面是缓坡。西面的缓坡建了上山的道路,也设置了城墙和城门,上书"祁山堡"三个大字。城墙和城门是什么时候建设的不得而知。我很奇怪诸葛亮为什么会选择这么一个小山头作为军事指挥部。直到登上山顶之后才有一点明白过来。

诸葛亮当时一直要攻打曹魏,也是我没有想清楚的事情,如果说是为了实现先帝的遗愿,我觉得总有点牵强附会。我觉得他主要的目的,是通过军事行动来统一大家的思想和行为。同时,面对当时日益强大的魏国,以攻为守可能是一个有效防范魏国进攻的方法。否则魏国突破秦岭,蜀国就会袒露在魏国的刀口下。

我一直以为著名的街亭是在四川境内,没有想到过了祁山继续向北,一直要到天水的北部才能到街亭。而诸葛亮去世的五丈原,更是到了宝鸡地区。所以,我觉得诸葛亮心里下的大棋,是想占领整个关陇地区,再扼守潼关,这样就稳住了蜀国的地盘,进退有据。否则光是四川盆地那一圈,实在缺乏战略纵深,一旦敌人进来,连退身之所都没有。

这也许就是诸葛亮要六出祁山的原因,要亲自来,亲自指挥。实际上诸葛亮六次讨伐曹魏,到达祁山的只有两次,也就是说有两次到达祁山堡,其他几次有的连汉中都没有到,而汉中在祁山南边很远的地方。当时祁山这一带,实际上是魏蜀的拉锯交战地带,更多的时候是掌握在魏国手里。蜀国强大的时候夺过来短暂的时间,但是都没能守住。街亭在祁山更前线,守住了就相当于一颗钉子钉在了魏国的身上。这就是马谡失街亭后,诸葛亮如此着急,要严厉惩罚马谡的原因。

我们爬上小山,沿着祁山堡外围走,发现有一个口子,叫吸水口。这是士兵们下到堡下的西汉水去取水的地方。但实际上这也是一个逃亡口,如果遇到紧急情况,祁山堡被包围了,诸葛亮就可以从这个口子下去,直接坐船逃离敌人的包围。安能居高临下,危有退身之所,这可能是诸葛亮把指挥部设立在这里的原因。

今天的西汉水,仅剩一条婉转的细流了。两边的河滩已经被老百姓种上了庄稼,生长着茂盛的绿油油的玉米。但据说在三国时期,西汉水还是一条大河,不少蜀国的粮草和军需,都是通过西汉水运送而来的。西汉水,下游也称犀牛江,为长江支流嘉陵江的一条支流,发源于甘肃省天水市秦州区南部西秦岭齐寿山,在陕西省略阳县注入嘉陵江,全长 212 公里。天水的名称,就是来自西汉水。秦朝初期,就是在西汉水两岸发祥起来的。

现在的祁山堡和西汉水,已经看不出一点点古战场的痕迹。在山顶的小展厅里面,有诸葛亮几次攻击魏国的路线图,也有几枚带着铁锈的兵器展现,这立刻让我想起了杜牧的诗歌:"折戟沉沙铁未销,自将磨洗认前朝。东风不与周郎便,铜雀春深锁二乔。"杜牧写的故事,也是魏蜀吴三国的故事,时光流逝,折戟沉沙,可惜这个前朝,也不一定能够认得出来了。

祁山堡的山顶,现在是武侯祠的所在地。整个祠庙保存、修复得不错。据说第一次在这里修武侯祠的时候是晋朝,当时司马懿的后代,把魏国取代之后,为诸葛亮修了祠堂。如果真是这样,也就有了点英雄惺惺相惜的意思。东汉之后进入了彻底混乱的时代,先是魏蜀吴互殴,后来是晋朝掐死曹魏,紧接着就是晋朝窝里斗,八王之乱,自相残杀,给了北方少数民族进入中原的机会,于是五胡乱华,一地鸡毛,一下就是三四百年的混乱,直到隋文帝统一南北朝,才算告一段落。

但很有意思的是,只要知道诸葛亮的帝王,不管是什么出身,都对诸葛亮恭敬有加。所以历朝历代,诸葛亮一直是一个稳定的正面形象。我们现在面对的祠堂,并不是晋朝的祠堂。晋朝的祠堂早就灰飞烟灭,了无痕迹了。现在的祠堂,应该是明朝时候的建筑,并且是经过了当代大力整修过的。特殊年代里,这里成了镇里的仓库,很多文物都被毁掉了,唯独诸葛亮的塑像留了下来,据说是因为被草垛盖住了。但我更加愿意相信这是出于老百姓的

自愿保护。在中国人民心里，诸葛亮一直是神一样的存在。

站在祁山堡上环顾四周，向西北看到的是横亘绵延的祁山，向前面看是自北往南流淌的西汉水，河道连接天边，涌入苍茫。远处的山头上，有着若隐若现的古城堡遗址。这些城堡据说也是三国时期的战争要塞，至于是魏国的还是蜀国的，就说不清了。另外一种说法是，清朝时期这一带土匪横行，老百姓筑城堡而居。而今这些城堡已经没有任何作用，战争和土匪，已经远离了中国人民，城堡也被废弃和遗忘了，连万里长城，都已经失去了其实用价值，变成了一种文化符号。真是"今逢四海为家日，故垒萧萧芦荻秋"。

秦公大墓

离开祁山堡，沿着 G247 国道向前十几公里，就来到了不那么有名，却有着重大意义的大堡子山。

大堡子山的出名，要先从盗墓说起。礼县曾经是一个很穷的地方（现在也不富），二十世纪八十年代以来，老百姓种地挖坑，总能挖出一些古旧的东西来。老百姓也不以为奇，那些远古先秦时期的瓶瓶罐罐，不管是陶器还是青铜，都拿回去作为日常用品了。在 1919 年，礼县就已经出土了青铜的秦公簋。我在天水博物馆看到了复制品，精美绝伦的感觉。到了八十年代末期，有古董商在这一地区晃悠，据说拿一个搪瓷盆就能够换一个先秦时期的花纹大陶碗。古董商的互相竞争，把古董的价格抬得越来越高，老百姓发现有利可图，从九十年代初开始几乎全村全县动员，开始掘土三尺挖古董，连吃住都搬到了挖掘现场。这些挖出来的古董经古董商的手，大部分卖到了国外。当时大家可能还没有保护文物的意识，这种疯狂的挖掘行为并没有被及时制止，导致大量古墓

的破坏和古文物的流失。中国的考古学家到国外去出差，偶然发现了很多宝贵的青铜器和其他文物，反查回来，才发现基本都是出自中国礼县。这件事经过层层上报，终于引起了中国政府的重视，开始阻止老百姓乱挖乱盗，并开始有组织地进行了抢救性挖掘。

　　大堡子山是当时被周围村民盗掘最疯狂的地点。据说最厉害的时候每天有两三千人在山头上工作，形成了完整的盗掘产业链，这让我想起了旧金山淘金的感觉。等到政府出手干预，墓葬里的东西已经基本被盗掘完毕。尽管挖出来的青铜器和其他物件已经不多，但专业考古学家和历史学家的介入却确认了一个事实，就是古秦国到底在什么地方。大家认为，《史记·秦本纪》记载的，秦庄公所居的"西犬丘"，也许就在今天甘肃东南部的陇南及天水一带，但核心地带一直没有得到确认。

2004年经国家文物局批准，甘肃省文物考古研究所与北京大学考古文博学院等单位，组成了联合课题组，启动了早期秦文化考古调查、发掘与研究项目，先后开展了一系列的考古工作。考察结果基本认定了，大堡子山遗址就是秦人早期都邑及其先公、先祖陵墓所在地。其城邑范围和陵墓规模，证明了只有当时的部族首领才能享有如此大范围的领地。这个地方也因此被称为秦公大墓。

据考证，大堡子山的一号和二号墓穴，应该是最初秦国的统治者秦襄公或者秦文公的墓葬。当然，那个时候的秦国只是被周王朝分封的诸侯国，还处在被所有东部的国家看不起，被认为是化外之人不入主流的那种类型。历史记载，在大概公元前771年，西戎犬戎与申侯联合起来，进攻周朝，杀周幽王于骊山脚下。周幽王就是那个为了讨好美女褒姒，烽火戏诸侯的主。秦襄公曾领兵救周。周幽王死后，诸侯们共同拥立前任太子姬宜臼继位，这就是周平王，东周从此开始。后来，周平王东徙洛阳，秦襄公拥兵护送周平王东行。为此，周平王封秦襄公为诸侯（算是正式承认了秦的合法地位），赏赐之岐（陕西岐山县）以西的土地给秦。其实就是交给秦一块荒地，而且大部分土地还在犬戎手里，意思就是你拿得下就拿，拿不下是命，但毕竟是被认可的分封之地，可以明目张胆地征伐了。秦就是从这时候开始立国，都城选在西垂宫，也就是现在的大堡子山这一带。

从那个时候开始算起，到秦始皇统一中国，还要经历三十多代人的交替，历经五百多年的岁月。所以罗马不是一天建成的，秦国也不是一天起来的。

艰苦中奋斗的国家，往往最后得以成为影响一方的霸主。春秋战国时期，秦国和楚国，最初都是在边陲地区成长，最后称霸一方，秦国最终还统一了六国。这很像是一个人的成长，那些在艰苦中成长，又拥有志向的人，最终往往玉汝于成，出人头地。

秦国的崛起，也让我想起了罗马帝国的崛起。罗马帝国的起始之地是在意大利中部的一块山地上，范围也就是几座小山，中间有一条流淌的台伯河。经过几百年的努力，罗马帝国和秦帝国一样，最后雄霸整个地中海地区。

秦国崛起的时候，并不在后来的都城咸阳周围。那个时候，他们活动的范围就在今天的陇南天水一带。这里有山有水，山不算太高，水不算太急，是个生息繁衍的好地方。秦人帮助西周抵抗打击西戎有功，又被分封在这一带，帮助西周继续抵抗西戎的骚扰。秦国所占据的这块地方，战略纵深很好，进可攻退可守。当时西戎也不是那么强大，所以他们不用把实力全部消耗在战争上。经过几百年的努力，他们积聚实力，繁衍人口，终于成为一支不可忽视的强大力量。

其间，秦国迁都了八次。先从秦邑迁都西犬丘，又从西犬丘迁都汧邑，又从汧邑迁都汧渭之会，又从汧渭之会迁都平阳，又从平阳迁都雍城，又从雍城迁都泾阳，又从泾阳迁都栎阳，再从栎阳迁都咸阳。从迁徙路线，可以看出秦国在不断变得强大，占领的土地越来越多。到迁都咸阳时，整个关中地区，加上秦岭南边的巴蜀地区，都已经基本是秦国的国土。

古代的国都和陵区通常相离不会很远。1987年前，秦国的第二、三、四陵园区的位置已经陆续确定，就是陕西的雍城陵区（西陵）、芷阳陵区（东陵）和秦始皇陵园。但一直以来，考古学家找不到第一陵园。这成为困扰史学界和考古学界的难解之谜。现在，在大堡子山一带发现了秦贵族和秦公两大墓葬区，终于可以确认这里是秦的第一陵园，并命名为西垂陵园。至此，秦西犬丘和秦第一陵墓的谜团算是解开了。如果这一推测被彻底证实，对于了解秦国的发展史，并由此追踪中华民族的发展史，有着极其重要的意义。其意义，不会下于二里头遗址的发现。

我们到达大堡子山脚下后，发现通往秦公大墓的道路被封闭，里面在重新修路。幸亏预先联系了礼县文物局的朋友，他们派车从里面过来接我们，带我们走上了一条乡间土路。这条土路穿过村庄，曲折盘旋到了大堡子山的山顶，道路两旁全部是茂盛的庄稼。

我们以为到了山顶就是高大宏伟的秦公大墓博物馆，没有想到汽车带我们走进了一片工地。文物局局长独小川就在这片工地等着我。他指着工地外墙上张贴的帆布图片，滔滔不绝地讲述了秦国几百年的发展史，中间还穿插了清朝、罗马帝国等的类比。

一个县文物局的工作人员有如此渊博的知识，让我不禁目瞪口呆，真切体会到了什么叫高手在民间。

我站在炎炎烈日下，满脸恭敬听他讲了一个多小时。我以为他讲完后会带我去秦公大墓的墓穴里参观，结果他指着眼前刚刚修建好的水泥宝顶和我说，里面还没有整理好，也没有通电，一团漆黑，现在还参观不了。不过也没有什么好看的，现在里面空空如也。那些从墓穴中挖出来的文物，有的在省博物馆，有的在县文物馆。

为了满足我的愿望，他带着我沿着斜坡，爬上水泥宝顶看了看，并指点了一下周围哪些地方曾经出土了什么文物，古城的城墙和方位在什么地方。尽管我觉得没有看到墓穴非常遗憾，但这也给我留了一个念想，等到秦公大墓博物馆修好后，我期望再来一趟。

从秦国的发展可以看出来，成就大业，需要经过几十代人持续不断、艰苦卓绝、辗转南北的努力和奋斗。其中还需要有领袖级别的人物出现。秦国有幸出了不少雄才大略的国君，比如秦穆公和秦孝公。当然秦始皇更是一代雄主。另外还需要一些优秀的辅佐人才，比如商鞅和李斯。更需要比较统一的部族精神。那个时候的秦人，有着中原国家的人已经没有了的彪悍，又有着率先实现郡县制的效率，所以在战争中获得优势地位是必然的事情。就像某个电视片中的口号一样："赳赳老秦，共赴国难！" 这也许是当时秦国精神的写照。

舟曲—舟曲新东方希望小学

离开大堡子山，我们再次沿着乡道下山。我们的下一个目的地是舟曲新东方希望小学，这是在汶川地震后，新东方出资捐建的一所学校。

下山后，我们又回到了祁山堡附近，时近中午，大家决定在镇上的小面馆吃午饭。我们找到了一家叫"祁山扯面"的小店，每人点了一碗扯面。在等待的时候，我和坐在马路边上写作业的几个学生聊天。她们是镇上初二的学生，在写英语和数学作业。我看到对面的祁山镇初级中学已经关闭，校园里杂草丛生，就问她们在哪里上学。她们告诉我在前面不远。政府把原来的小学和初中合并了，重建了一所九年一贯制的义务教育学校。她们就在那里上学。

吃完饭后上路。从祁山镇到舟曲有两百多公里，尽管大部分路段都是高速公路，也需要两个多小时。路上我小睡了半小时，用电脑工作了两个小时。下午三点我们行驶到了舟曲出口。

舟曲县政府的领导郭县长已经在出口等我。他先安排我去参观了土桥子村，是舟曲县打造的示范农村。小村的街道修整得非常整洁，家家户户门口都有巨大的葡萄架，葡萄架上已经结满了青翠欲滴的葡萄串，有世外桃源般的宁静和美丽。村里还建了村博物馆，陈列展示了一些农村用具。我小时候也用过其中一些，比如簸箕、扬谷风车、舂粮食的石臼等，看到时心里还挺有亲切感的。

从土桥子村出来，又到了白龙江边上的一个农产品陈列和展销基地。以县政府为首，他们在着力打造农产品商品化的模式，把农产品收集起来，经过加工包装处理，用统一的品牌销往全国各地（当时我还没有做东方甄选，否则就会帮他们销售产品了）。因为舟曲境内有拉尕山风景区，所以不少产品都用拉尕山作为品牌，有蜂蜜、胡椒、桑茶、桑葚酒等。他们希望我宣传他们的产品，我满口答应，并且建议，有些产品可以和新东方形成定点直供。农民真的不容易，收获点东西，如果不能卖出去，就会立刻没有经济来源。而农产品的商品化，并打通全国销售渠道，是他们获得经济利益的最好路径。现在网络直播平台的建立，使得农产品的直销有了一定的出路。但直销需要有粉丝群体，对于一个普通的农民来说，吸引粉丝是十分困难的事情，也许这恰恰是以后我这样的人能够帮助作一点贡献的事情。

看完农产品后，我们上路向舟曲县城进发。我们要去的石家山新东方希望小学，要从县城穿过后，爬上两千多米高的没水山，沿着几乎只能容一辆车通过的盘山公路盘旋一个半小时，才能到达山上东山镇的石家山村。新东方的希望小学就坐落在那里。

当初捐建这所希望小学，是因为汶川地震的时候，舟曲也在地震带上，山顶的农村小学就被震倒了。当时全国的捐款都到了四川，结果一线之隔的甘肃没有任何人关注。有一次我和省里的一位朋友吃饭，他提起了这所学校，希望有人捐献重建。三杯酒下肚，我二话没说就答应捐献三百万，建设了这所希望小学。2009年这所小学建成，我从兰州翻山越岭，驱车十二个小时来参加学校的落成典礼。那一次，县城背后的盘山路，还都是砂石泥土路，悬崖边上也没有栏杆。我们心惊胆战，从山脚颠簸折腾了两个多小时才到达山顶的学校。

没有想到第二年，舟曲就发生了特大泥石流。泥石流几乎把半个县城都埋没了，两千多人失踪或死亡。这真是一个多灾多难的城市。后来全国各地开始援建舟曲，又让舟曲的面貌焕然一新，并借此机会在老城边上修建了一座新城。不过我已经十多年没有来舟曲了，这次来，看到县城干净整洁，上山的路已经全部修建成了水泥路，老百姓上山下山方便了很多，还是从心里感到祖国在不断进步，边远地区的老百姓，生活比过去好多了。

舟曲，在藏语里，就是白龙江。曲，在藏语里指江河。后面我们还要走过玛曲、碌曲等地，也都是以藏语的江河名作为地名的。

舟曲，是藏族文化和汉族文化的交界处，两种文化在此地交相辉映，互相融合，藏族人占到了35%左右，汉族占到了65%左右。县城坐落在大山之间，处在白龙江峡谷之内，周边山势高峻，似乎任何一座山滑坡，都有可能把整个县城全部埋没。但汉武帝时候，就在这里设置了武都郡，由此开始建城，经历无数风雨，至今依然是从汉地如甘南的必经之地。

波涛汹涌的白龙江，从雪山上流下来的水最终汇入长江。它是嘉陵江的一条重要支流。白龙江发源于甘肃甘南的藏族自治州碌曲县，靠近四川省若尔盖县交界的郎木寺。若尔盖草原，大家并不陌生，红军翻雪山过草地的草地，指的就是若尔盖草原。白龙江从碌曲县和若尔盖县交界处出发，经甘肃的迭部县、舟曲县、陇南市等地，在四川广元市境内汇入嘉陵江。

跨过白龙江，穿越古县城，我们沿着盘山路开了一个小时。我一路直播了沿路风光，网友们都说好壮观。从山上俯瞰舟曲县城，白龙江从城中心奔腾而过，整个县城坐落在河谷里面，四周都是高耸挺拔的高山，层峦叠嶂，气势恢宏。今天的天气特别好，蓝天白云，青山绵绵，无尽风光。

到小学已经快六点。学校为了迎接我们，让孩子们留了下来，村里的老百姓也到学校里来看热闹。尽管我们反复强调一切从简，不要接待，但镇政府和学校还是安排了孩子们在校门口，拿着花饰，不断喊着热烈欢迎的口号。学校还是当年落成时的样子，因为高山上没有污染，十年过去，整栋楼看上去一点都不旧。现在，这所学校有接近九十位同学在里面上课，一到六年级各一个班，总共有十四位老师。

十年前，这个学校有二百多名学生，随着中国的城镇化建设和人口迁徙，越来越多的家庭走向城市，留在农村学校上课的孩子越来越少，中国乡村学校空心化的倾向，正在愈演愈烈。

学校里，学生的学习用品、书包、图书、教学设备等，基本都是新东方捐赠的。这次我来，又给孩子们带来了十万元左右的捐赠品，包括孩子的衣服、鞋子、图书、电脑、投影大屏等。

参观完学校，在操场举行了捐赠仪式，地方领导发言、校长发言、学生代表发言、我自己发言。尽管已经下午六点多钟，坐在太阳底下依然感到脸部热辣辣的滚烫。孩子们坐在太阳底下的时间比我们还要长，不过他们脸上洋溢着快乐的笑容，好像在太阳底下习惯了，也不怕晒。捐赠仪式结束后，我到孩子们身边，和他们一起照相。看到这些农村的小孩子，我立刻就能够想起我的童年，样子应该和他们没有多少区别吧，单纯而快乐。

学校特别热情，用大锅煮了几只土鸡，还有煮的玉米和土豆等，让我们坐到办公室品尝。我推却了一番，觉得让他们破费非常不好意思，但鼻子里充满了土鸡扑鼻的香味，让我不知不觉坐到了美食面前。我吃了一只鸡腿，那种鸡肉的香味是在城里绝对吃不到的。这种乡村的土鸡，直接放在锅里煮，煮熟后那香喷喷的味道，绝对超过任何一道五星饭店里的菜肴。这一意外的"豪华"招待，让我开心了很长时间。

"宴会"结束后，我们打道回府下山。没有想到孩子们还在排队送我们，让我心里又内疚又感动。下山的时候，刚好太阳在山头闪耀，金黄色的霞光喷薄而出，万道金光洒向下面的舟曲河谷，让河谷披上了一层梦幻的色彩。

这个小城的老百姓，已经祖祖辈辈在这里居住了上千年，不管历经多少人世沧桑，都坚守在这片土地上。白龙江的河水浇灌着这片土地，一次次让人们从灾难中站起来，坚守着一方的信仰和历史。

到达县城的时候已经华灯初上，街道上熙熙攘攘，很是热闹。甘肃舟曲特大山泥石流抢险救援纪念馆就在城市中央。十年后的今天，人们对于这场灾难已经逐渐淡忘，重新过上了早出晚归的日常生活。相关部门对周边的山岭进行了细密的地质勘查，确认近期再次发生泥石流的可能性不是太大。我们到达城市中央的时候，纪念馆已经关门，真应该进去看一看，但我也不能提出太多额外的要求，只能留待下次机会了。

尽管我非常想行走一下老城，回顾一下十年前穿行在古老街道的感觉，但我们在老城并没有停留，而是穿城而过。前面有政府的汽车带路，我不好意思让他们停下来等待。今晚的住宿安排在了舟曲新城。新城要从老城向西十五公里，和老城并没有紧密相连。新城也在白龙河边上，大山之间，最初选择这里，一是周围山体的地质结构比较稳定，二是河谷地带相对开阔。据说新城的设计还获得了各种大奖。我们到达时，天色已黑，看上去就是一座安静的小城，晚上没有什么人气，不像老城有浓厚的烟火人气。

一个城市是需要培养的，需要有千年的历史熏陶，需要有百姓世世代代的坚守，才会产生那种迷人的气息。新城尽管干净整洁，但总让人觉得单薄而空虚。不少地方拆除老城建设新城，是一种消除历史记忆的行为，在一定程度上是一种破坏而不是一种建设。

我们入住了白龙河边上的御景酒店，建筑带有藏族风格。在酒店几乎就能够听到河水的涛声。晚上，郭县长和其他几位领导，来和我共进晚餐，席间他们依然希望我能多多支持舟曲农业的发展。地方领导真的很辛苦，婆婆妈妈的事情都得管，而且对发生的任何事情都要承担全部责任。

晚餐结束，和朋友们告别，我一个人又到白龙江边上去散步，在桥上听江水奔流不息，看远山绵延不绝。大地生生不息的活力，从来就没有停止过。舟曲新城在群山的包围中有点寥落，唯有窗户里那星星点点倔强的灯光，透露出生活在这里的人们自强不息的灵魂。

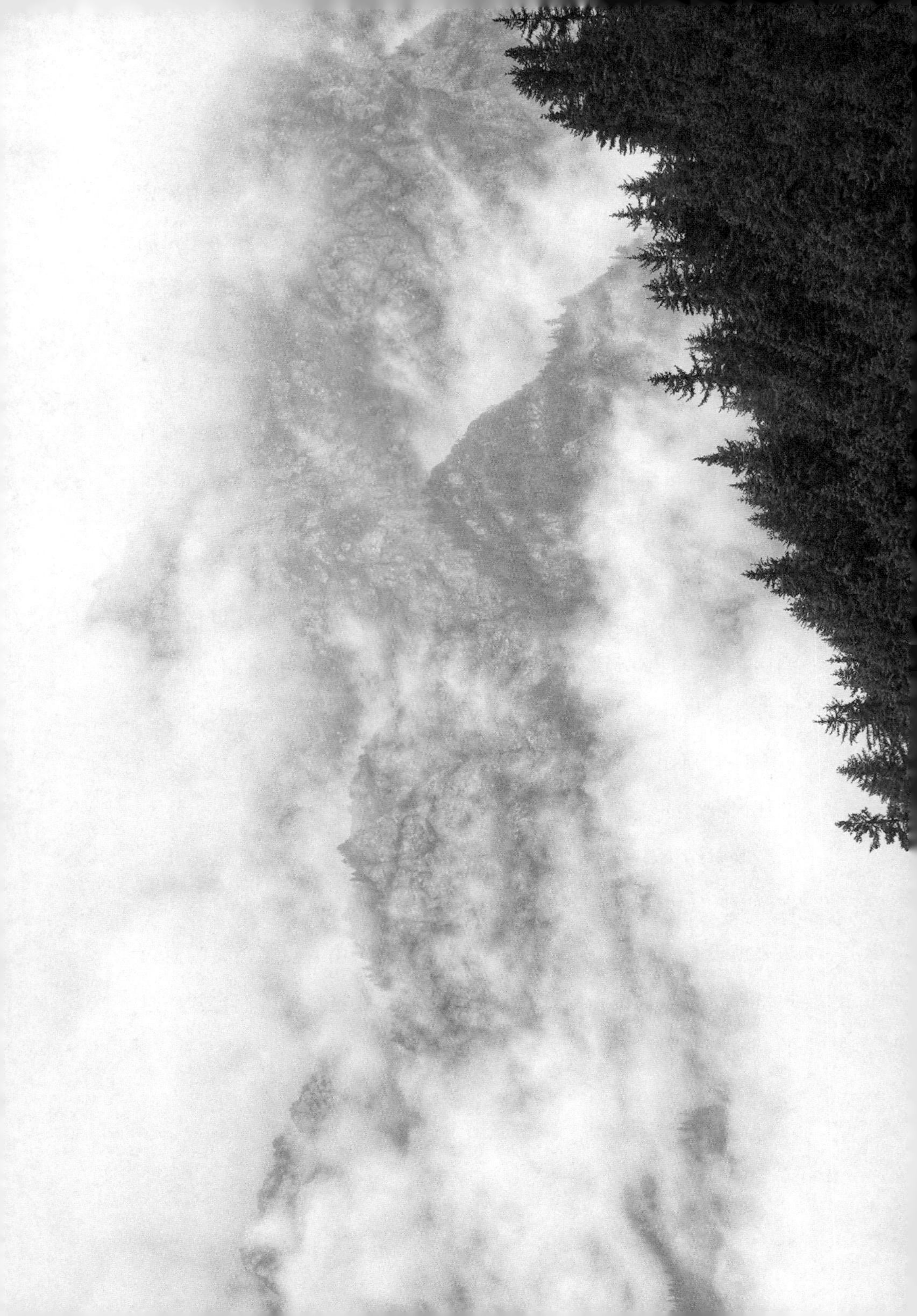

2020 年
07 / 18
星期六

人类离大自然其实很近,但人为的城市灯光和高楼,把我们和慰藉心灵的银河天宇隔开,让我们如蝼蚁般卑微地活着,以至于忘了,我们一直是天地之子。

巴藏小学—拉嘎山—藏乡新农村各皂坝

早上六点半起来，拉开窗帘，外面下雨了。昨天还是阳光灿烂、天高云淡，今天就阴雨沥沥，绵绵不绝。山区的天气，说变就变。

我穿好衣服，冒雨到白龙江边上，看云雾缭绕的山峦和奔腾咆哮的江水。江水比昨天更加湍急，可能是雨水汇流的缘故。白龙江流入嘉陵江，嘉陵江流入长江，长江又流到三峡库区。现在长江下游地区暴雨连连，武汉水位告急，江西很多地区已经被淹。今年长江上游地区雨水很多，三峡库区已经全面启动泄洪。各地的洪涝灾害好像前所未有，让人心里担惊受怕。三峡大坝是否安全，也成了老百姓不断讨论的话题。我在江边祈祷别再下雨，为长江中下游地区减轻一点压力。

早餐后，八点出发，去参观舟曲巴藏镇的巴藏中心学校。新东方在这里捐赠了"双师直播课堂"，给学校安装了先进的直播设备，并且由新东方联合其他培训机构成立的"情系远山教育基金会"，给学生提供英文直播课。

我们观摩了英文课的直播，并在雨中参观了整个学校。学校的校园环境和设施还可以，就是厕所没有造到楼里，住宿的学生即使在半夜，也要从宿舍楼出来，到外面的旱厕上厕所。下雨天，学生也要从雨中穿过整个操场去上厕所，非常不方便，而且厕所的味道弥漫了半个校园。校领导告诉我这是因为排污问题没法解决。但实际上我觉得是理念问题和成本问题，只能以后慢慢解决。相关领导告诉我，全县80%以上的学校都只有旱厕。

雨中在学校操场上行走，我穿的是不防水的鞋子，结果鞋子里面全灌上了水。参观学校结束后，我觉得双脚泡在水里会出问题，就到下面一个叫立节镇的小镇，找到了一家个体商店，看上了一

双旅游鞋，问多少钱，心里准备着被宰一次，结果店主告诉我只要六十元，让我顿时目瞪口呆。我买下鞋，以为在雨中走一下鞋帮就会掉下来，结果整整一个上午在雨中行走，居然里面的袜子都没有湿。看来在中国，便宜也能够有好货。

地方领导知道，我这次的行程受甘肃相关部门的委托，要考察旅游景点，便热情推荐我去拉嘎山（也写成拉尕山）看一看。这是舟曲新开发的一个景点，在白龙江南边二十公里的山里面，已经修好了盘山公路。他们说，拉嘎山的意思就是"神仙喜欢的地方"。传说当年格萨尔王从空中经过拉嘎山去除魔，看到下面美若仙境，就按下云头，在这里休息了几个月。这里芳草鲜美、牛羊成群，四周山势高峻，美不胜收。去拉嘎山，本来不在我的行程内，但恭敬不如从命。我们跟随他们，一起沿着盘山公路盘旋而上，冒雨到达了拉嘎山顶。

拉嘎山顶，是一片平坦的草原，四面被崇山峻岭包围。这个区域现在已经进行开发，但开发还没有最终完成，木结构的旅游中心还在装修中，四周建设了一些别墅形状的山庄，也都没有开业。

今天的山顶，凄风苦雨，雾气弥漫，四周的山峰都隐没在云层后面，只有偶尔一两个山头露出来。我们完全没有看到期待中的人间仙境，内心不免有点失望。绕了一小圈之后，我们启程回到山下。

到了山下后，相关领导又希望我去参观一个示范性农村。这

个村庄叫各皂坝,村民几乎都是藏族人民,村庄的民居很有藏族特色。政府出资对村庄的公共设施进行建设,包括统一排污、修建公共厕所和公共活动场所等。同时村民们还集资兴建了小木屋宾馆,供周末来度假的城里人和路过的游客游览居住。

村庄里的特色是种植了大量的核桃树。一棵棵核桃树上,长满了翠绿色的核桃。该村每年能够产核桃三万斤左右,对于村民是一笔可观的收入。我为了表达对农村建设的支持,当场答应每年新东方采购一定的数量。这里的核桃一定是绿色食品,买点分给新东方员工,是皆大欢喜的一件事情。

村委会盛情邀请我们在村里的服务中心共进午餐。饭菜新鲜可口。我不好意思白吃老百姓的,一定要付钱,他们坚决不要。我换了一种方式,用红包包了两千元现金,交给村委会,说这是我捐献给他们的农村发展基金,他们高高兴兴收下了。

腊子口

  午饭后的行程是去腊子口,这是我非去不可的地方。

  凭着我有限的红军长征知识,我知道腊子口是红军长征途中最关键的地方之一。就在腊子口这个地方,工农红军决定突破国民党守卫的腊子口天险,北上甘肃,和陕甘边区的刘志丹红军会合。这一决定使得红军终于摆脱了国民党的围追堵截,有了一块自己的根据地,并据此不断扩大力量,最终取得了解放全中国的伟大胜利。

  中午后,雨基本停了。去腊子口的路上,时不时有碎石撒满路面。这些碎石都是因为下雨从山上滚下来的。雨季在山中开车,真是一件危险的事情。我们沿着白龙江逆行而上,到达 G345 和 S210 两条公路的交会口。从这里顺着 S210 北上,就是去腊子口的方向。我知道当初红军从迭部旺藏过来,就是沿着这条路一路北上攻占腊子口的。现在公路状况已经很好,但当初只是一磕磕绊绊的小路。上行二十公里左右,我们到了腊子口。

白色的腊子口纪念碑耸立在路边，上面红色的字"腊子口战役纪念碑"十分醒目，是杨成武的字。杨成武是开国上将，腊子口战役时的前线指挥员之一。我们下车瞻仰了一下纪念碑，沿着公路向腊子口关隘走去。接下来就看到了轰鸣的河水，这条河就叫腊子河，在旱季的时候是一条涓涓细流，但到了雨季就变成了奔腾咆哮的激流。河水喧嚣翻滚，声震山谷，似乎让我听到了当年红军战士冲锋的吼叫声。

　　腊子口两边都是直立的悬崖峭壁，中间通过的宽度只有八米，确实是一夫当关万夫莫开的战略要地。只要有一挺机枪，多少人冲锋都不管用。当时国民党在这里修建了上下两层碉堡，居高临下，

可以横扫任何路过的人群。红军想要强行突破过去,真是难上加难。当时要求部队三天之内拿下腊子口,这可以说是一个十分艰巨的任务。

红军必须拿下腊子口,因为这是红军北上的唯一通道。红军从四川的若尔盖,翻雪山过草地,来到这里,后面有胡宗南的追兵,边上还有藏羌的三万骑兵。红军进入这个狭窄的通道后,只有勇往直前一条路,如果拿不下腊子口,就会被合围的敌人瓮中捉鳖,全军覆没。只有拿下腊子口,红军才能完成摆脱围剿、北上抗日的战略目标。在北上的路上,腊子口是最凶险的一只拦路虎,也是最后一只拦路虎。

红军正面进攻了腊子口好几次，死伤惨重。大家讨论后，觉得应该爬上峭壁，居高临下从后面对敌人发动进攻。但红军没有任何攀爬设备，正在为难的时候，有一位小战士挺身而出。这位战士从小和爷爷在贵州山里采药，练就了飞檐走壁如履平地的本领。他一个人攀爬上了峭壁，又用绳子把其他战士拉上去，从敌人背后发起了进攻，终于压住了敌人的气焰。红军胜利夺取了腊子口，但这位小战士却在这次战斗中牺牲了。这位连名字都没有留下的战士，因为跟随红军一路走过了云贵川，所以大家就叫他云贵川。

红军从腊子口一路向前，到达了哈达铺，在那里听说了刘志丹部队的消息，决定继续北上，最后到达会宁，和陕北红军会合，从此开启了中国革命史上陕北抗战和解放战争的序幕。红军上下一心，一定要去会宁，因为会宁就是会合安宁的意思，会让红军走向胜利。

攻破腊子口之后，红军指战员们对未来信心大增。1935年9月17日腊子口被攻破，毛泽东于9月底就写下了《七律·长征》："红军不怕远征难，万水千山只等闲。五岭逶迤腾细浪，乌蒙磅礴走泥丸。金沙水拍云崖暖，大渡桥横铁索寒。更喜岷山千里雪，三军过后尽开颜。"这样的豪情和气势，只有真正的领袖才有。

实地考察完腊子口，我们又驱车前往腊子口战役纪念馆。纪念馆离开腊子口还有几公里。我们到达后，馆长亲自接待了我们，工作人员向我们详细讲解了红军长征的历史和腊子口战役的过程。每次听红军的故事，我都会热血上涌，没有什么故事比红军的故事更励志，更让人感到"为有牺牲多壮志，敢教日月换新天"的万丈豪情了。

参观完纪念馆，我们沿着来路南下，回到G345公路，继续向西往迭部方向行驶。迭部县的接待人员在公路边上等我们。本来他们要和我们一起去腊子口的，但一小段泥石流挡住了他们的来路，只能等待推土机清理，所以就干脆在公路边上等待。我们到达他们等待地点的时候，碎石已经清理完毕，公路又畅通了。

我们往前行驶，相当于是逆向走过了当年红军前进的道路。旺藏茨日那村就在路边上，当地领导也推荐我去看看。因为就在路边上，不用特意绕道，我自然也愿意。到达茨日那村，发现整个村庄都被整修成了一个红军村，到处都是有关红军的诗词和标语。当年的房子还保留着，是一栋木结构的两层小楼。当时有两层小楼的，应该是当地的财主。村里很多其他的旧房子已经拆除了，但这栋楼被原封不动保留了下来。一层是警卫室，二层是住的地方，房间里有一张炕床和一些收集来的旧物品。前面的条桌上，游客捐了不少零钱，还有一大堆香烟放在上面。

当地的焦县长专门到村里来和我见面，一起聊了一会儿。因为我们还要去扎尕那，就匆匆握手告别了。

扎尕那

扎尕那，是被探险家洛克宣称亚当、夏娃应该诞生在里面的伊甸乐园，堪称人间仙境。我们沿着白龙江行驶，越过迭部县城再往前一点，就直接拐上了北上去扎尕那的道路。从路口到景区还有二十公里。我们到达景区已经晚上六点。今天晚上我们还要从迭部开车两百多公里，赶到玛曲县去，所以在这里的时间非常有限。为了能够在短时间内看到扎尕那的全貌，相关人士直接带我们到达扎尕那的最佳观景点——达日观景台。

扎尕那，藏语，意思是石头匣子。扎尕那这个地方，中央是一块草甸起伏的盆地，盆地中点缀着几个藏寨村庄，四面被高山奇峰所包围。站在盆地中间，往四周一看，你会觉得自己好像站在山水盆景的中央一般。我们刚好在雨后来到这里，林立的山峰上云雾缭绕，确实如同人间仙境一般。村庄里有一些房子已经被开发为饭店、酒吧、民宿，不少是外来经营者。当地的居民们依然朴素实在，但也在慢慢学着做生意。

在深山老林中被阻隔千年之后，因为旅游业的兴起，老百姓也开始改变自己的生活方式，不再刀耕火种、放牧骑马。但他们依然虔诚地信仰、朝拜着自己的神，认为这是佛陀赐给他们世世代代生存繁衍的吉祥之地。

扎尕那的发现，与一位探险者有关。他的名字叫约瑟夫·洛克，是美国探险家、植物学家和地理学家。1922年，约瑟夫·洛克以撰稿人、探险家的身份，从泰缅边境进入云南考察，从此直到1949年，他周游了云南的丽江、迪庆、怒江等地，广泛收集整理民族文化以及当地的植物标本，后续潜心研究纳西族的历史、地理、语言、民俗等，把中国西南地区的地理风貌、人文风情和

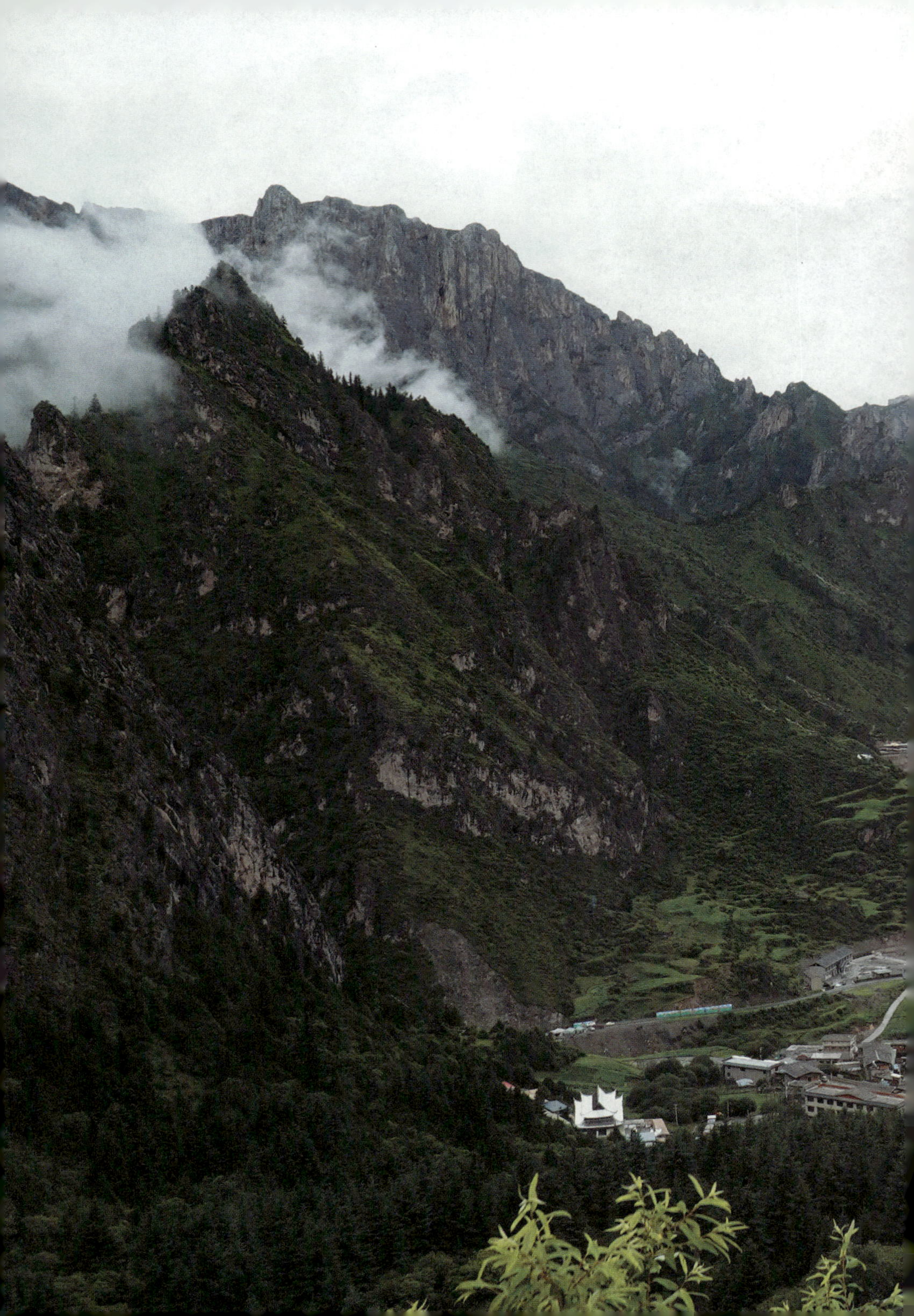

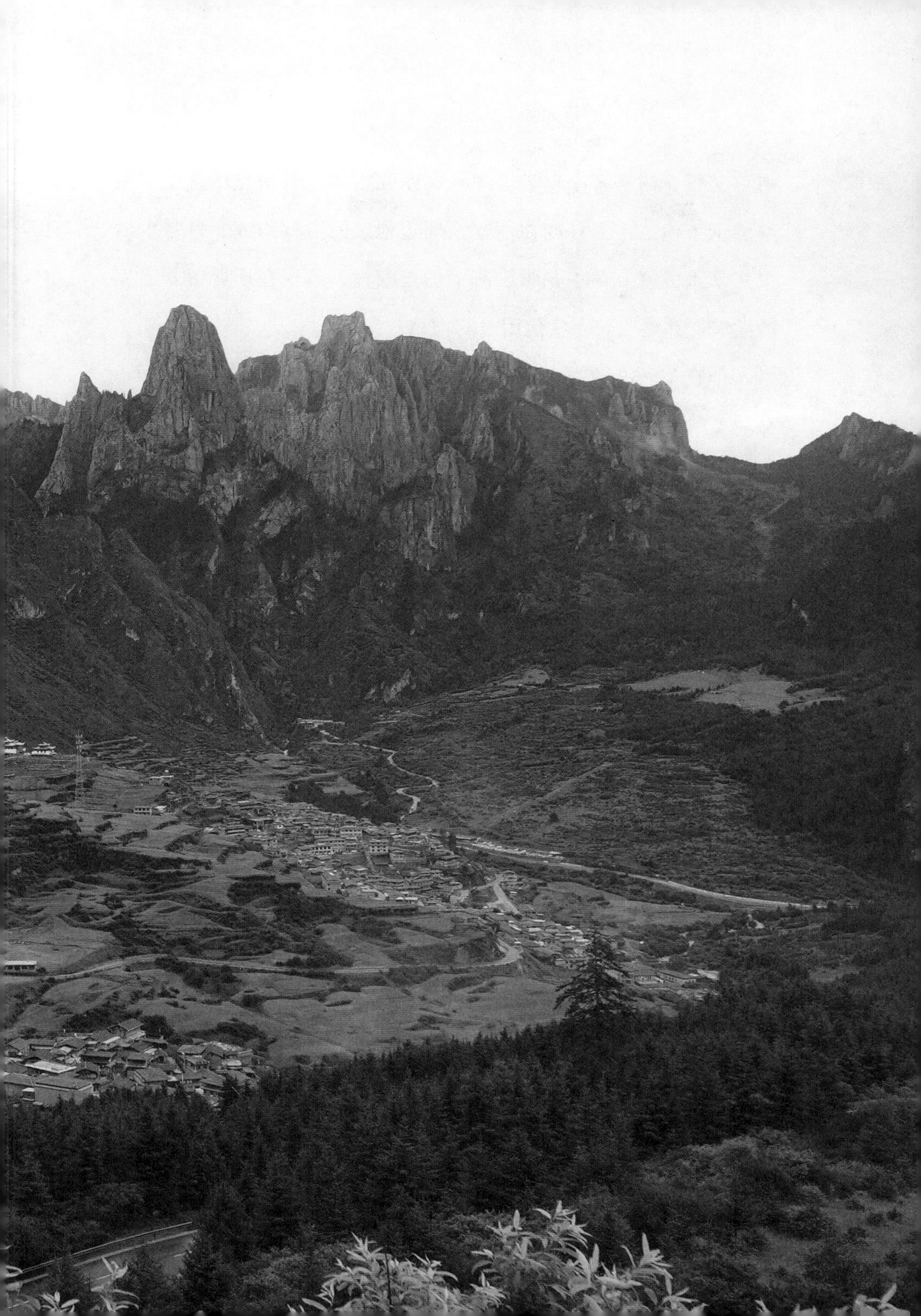

历史文化介绍给了全世界。现在在丽江古城，有洛克纪念馆，系统展示了他二十七年间在丽江及周边地区的考察研究、日常生活以及学术成就。在玉龙雪山脚下的玉湖村，到现在还保留着洛克的故居，并展览着一些他用过的物品。

他在 1925 年左右，从云南北上深入扎尕那，住了很长时间，穿越考察了扎尕那周边的诸多峡谷。

他在这里发现了至少十种云杉，采集了大量的植物标本并留下了许多照片与文字。他带回去的云杉种子在美国生根发芽，丰富了美国的植物种类。他的文字，将万里之外的目光引向了这个角落。他说："我平生未见如此绮丽的景色。如果《创世记》的作者曾看见迭部的美景，将会把亚当和夏娃的诞生地放在这里。迭部这块地方让我震惊，广阔的森林就是一座植物学博物馆，绝对是一块处女地。它将会成为热爱大自然的人们和所有观光者的胜地。" 他的预料在今天得以实现，今天的扎尕那，确实已经成为观光旅行者和徒步者的胜地。

扎尕那观景最棒的地方是达日观景点，我们在那里流连忘返了二十多分钟，从各种角度拍摄扎尕那全景的照片和视频。雨后的扎尕那，白云在半山腰飘舞，氤氲的湿气弥漫着整个盆地，周围奇峰林立，姿态高峻雄奇，感觉远胜于黄山那种盆景一样的秀丽。大气壮阔、神秘多情，是我瞬间能够想起来的形容词。可惜由于我们晚上还要赶到玛曲，只能匆匆一游，便驱车下山，路过

的村庄都没有停下来。据说有很多游客,到了这里,就在村中住下,而且常常忘了何时回家。

　　扎尕那这样的地方,不应该是来看一眼就走的地方,而是一个可以停下脚步,颐养身心,静心体验生命奥妙的地方,是一个可以让人暂时忘却红尘的烦恼,洗净污垢的地方。我下定决心,不久的将来一定要再来,而且是专门为它而来,和它亲密接触。

夜闯阿万仓

　　离开扎尕那，我们回到迭部县城，这里和舟曲一样，是一座依山傍水的美丽小城，白龙江从城里横穿而过。县城的宾馆明显要比舟曲多一些，因为要去扎尕那的游客都会经过这里或者住在这里。我们在迭部的一家饭店匆匆吃了晚餐，向当地陪同的领导感谢并道别，然后一路向西，在依然明亮的傍晚，奔向海拔高度三千米之上的玛曲甘南草原。我们出发的时候已是晚上七点，到达玛曲县城尼玛镇的时长，导航显示需要三个半小时，也就是晚上十点半才能到达目的地。

　　一路上，依然是青山连绵、河水奔涌，海拔高度显示越来越高。白龙江一路伴随着我们，不离不弃，时隐时现。到达三千米之上的地方时，已经到了迭部、碌曲和玛曲的交界地带，进入甘南草原。远方的云层把夕阳遮住，云层的周边发出金色的光芒，草原连绵不断接上远方的高山。暮色下，大地开始变得一片苍茫，三三两两的灯光亮起，和远方的霞光融为一体。在这片天苍苍野茫茫的

大地上，人类的生息繁衍，万古如斯。

晚上十点多，终于接近尼玛镇。这时候接到接待方电话，说让我们开车继续前行到阿万仓镇，住宿的地点在那里。

阿万仓离县城又有五十多公里，我们鼓足精神，又继续前行了一小时。此时，已经夜色浓郁，公路两边的草原寂静无人，辽阔无垠，难得有一两处灯火在远方闪烁，让人油然产生无底洞一般的孤独感。草原的夜空万里无云，繁星闪烁。把车停在路边上熄灯后，我们看到银河横贯天空，似乎触手可及。人类离大自然其实很近，但人为的城市灯光和高楼，把我们和慰藉心灵的银河天宇隔开，让我们如蝼蚁般卑微地活着，以至于忘了，我们一直是天地之子。

晚上十一点半终于到达目的地——阿万仓帐篷宾馆。这是一家新建的宾馆，在草原湿地上搭起的帐篷和木屋。木屋里卫生设施齐全，由于昼夜温差很大，房间里都配上了暖风空调。这里还建了房车营地，开房车的人可以把房车直接停在里面。政府正在努力提高这里的旅游设施，为游客创造更加便捷的条件。

县委的王书记是我的好朋友，大约十年前我去捐建舟曲希望小学的时候，他是甘南的团委书记，陪我上山下山走了好几趟。后来他调到玛曲工作，一干就是十年，带领着当地牧民脱贫致富。今天，他专门赶到这里，等待我的到来。老朋友相见，分外开心，寒暄过后，他一定要安排一个简单的消夜给我接风。我自然恭敬

不如从命，和他一起步入接待大帐。他不喝酒，以茶代酒敬我，我盛情难却，连续喝了好几杯，加上当地其他朋友互敬，结果一下子喝出了醉意。到了藏区，载歌载舞就成为一种必然的仪式，于是他高歌一曲《我的心上人》，我和他一起高歌了一曲《青藏高原》，直到凌晨一点，我们才尽欢而散。

走出帐篷，抬头四望，满天星光，无边无际。在海拔三千五百米的高度，我注定今夜无眠。

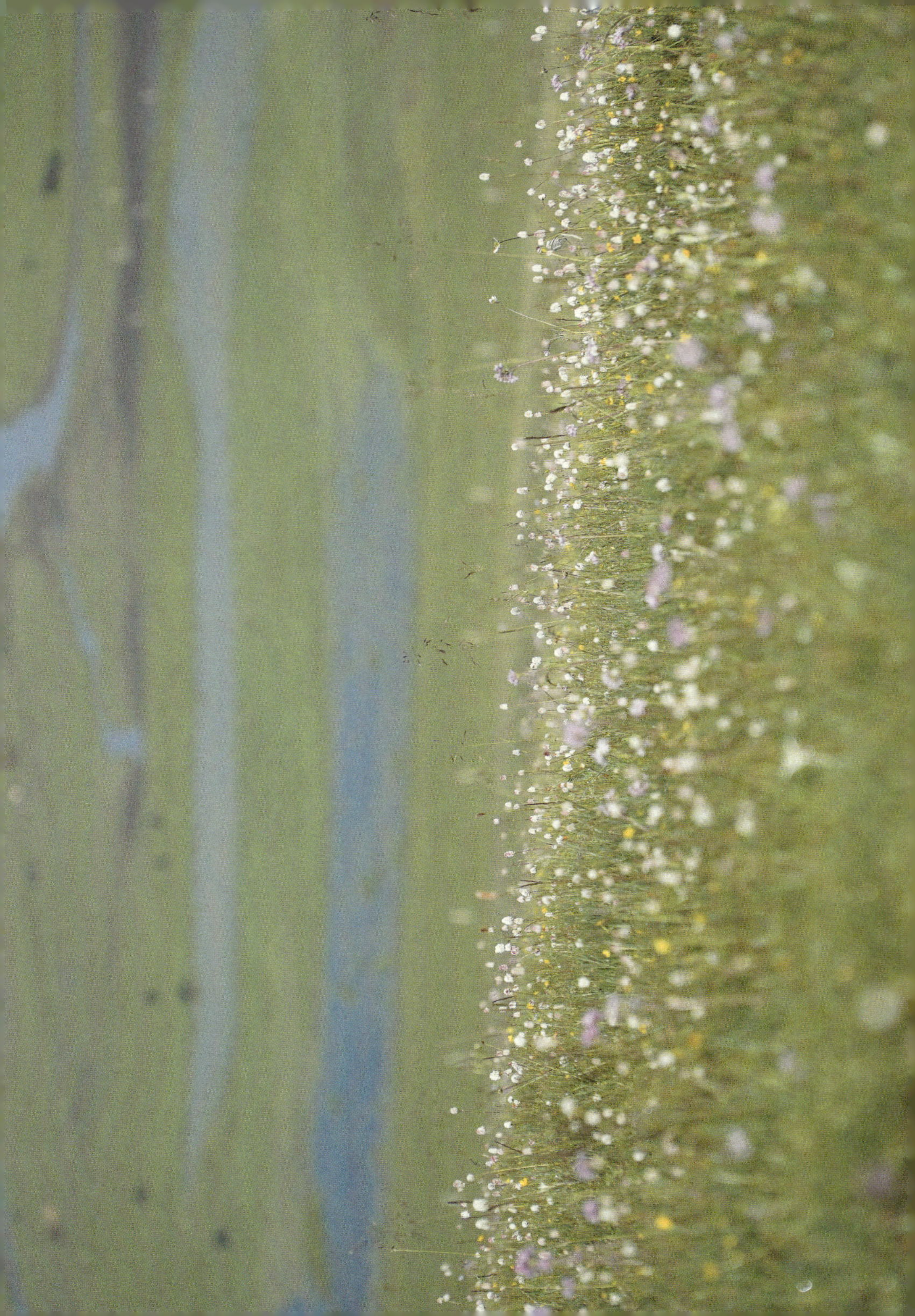

2020年
07/19
星期日

蓝天白云下的草原，一望无际的广阔。
牛羊点缀在草地上，悠闲而充满生机。
河流在草地中蜿蜒流过，阳光照在河面上闪闪发光。
亘古如斯的美丽，繁衍着生生不息的生命。

玛曲—阿万仓湿地草原

因为有点高原反应，我翻来覆去睡不着觉，直到凌晨三点左右，才迷迷糊糊睡着。再睁眼一看，接近七点了。拉开窗帘，金黄色的阳光破窗而入，心情顿时大好。在大草原上，如果没有明媚的阳光，就像一条河失去了水，就像一个人失去了爱人，顿时会感到萎靡不振。

出门散步，满地白霜。这里晚上的气温低于零度。远方山脚下的庙宇，在阳光下闪烁着光芒，眼前的草地一望无际，山峦青翠欲滴。牦牛散养在草原上，成群结队，如黑色的精灵，悠然自在。

今天的行程是要去观赏阿万仓湿地草原，另外，还要去黄河第一弯。青海和甘肃都有黄河第一弯，其实真正的第一弯一定在黄河的源头。河流的特点，就是以弯曲的灵活，来探寻前行的路线，以不屈的姿态，远行不息。尽管黄河处处都是弯，但据说玛曲这里的第一弯是最宏大壮观的。由于道路不便，一般人还挺难成行。这次行程，当地朋友希望我把这个景点介绍给大家。

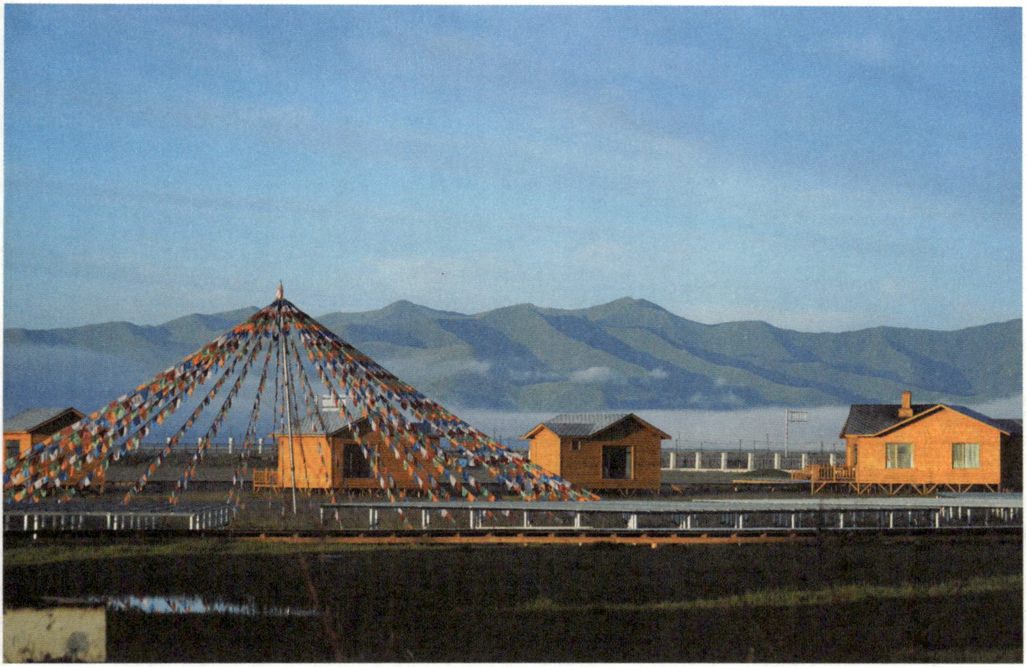

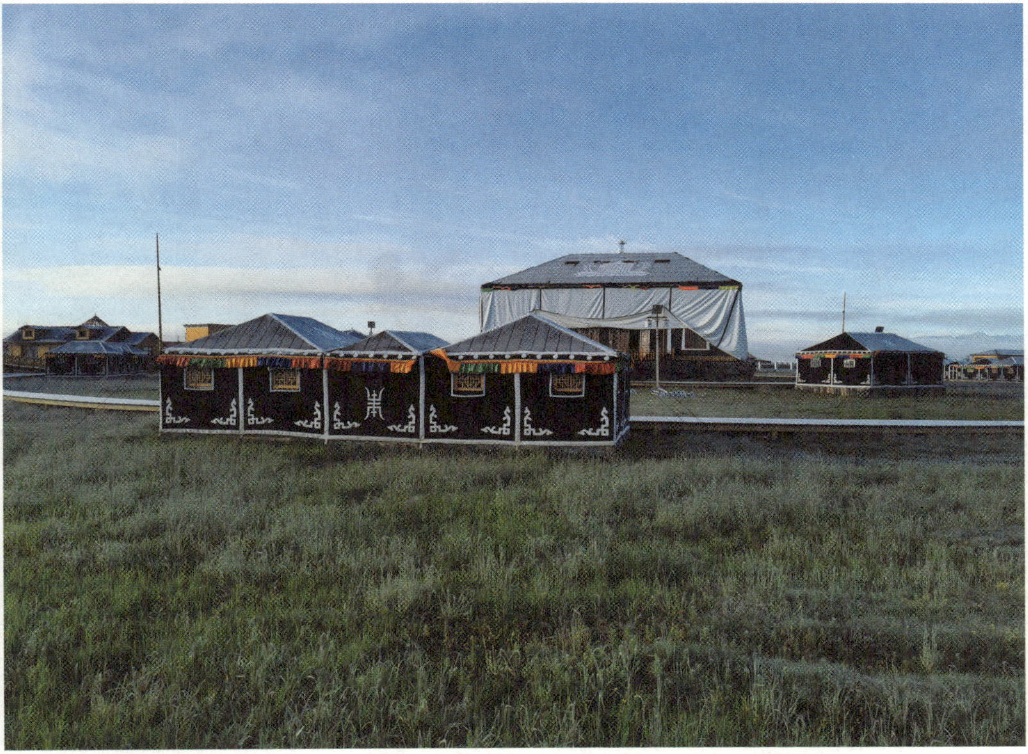

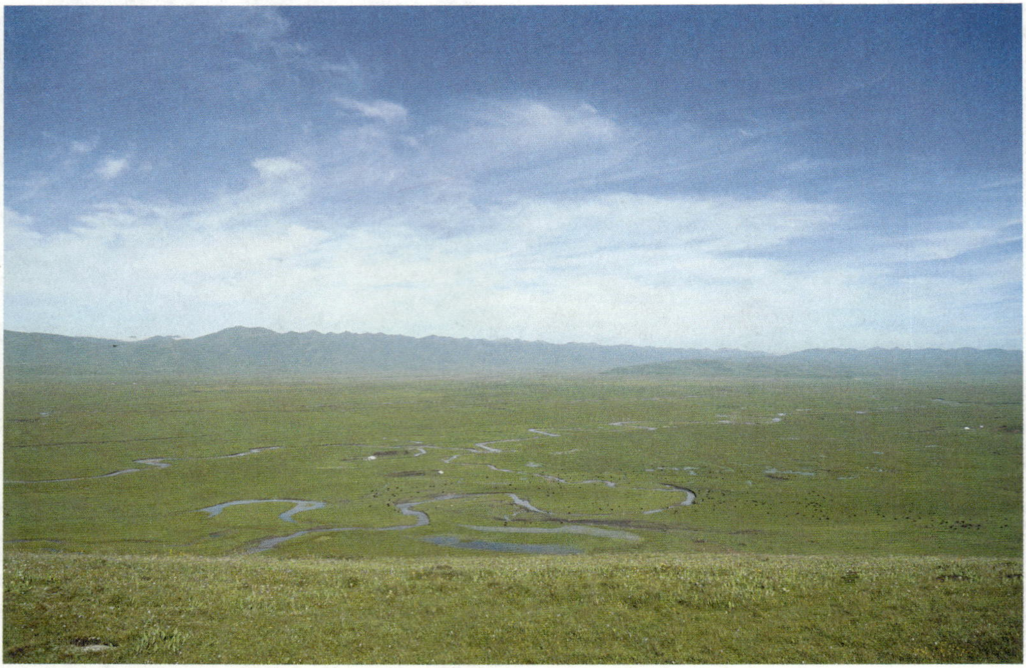

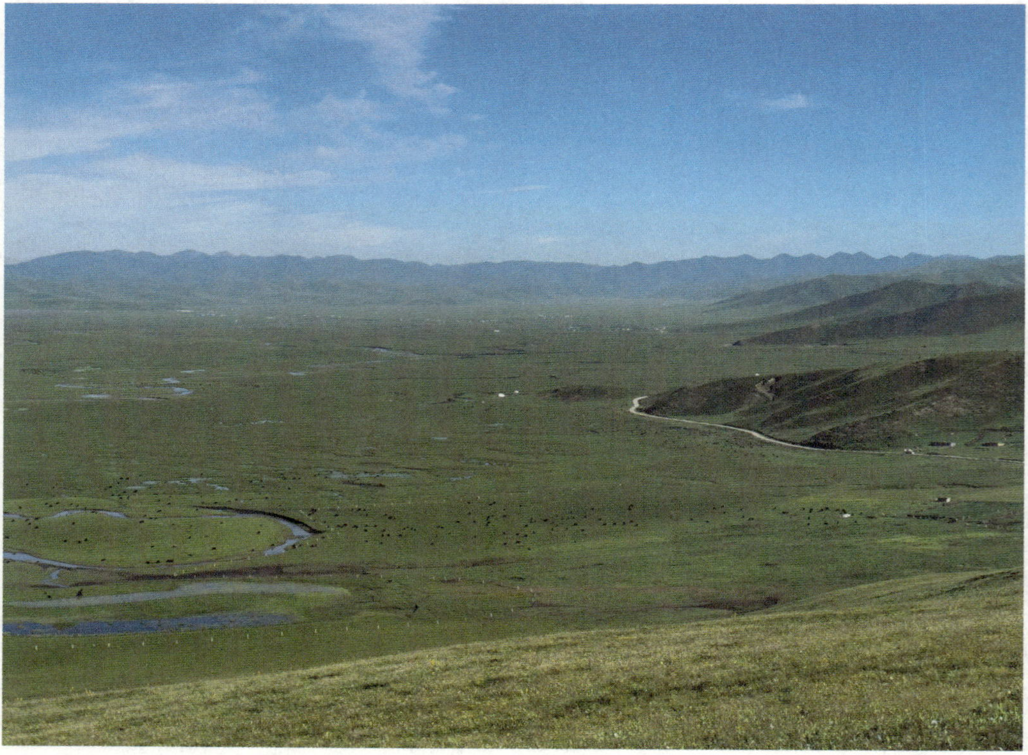

玛曲，是藏语黄河的意思，翻译成汉语，玛曲县就是黄河县的意思。黄河从玛曲流过，穿过青海从西而来，向南拐了一个大弯，又向西北方向流去，再次进入青海，到了北部，又流入甘肃，进入兰州，再从甘肃进入宁夏，冲积成银川这一美丽富饶的塞上江南，再一直向北，冲积成河套平原，因为阴山山脉阻挡，形成一个几字大湾，在黄土高原和吕梁山脉的夹持下，一路向南，形成壮观的壶口瀑布，穿越龙门，再向东拐进入河南地界，一路浩浩荡荡，像野马一般横冲直撞，奔向大海。

黄河在玛曲这一段，流经了433公里，像一个大臂弯，把玛曲县拥抱在怀里。玛曲也知道感恩，作为中国最大的湿地草原之一，河道纵横，水源丰沛，为黄河上游补充了超过50%的水源。为了维护生态平衡，防止水土流失，玛曲全县不生产粮食。这里接近6万人，几乎全部以放牧为生。国家对于牧业也进行了有效的补贴和指导，牧民人均年收入达万元以上。整个玛曲有1335万亩优质草场，没有到这里来，你不能算真正去过草原。

玛曲，自古以来也是战略要地，位于川甘宁三省交界处，又有黄河作为天然屏障，水草丰美，地域辽阔，自然是大家都垂涎欲滴的地方。党项、吐蕃等民族，曾先后在这里建立过部落政权。公元八世纪的时候，赤德松赞率兵进入该地区，之后这里就变成了以藏族同胞为主的区域，到今天为止，玛曲藏族同胞还占到了其总人口的90%左右。

王书记来和我一起用早餐，早餐后我们一起散步到附近山坡上的格萨尔王博物馆考察。博物馆的外形就是一个寺院，让我印象深刻的是里边的藏书室，各种文本的《格萨尔王传》都收藏整齐。我曾经读过阿来的《格萨尔王》，也在收藏之列。格萨尔王，是藏族人民心目中神一样的英雄人物，是人神的合体，无所不能。《格萨尔王传》作为一部英雄史诗，以口述的形式代代相传，有各种不同版本的故事。几乎每个藏区，都有格萨尔王的踪迹。比如，玛曲这里流传的是，在格萨尔王当王之前，他就曾经在玛曲生活

过很长一段时间,养精蓄锐。相传,格萨尔母子被流放到河曲一带后,经过艰苦的努力,改善了当地民众的生存环境,赢得了广大牧民群众的认可和拥戴,并一举赛马称王,由此拉开了英雄史诗《格萨尔王传》的序幕。据说,在《格萨尔王传》中,玛曲有77处遗迹地名与史诗中的地名相吻合,让人觉得该史诗就是玛曲出身的人编出来的。

从寺庙出来,我们坐车上了不远处的阿万仓湿地观景台。这一观景台也是近年打造的,方便游客到山顶上四顾瞭望辽阔的草

原。在高原上，要是我们从山脚爬上去，由于缺氧，三步就会喘息不止。现在公路可以直达顶部，上面还有游客中心，已经方便了许多。

到达顶部，极目四望，万里江山如画，蓝天白云下的草原，一望无际的广阔。牛羊点缀在草地上，悠闲而充满生机。河流在草地中蜿蜒流过，阳光照在河面上闪闪发光。亘古如斯的美丽，繁衍着生生不息的生命。

远处草原中央，有一座寺庙，叫宁玛寺，是玛曲有名的宁玛派寺庙。几座金色的屋顶彰显着佛教的神圣，在天地之间安静地铺陈。如此壮阔的景色，既彰显了人类的渺小，同时也凸显了人类利用自然、艰苦卓绝生存奋斗的能力。

山坡的另一半，就是世世代代居住在这里的村庄。村庄叫道尔加村，据说最初只有七户人家，现在已经发展到了几百户两三千人。除了牧业，这里的人们在政府的指导下，已经开始完善旅游业，为景点提供各种服务。

在山顶的平台上，我和王书记就玛曲县的发展问题进行了对话，也希望借此机会把美丽的玛曲传播给全国。在山坡草地上，刚好遇到牧民在帐篷前水煮羊肉，我们和牧民交流后，很开心地走进帐篷，盘腿而坐，开始喝奶茶、吃手把羊肉。

阳光从帐篷的缝隙里透进来，给人带来一种怡然自得的舒适，眼前的山脉和草原一望无际，开阔到人心无以安放。牧民的生活很艰苦，但他们很开心，和大自然如此亲近，没有城市生活那种喧嚣烦躁的压力，守护着牛羊，快马扬鞭行走在草原上，这是一种自由自在的生命状态。我从他们身上，看到了豁达和友好，却没有琐碎和卑微。

宁玛寺

从山顶下来,我们去了坐落在草原中央的宁玛寺。宁玛寺四周全部是水草丰美的草地。寺庙就建造在草原中央略微高出一点的一块台地上。据说,宁玛寺最初是一个流动寺庙,直到五十年前,才把庙址选定在这里。之所以这样做,一是牧民大部分已经定居了,二是这块寺庙所在的草地,本身就是庙产。

我们需要穿过一片草地走进主庙里面。主庙修建得金碧辉煌,有七八层楼高,里面每一层都供奉着不同的塑像和佛像。第一层是莲花生大师,因为宁玛寺是莲花生大师的道场,然后各层有释迦牟尼佛、观音菩萨等。每一层的正面和侧面都安放了很多佛像,带点收藏色彩。站在主庙最高处的外面,可以俯视整个庙宇建筑群。庙宇周围,在草地上的牦牛四处溜达,让整个建筑群显得无比接近红尘世界,又以圣洁的姿态超凡脱世。

宁玛寺最大的特色,是有一个巨大的露天转经筒,大概有三层楼高,是我见过的最大的转经筒,要好几个人一起才能够转起来。

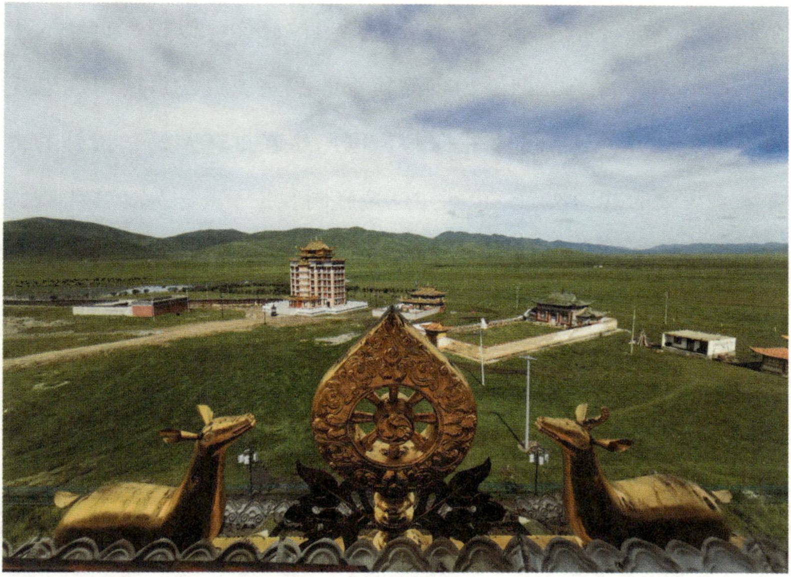

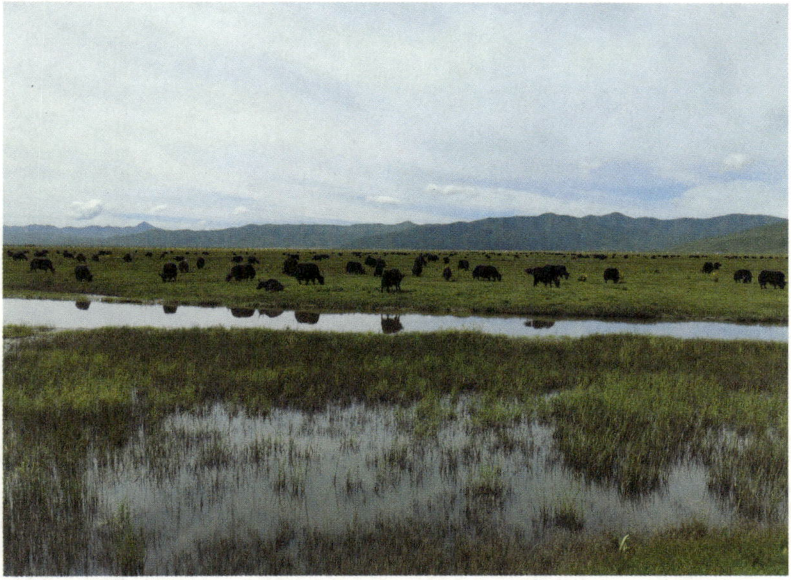

在筒面上的转经把手上,有十二生肖塑像,你可以根据自己的生肖,推动塑像边上的把手为自己祈福。我是属虎的,所以在老虎边上推着转经筒往前走。很多藏族同胞也在推转经筒,信仰的力量需要大家的共同努力。我不知道藏族同胞是不是也用十二生肖,但大家一起用力,转经筒就转起来了。大家往一个方向用力,才是最重要的,国家、企业、家庭,都一样。

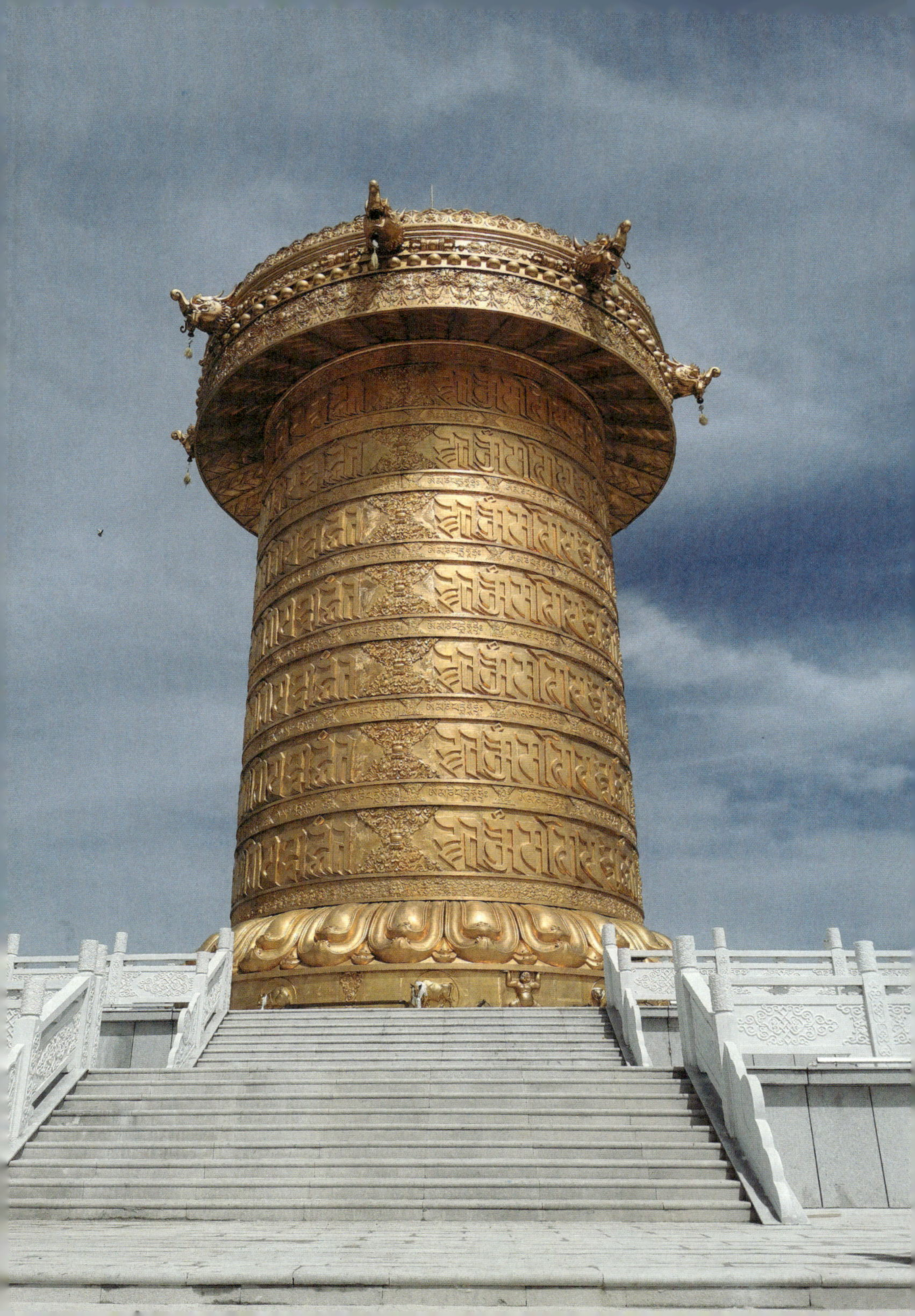

黄河第一弯

从宁玛寺出来，我们向南行驶，去玛曲黄河第一弯。汽车行驶十几分钟后就到达黄河边上。当黄河在我们眼前豁然开朗，展现出奔腾姿态时，我的内心也一起奔腾起来。这是我到过的黄河最上游的地方。看到黄河在这里奔腾而下，内心会产生一种涌动，好像血液在随着河水一起流动。我们沿着黄河这边的小道行驶，道路颠簸曲折，一边是奔腾的河水，一边是连绵的山坡。黄河对面就是青海省，黄河划出了两省的自然界线。这里的黄河水流湍急，不知道古代的人们，在没有桥梁的情况下，是如何穿越黄河进行贸易和交往的，也许就是用羊皮筏子，也许在河面上架起浮桥？不管是什么天险，好像从来没有阻挡住人们贸易往来和沟通交流的热情和愿望。

黄河水流一直在S形的弯弯曲曲中前行，在我看来，每个弯都有自己的个性和魅力。青海、甘肃、四川都在抢夺黄河第一弯的称号，为了吸引旅游者，也情有可原。就像长城上的一下关隘，

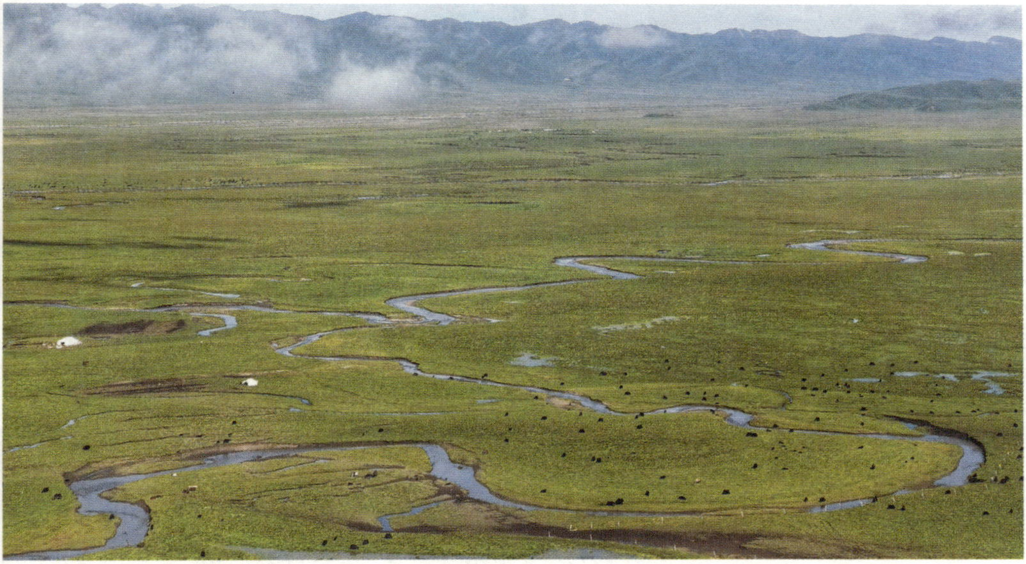

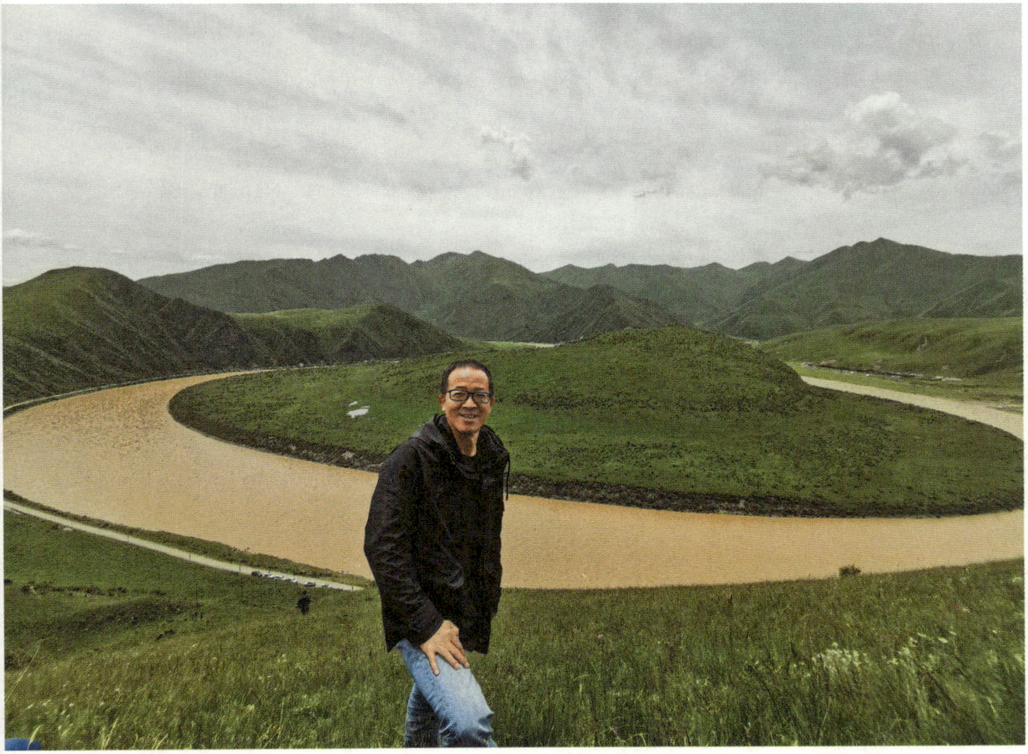

不管是山海关、居庸关、雁门关还是嘉峪关，都被叫作"天下第一雄关"一样。

今天我们要去的黄河弯，是黄河上游弧度最大的一个圆形弯。形状不是 S 形，而是一个优雅的葫芦形状，黄河从上游而来，优雅地拐了一个圆形大弯，再收缩成一个葫芦颈脖的小口，向下游流去。站在黄河边上，你看不出这个大弯，要沿着岸边的山坡，一路攀爬到相对高度三百米的上空，才能全景看到这个无比美丽的大弯。

在三千五百米的海拔高原上爬山，是件非常吃力的事情，但为了看到全景，我必须全力以赴，再累也得爬上去。这可能是一生只有一次机会的攀登。于是，我一路领先，呼哧呼哧地爬到了能够看到全景的地方。团队中，只有几个人坚持爬到了上面。大部分人知难而退，放弃了。当我回头看向下方，无比壮观的黄河大拐弯就呈现在眼底。

在这个高处，已经听不到黄河的涛声，却看到了黄河千古不变的壮美，那种与天地共存的浩荡，和宇宙洪荒一样古老的苍凉。这是我看到的最美丽的河流拐弯。那优雅的大半圆弧线，呈现了自然的选择，也象征着人生的发展：即使遇到再大的障碍，我们也要优雅前行。拐弯，是为了更好地走向远方。

香浪节

　　从山上下来回到黄河边，王书记安排我们继续前行，去黄河最深处的玛曲县木西合乡。在那里，藏族人民一年一度的香浪节正在进行。此前，我从来没有听说过香浪节，赶紧上网搜索，看到如下解释：香浪节流行在甘肃省甘南地区一带，是藏族群众的传统节日。节日源于拉卜楞寺僧人每年的外出采集木柴活动，后逐渐演变成僧俗一同郊游的节日。香浪是藏语采薪之意。因藏语称木柴为"香"，樵采称"浪"，故名"香浪"。香浪节一般在农历六月六开始。节日期间原有煨桑和插箭等仪式，后来逐渐发展成为纯娱乐的内容。

　　今年是闰四月，今天是农历五月二十九。藏历是不是和汉历相同我不知道。如果按照六月六的时间，应该快到公历八月份了。但不管怎样，这个乡现在正在过香浪节。我们到达现场的时候，看到黄河边一块广袤的草地上，耸立着很多白色帐篷。草地上散布着很多赐福的纸片，藏语把这些纸片叫"隆达"或者"风马"。

每个帐篷都是一家人，边上停着摩托或者汽车。大家从四面八方聚到一起，除了有一定的宗教原因，更多是已经把这当成了一场轻松愉快的大型聚会。

我看到藏族同胞们聚在一起，或聊天，或打球，或聚会，展现出了一种令人羡慕的生活场景，一种摆脱日常束缚的彻底放松。和这些藏族同胞相比，我们的城市生活显得枯燥贫乏和孤独。即使放假，我们大部分情况下也是一个人孤单地度过，或者最多全家旅行一次。这种一个群体聚在一起的社交和彻底放松，尤其是和大自然的彻底融入的陶醉，已经远离了城市和城市中生活的人们。

香浪节，让我想起了西方的火人节。为什么活动在很不方便

的沙漠中举办，还有那么多人想去？我想主要的原因是，那是摆脱日常束缚的一次逃脱，是在几天内对自己人生烦恼的暂时忘却。

我们在一个帐篷里，和几个乡村干部一起共进了午餐，吃了手把羊肉、炒牦牛肉和藏糕藏粑。喝酒自然是少不了的事情，藏族同胞居然给我们拿出了一瓶好酒。在这里和藏族同胞计算饭费自然是很不合适的行为，但我们也不能白吃白喝。我拿出了一万块钱给村主任，算是我们留给牧民，支持乡村发展的一点费用。

说实话，我很想在这里待上几天，彻底融入牧民们喜怒哀乐的日常生活，但一是时间不允许，二是就算时间允许，我也不一定有能力融入这种民族特有的文化和习俗活动中。我已经被城市打磨得太精致了，尽管身上还留有一点野气，但和他们那种与天地融为一体、驰骋在高山大水间的粗犷和豪迈相比，我已经相当于高山下的一个盆景了。

从香浪节现场出来，我们沿着黄河原路返回。路上常常有牦牛群出没，在路上悠然行走。我们只能一点点让路。牦牛的神态明确告诉我们，这里是它们的天下。岸边有牦牛在黄河里洗澡，很惬意的样子。

藏族有规矩，牛羊必须养到三年以上才能屠宰。他们几乎从来不吃牛犊或者羊羔的肉。这也许是世代传承的慈悲，也许是因为藏族同胞懂得高原生存的艰辛。西藏的牛羊有福了，可以在广阔的大草原，或者在奔腾的黄河边，悠然自在地生活至少三年。这和那些圈养了几个月，从来没有见过天日，就要进屠宰场的同类相比，已经太幸福了。

河曲马场

下一站，我们一路北上，离开玛曲进入碌曲，要去碌曲最美的景点尕海。一路上都是大草原无穷无尽的壮美风光，在阳光下，整个草原散发出迷人的色彩，草地上各色野花，以各种色彩展示出自身的独特，绵延到无尽的天边，犹如神仙编织的地毯，把你的心一起卷了去。其实甘南这样美好的气候不多，更多的是萧瑟秋草和白雪茫茫的季节。所以在这一短暂的美好季节里，一定要拼命牧放，让牛羊马吃得膘肥体壮。

玛曲作为一个景点，为了吸引游客，正在打造河曲马场。河曲马，是中国的名马之一，据说玛曲自古以来就是吐蕃的养马基地。王书记知道我喜欢骑马，邀请我顺路去看一看，盛情难却，我欣然成行，从主道拐上了去河曲马场的道路。出于对马的喜欢，我也很想亲眼看看河曲马是怎样的姿态。

到达目的地，我并没有看到马群，而是草地连绵，一直延伸到远处的青山脚下，旁边还有一个浩浩荡荡的拉措湖，有牧民帐

篷三三两两散落在湖边，一片悠然牧歌的景象。

　　牧场负责人告诉我，现在马群散养在山边，已经安排人去把马群赶回来，一会儿就到。果然过了一会儿，一群马，如天边的云彩一样，奔腾而至，我赶紧掏出相机拍下了几张群马奔腾的照片。牧民告诉我，这些马大部分都是母马，不少怀着身孕。公马已经分开饲养，免得干扰母马的生育。河曲马看上去比蒙古马要高大一些，但不如汗血宝马高大。河曲马以耐力和灵活性著称，在古代一直是战争良马。既然到了这里，我无论如何是要骑一圈河曲马的。对于如此痴迷骑马的我来说，骑马几乎变成了我的精神归属。如果不是十几年前腰椎间盘突出，到现在依然腰酸背痛，我一定

依然会每年到草原上骑马。那种人马合一的状态,人和马之间无言的亲近,那种同一种节奏的奔腾配合,只有会骑马的人才有体会。

马是有灵性的动物。有一次,我在草原骑马,发现那匹马腿部有伤,我就认真为它洗了伤口,并为它涂上药,结果那匹马瞬间就和我依依不舍。由此我相信,动物比人更有灵性。牧民给我找了一匹可以骑行的骏马,我跨上马背,在草原上纵横驰骋了十几分钟。

骑马结束,我们继续一路向北,路过了黄河第一桥。桥头还立了"黄河第一桥"的石碑。其实现在,这已经不是黄河第一桥了,但这是曾经的辉煌。

该桥建成于 1979 年，打通了玛曲上下区域的连接。过去的中国，在奔流的大河上造桥还是有难度的，这也是武汉和南京长江大桥的成功建设要进入中小学课本的原因。今天的中国，造桥工程技术已经处于世界领先水平，黄河和长江上已经飞架起了无数座大桥，天堑变通途的例子比比皆是。很多不可逾越的山头之间，也凌空架起了壮丽的大桥，让中国这个多山的国家四通八达。

尕海

王书记把我送到玛曲迎宾门,我们挥手告别,相约来日再聚。

而后我们一路奔向碌曲尕海。碌曲县委书记扎西才让听说我去尕海,一定要在路上迎我。我们原来并不认识,但他看到我一路在自媒体上宣传沿线景点,觉得我的到来对尕海的宣传很重要,决定亲自出马接待。

下午六点多,我们到达去往尕海的新老路口,见到了扎西才让书记,互相寒暄了几句,然后继续上路,半个小时后到达尕海岸边。越过一座山包,突然发现群山怀抱中,一汪碧蓝清澈的水面出现在眼前,那就是尕海了。

看到尕海的第一眼,我就看到了一种梦幻的色彩。我从来没有见过这么美丽的湖光山色。高原的天是那么蓝,云是那么白,天空是如此高远,尕海的水是如此的蓝,蓝得变成了深邃的蓝宝石,镶嵌在周围翠绿的山里面。那山的绵延是如此的温柔,不奇不险,犹如飞天飘舞而起的绸带。在西斜的太阳照耀下,大地被一层金

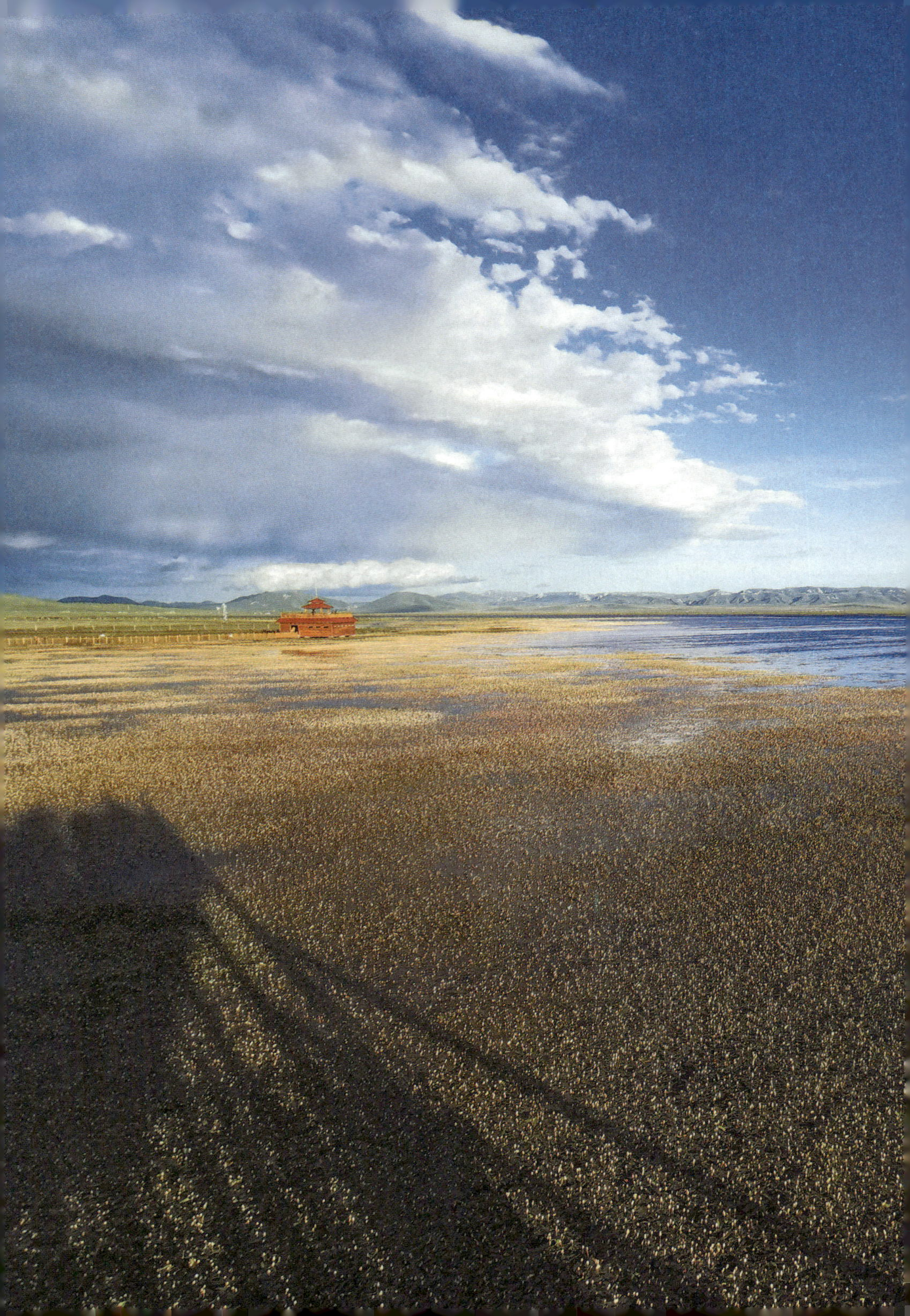

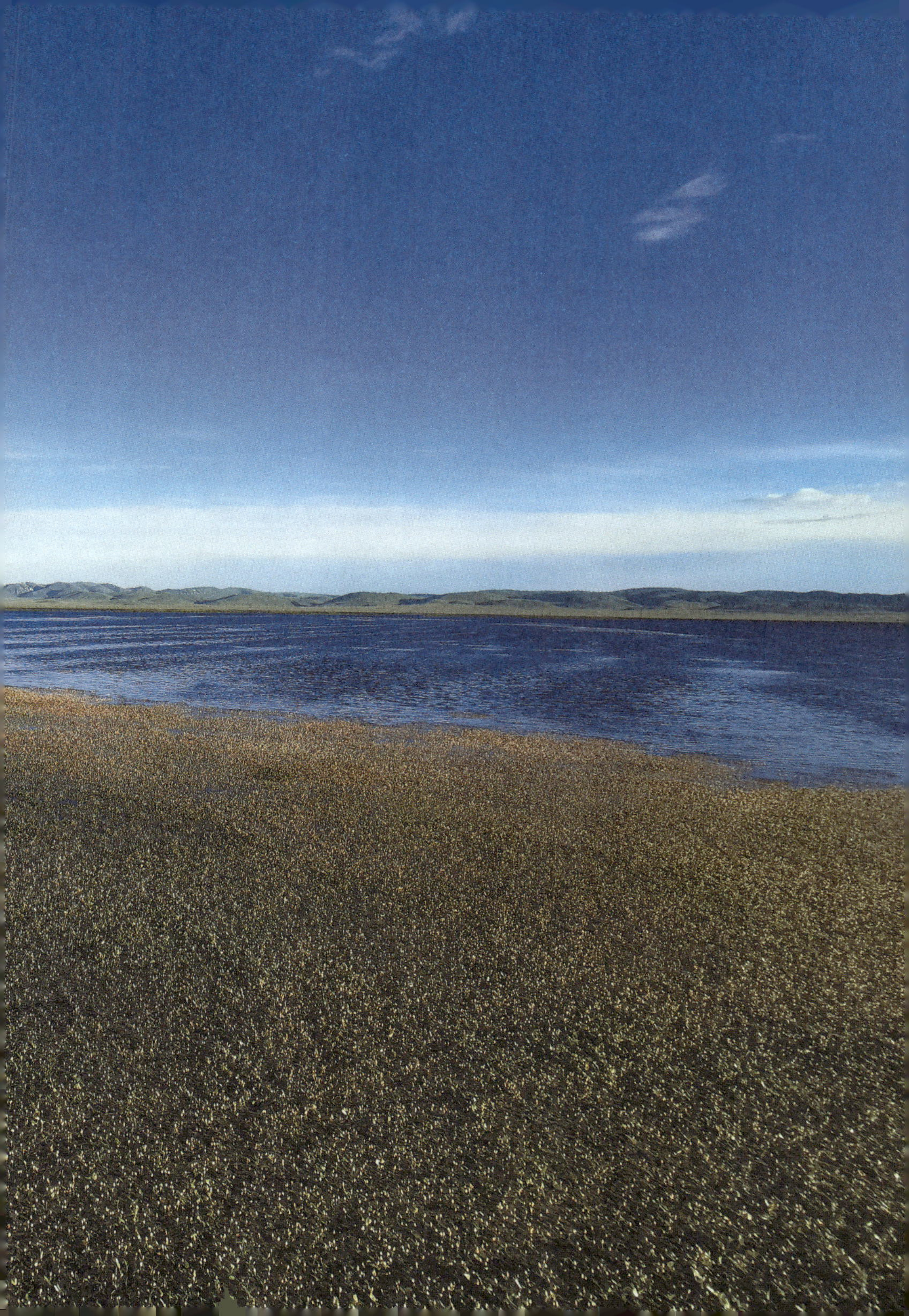

色笼罩。我从来没有见过如此舒展飘逸的大地，真是神仙居住的地方。

这一路过来，不管是峡谷还是大河，我看到的都是黄龙一般奔流激荡的浑水，突然看到这一汪如此平静清澈的水面，一种愉悦感从心底沁了出来。

公路紧贴着尕海，我们沿着尕海一路向前，目不暇接看着尕海不断变换的景色。尕海，藏语称"姜措"，意思是"高原古湖"。当地牧民称其为"高原神湖"，湖面海拔高度3480米。尽管现在面积缩小了很多，但尕海仍是甘南草原第一大淡水湖。湖面呈椭圆形，湖水由周围山上的忠曲、琼木且由、翁尼曲、多木旦曲等多条河流补给，并通过周科河外泄，最后流入洮河。洮河在藏语中就称为碌曲，意思是神水，在刘家峡水库汇入黄河。

沿着尕海西岸开了一段后，我们到达尕海—则岔国家级自然保护区的大门。自1998年设立自然保护区之后，尕海周围就被限制放牧了，在很长一段时间内也限制旅游。后来在遵循保护标准的前提下，相关部门修建了木步道和观景台，让远道而来的游客可以饱览尕海的壮美景色。

我们今天的运气真不错，因为只有在蓝天白云下，尕海的色彩才最迷人。扎西才让书记一路陪着我们从木步道走到观景台。在观景台上，可以居高临下，清晰看到水面上的彩色水草和在稍远一点的地方游弋的野鸟。湖水浩浩荡荡，和远方的山峦相接，上下天光，一碧万顷。湖边的绿草，像绿色的波浪，延伸到天边，再和绿色的山峦相接，绿得没有穷尽。过去的很多年，人类对于大自然进行了过度开发，现在终于意识到了保护大自然的重要性，绿水青山就是金山银山。自从保护区建立之后，每年已经有越来越多的鸟类来到这里生息繁衍，同时，旅游的发展也给当地带来了除放牧之外的其他经济收入。

从观景点下来，碰上了几位从深圳、杭州来旅游的大学生，拉住我一起合影留念。同时，在甘南州政府所在地合作市工作的几位女生，从媒体上看到了我在甘南旅行，辗转打听到了我的行踪，专门跑到尕海这里来等我，还穿上了藏族的民族服装，专门打了一幅标语："用行走拓展生命的版图"。这是我说过的一句话，

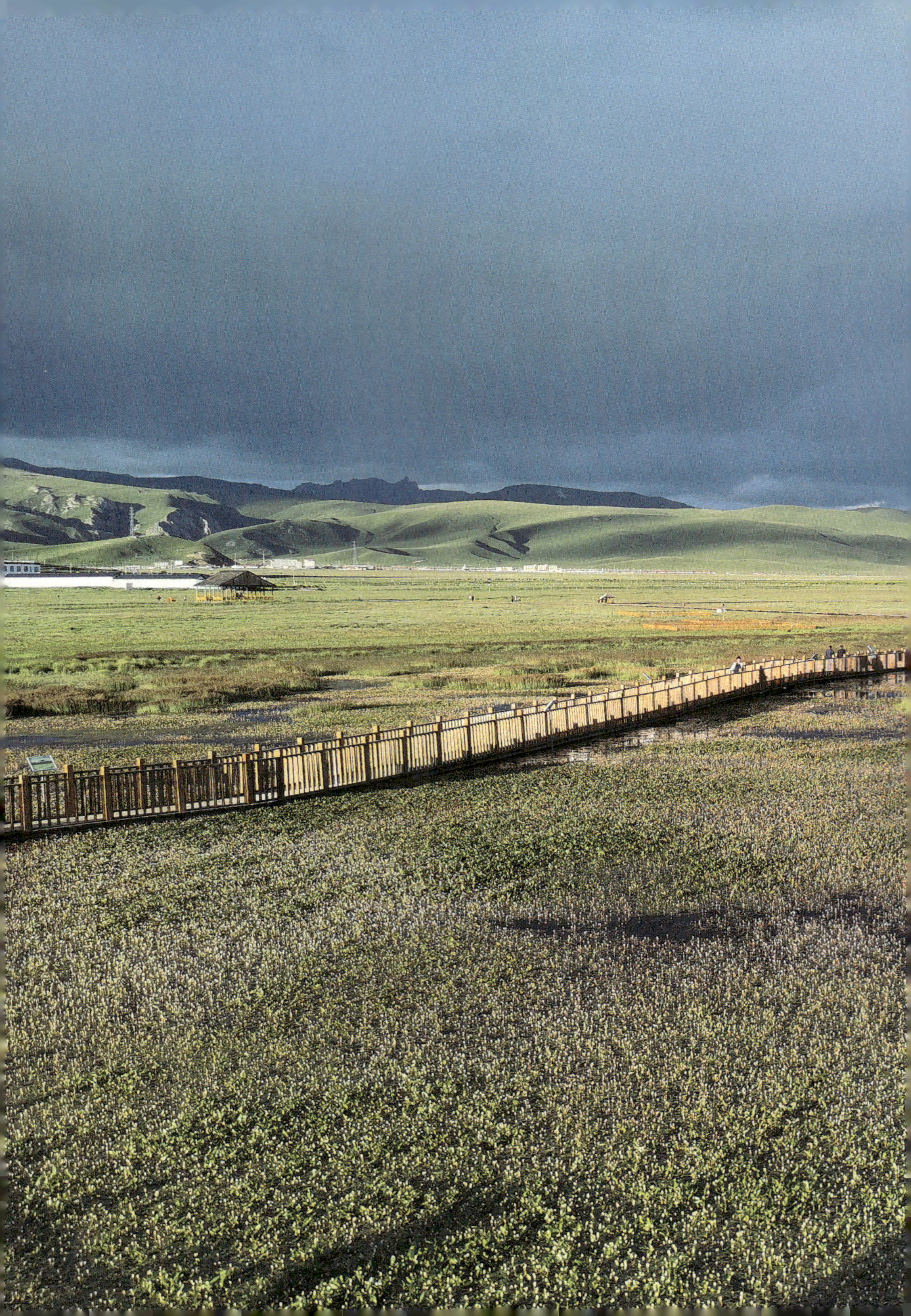

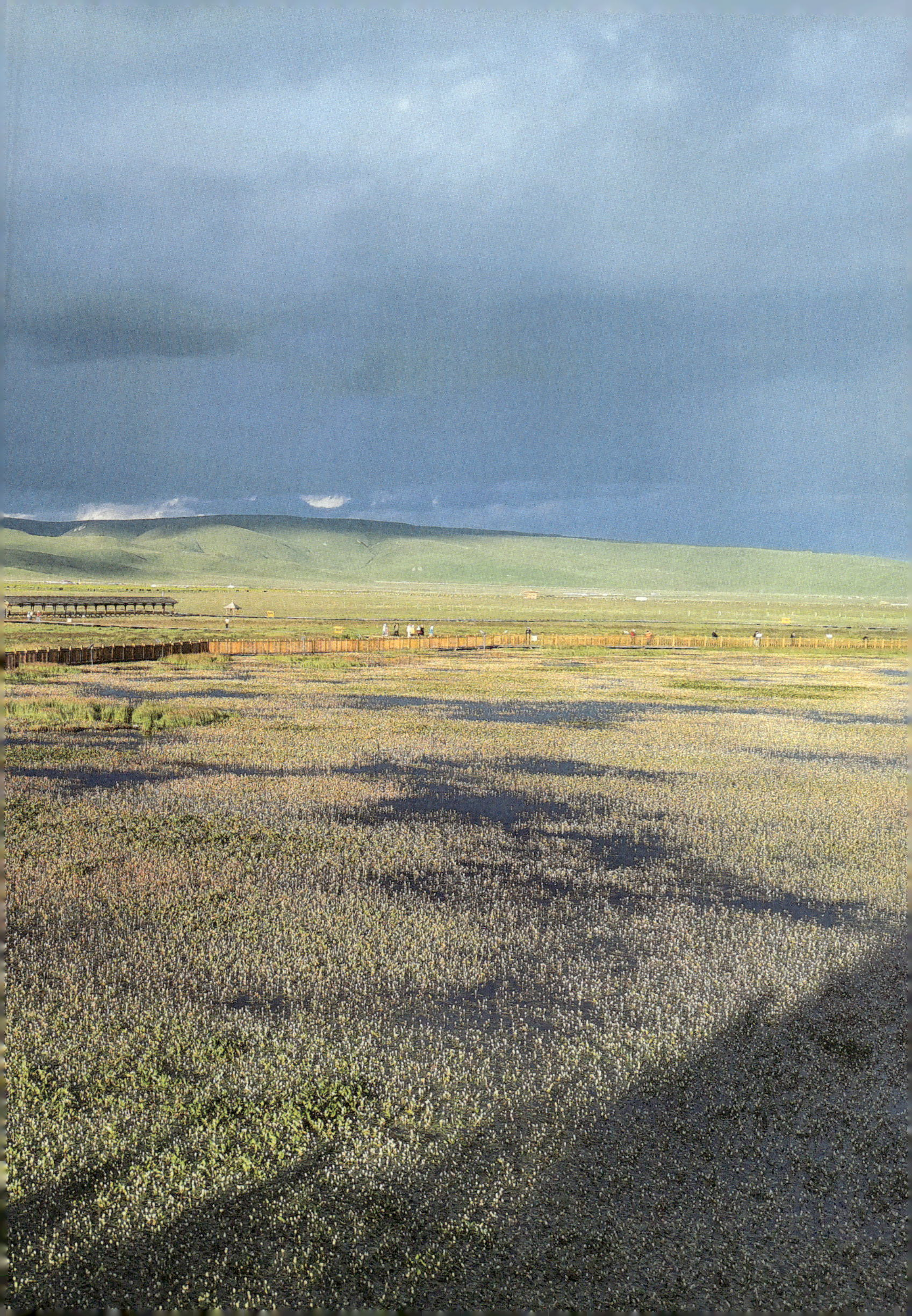

她们很用心，让我很感动。她们成立了一个读书会，希望我给她们录制几句祝福语，我欣然领命。录制结束后，和她们照相留念，握手告别。

本来离开尕海，应该直奔夏河，明天的行程是参观拉卜楞寺。但扎西才让书记热切邀请我去"尕秀晒金滩帐篷城"共进晚餐。他说，这个帐篷城是他们这里做的新型扶贫项目，在不破坏生态的前提下，在草原上打造了以帐篷为核心的主题宾馆，来往的游客可以在帐篷里居住，帐篷里面设施已经很现代化，能够满足游客的舒适需求。帐篷城是用国家的扶贫款建设而成的，牧民可以得到后续的经营分红。这种方式有持续效应，比把现金直接分给牧民要好很多。

我一路考察了好几个扶贫项目，觉得看一看这个帐篷城也是一种体验，于是欣然前往。路上遇到了一阵雷雨，雷雨后天边出现了一道彩虹，在辽阔草原的山那边出现，横贯天空。高原的彩虹，尤其显得壮美。

到达帐篷城已经雨过天晴，深色的晚霞从云层中透出来，布满天空。帐篷城的员工在大门口跳着藏族舞蹈欢迎我们。我们沿着步道走向其中一顶较大的帐篷，晚餐就在这里举行。晚餐是简单的藏餐，喝酒依然是必不可少的流程。三杯青稞酒一饮而尽是对主人表达的必不可少的敬意。

帐篷城有专门的演出小队，能够为客人弹唱助兴。藏族人民

每个人都是天生的歌手，唱起歌来热切悠扬，把整个青藏高原的雄壮气息都拉到了你的眼前。那激动人心的歌声，自远古传来，悠扬到今天，依然充满生命的张力，穿透时空的羁绊，直击人心。

晚餐结束已经十点，我们在茫茫夜色中出发，继续一路向北。我能够想象，两边都是草原和连绵的群山，它们在黑夜中默默注视着我们，为我们的远行祝福，或者觉得我们的匆忙有点可笑。

晚上十一点半，我们到达了大夏河边上的夏河县，入住天珠国际酒店。在酒店门外，抬头看向天空，满天繁星闪烁，又是一个美丽的夜晚。

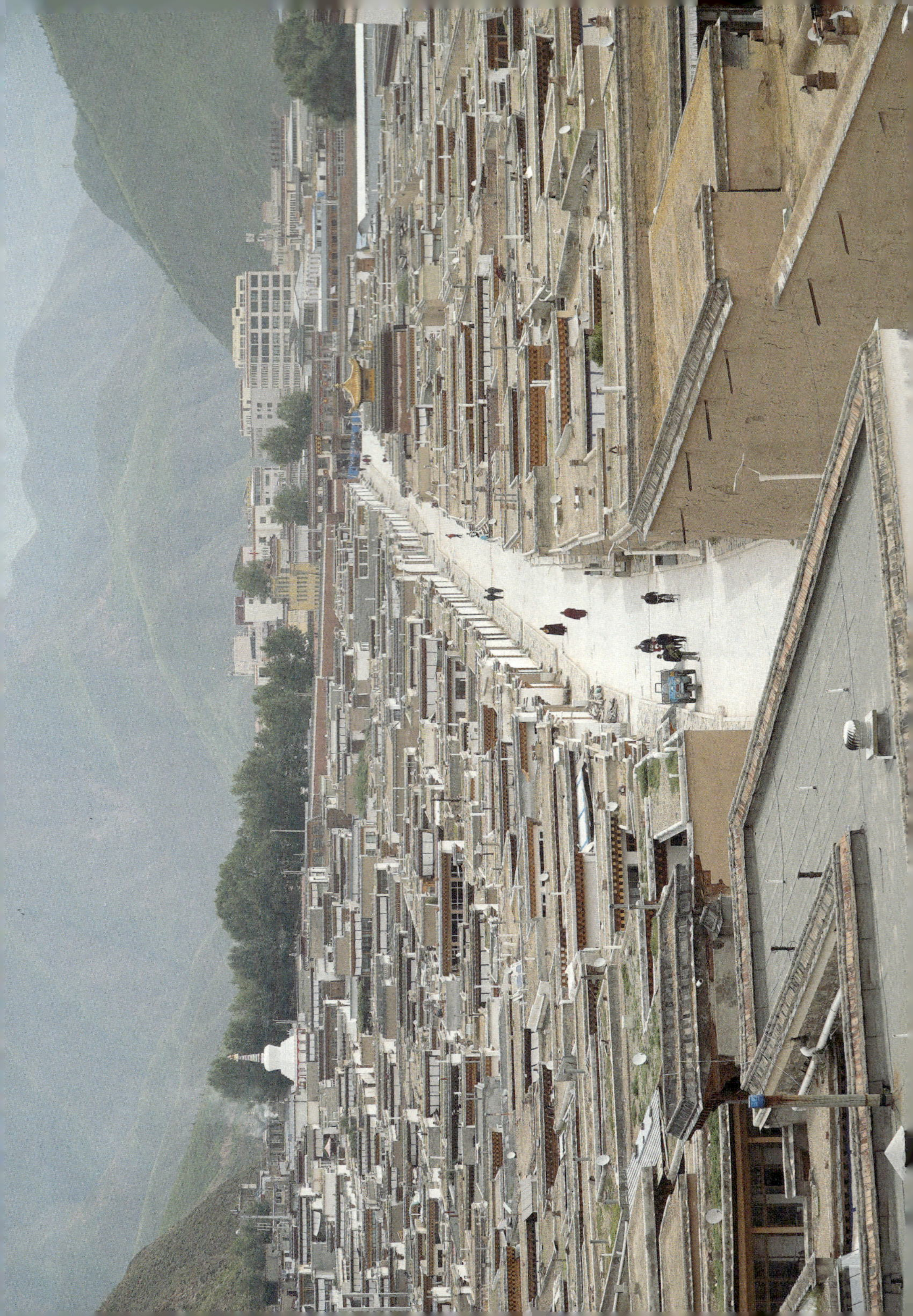

2020 年
07/20
星期一

街道两边是僧舍和寺庙,
游人不算太多,
偶尔有个僧人穿着红色的僧袍从我们身边飘过,
透露出一种脱离红尘的飘逸。

拉卜楞寺

　　夏河是一个古城。早在西汉昭帝始元六年（前81年），汉朝就在这里设置了白石县。这个地方也是一个战略要地，是各朝代藏羌和中原王朝不断争夺的区域。区域的掌控权有的时候在中原王朝手中，有的时候在吐蕃手中。清康熙四十八年（1709年），拉卜楞寺在这里建成。清廷遂在这里设立了拉卜楞分府。1928年，当时的甘肃省政府以大夏河横贯县境，县城濒河，取名为"夏河县"。该名称在1949年后又改了一次，但后来还是恢复了夏河县的名称。

　　唐朝的时候，著名的哥舒翰曾经到过这里。"北斗七星高，哥舒夜带刀。至今窥牧马，不敢过临洮。"写的就是哥舒翰在这一带戍守边疆，胡人不敢来犯的事情。哥舒翰为唐朝名将，一身戎马倥偬，但结局并不好。安史之乱时，哥舒翰守卫潼关，想通过坚守不战争取主动，无奈唐玄宗不断催促其主动出战，最后哥舒翰流泪走出潼关，和叛军作战，大败被俘，还投降了叛军，最后却还是被叛军处死，也算是英雄末路。

诗中提到的临洮，就在夏河县的北边。现在在夏河，还有一座八角城遗址，是一座军事堡垒型的建筑遗址，不知道是哪个朝代留下来的。这里也是南线丝绸之路的必经之路。商队到达兰州后，南下经临洮到夏河，再一路南下到达青海进入西藏。与此同时，藏族人民也不断北上，逐渐占据了整个甘南大草原。到今天为止，所有夏河、碌曲、玛曲等地的人口，依然80%以上都是藏族人口。

本来夏河也就是一个不起眼的小城，这一切都因为拉卜楞寺而改变了。今天，我要带大家去看一看拉卜楞寺。

住宿的宾馆就坐落在大夏河边上。我昨晚就听到了湍急的水流声，今天一早起来先散步走到大夏河边去看一看。

大夏河，起源于夏河地区靠近青海的高山地带，自西南一路流下，经过夏河城，也养育了夏河人，然后再一路向东北奔流，流经临夏，在刘家峡水库注入黄河。正是这样一条条充满生命力的河流，养育了中华民族生生不息的意志，滋润了中华民族博大深厚的多民族文明。

当地的张县长听说我到了夏河，专程过来和我吃早餐。他的名字像个汉族的名字，实际上他是藏族人。藏族人用汉族名字的人很多，也属于一种文化融合吧。他来宾馆，没有让同事先来预订早餐包间，于是和我一起拿完餐食后，到处找桌子，最后和酒店的客人坐在一起吃饭。他气质儒雅，谦逊温和，我们边吃边聊了很多夏河的事情，愉快地结束了早餐。

早餐后，我们一起出发去拉卜楞寺。大夏河奔流而下，河的对岸是拉卜楞寺区域，这边是公路和山脉。张县长带我去了这边的一个山坡平台。在这个平台上，可以俯瞰整个拉卜楞寺的全景。平台不算高，也就上升了五十米不到，但站在这里就能够把拉卜楞寺整个区域一览无余。平台谁都可以上来，但最近游人不多，我们几乎独享了空间。

在平台上，最先映入眼帘的是贡唐宝塔。那五层高的金色宝塔，几乎成了拉卜楞寺的最佳象征。放眼望去，更远的地方是大经堂佛殿区域，由十几座红墙金顶的寺庙建筑组成。这是拉卜楞寺真正的核心地带，是 1709 年最初建寺的时候就有的建筑。自 1709 年

以来，随着甘南地区来拉卜楞寺朝拜的信众越来越多，僧尼开始增加，寺庙建筑也不断增多。除了寺庙，还要有供大量僧尼住的地方，僧舍开始不断围着寺庙延伸，最后形成了一座寺庙和僧舍结合的宗教小镇。

在任何领域，不管是什么团体，其组织结构是长远发展的最高保障。拉卜楞寺从一开始，就建立了非常完善的宗教体制。其中最核心的是闻思学院，以显宗为主，着重研习印度佛学家所著的五部大论。这也是一世嘉木样研究最精深的佛典。这六大学院，承担了大量培训佛学人才的工作，学院的弟子遍及天下。但要在学院修得正果是件不容易的事情。佛学经典浩如烟海，常常需要一生的努力和精进。

除此之外，拉卜楞寺还是第一家实行连锁管理的寺庙。随着时间的推移，拉卜楞寺在今甘肃、青海、内蒙古等地的分寺庙或者子寺庙达到一百多家。拉卜楞寺给这些寺庙的僧尼、管理者进行培训，并将佛学成果和人才进行输出。通过这些分寺庙的运作，拉卜楞寺的影响力进一步扩大。

1949年之后，拉卜楞寺在特殊年代遭到了破坏。十一届三中全会后，党的民族宗教政策开始落实。1980年，拉卜楞寺院重新开放，国家拨款对原有的经堂、佛殿做了维修，恢复了拉卜楞寺在藏传宗教中的地位。今天的拉卜楞寺，部分恢复了昔日的辉煌。同时作为甘南地区最著名的旅游景点，政府在不断改善拉卜楞寺区域的整体环境，已经比较完善地把宗教活动和旅游项目结合了起来。

拉卜楞寺背靠着一座环状的山，像臂弯一样拥抱着寺庙群。由于远看山形像一只卧着的大象，所以叫卧象山。寺庙群的前面，是奔流而过的大夏河，为整个拉卜楞寺提供源源不断的水源。对面又是一抹青山，青山的一道斜坡，就是每年正月十五晒大佛的地方。那是一个巨大的仪式，成千上万的信众，看着神圣的大佛从山坡上一直展现到山脚，大家一起顶礼膜拜。

从这边山坡走向拉卜楞寺，有一座桥相连。游客的汽车一般不让过桥，大家都必须走过去。桥下是激荡的夏河水，迎面而来的是各种寺庙建筑。走进拉卜楞寺，就像走进了寺庙建筑博物馆。建筑主要分为佛殿、佛塔和僧舍。佛殿一般都高大庄严，墙体以深红色为主，屋顶以金色为主。一般僧众住的院子，看上去就像甘肃地区普通的民居四合院，木门泥墙，一个院子里会住好几个僧众。其中一些院子则是白墙，门头和围墙比较高大，表明院子里的主人身份非同寻常。

走进寺庙区，我们先去了贡唐宝塔。宝塔前面有一些藏族同胞在磕长头，这些藏族同胞很多都是不远千里而来，为的只是内心的虔诚。宝塔在特殊年代被毁，后来重建。

从宝塔出来，我们走过转经筒走廊。我虔诚地从第一个转到了最后一个，为自己和亲人朋友祈福。然后我们沿着街道走向大

经堂。拉卜楞寺的街道曾经是泥土路，后来政府出资全部修建成了石板路。街道两边是僧舍和寺庙。游人不算太多，偶尔有个僧人穿着红色的僧袍从我们身边飘过，透露出一种脱离红尘的飘逸。

大经堂是拉卜楞寺的主要建筑，该建筑曾经在1985年的一场大火中被彻底毁灭。现在的建筑是根据原样复建的。大火中很多珍贵文物都被付之一炬，化为灰烬。据说有几座佛像在大火中被保留了下来，被人们看作是某种神迹。

一位叫加嘉加措的僧人带着我们进入大经堂参观，并给我们逐一讲解。加措的汉语相当流畅，表达清晰生动，让我对他立刻刮目相看。我问他身世，他说他在舟曲长大，那个地方汉族人多，他从小也讲汉语，上学用的也是汉语。但他不喜欢学习，高中没上就辍学了。后来来到了拉卜楞寺，得到了高僧的指点，就此安下心来研究佛经佛法，现在每日精进，体会愈深。我看他穿着深红色僧袍，满脸平静快乐的样子，觉得他确实已经有了灵性的气质了。

大经堂参观结束后，我们沿着街道走向僧舍区，很多僧人都住在这里。僧舍好像是要僧人自己出钱修建的，一般一个院子住好几个僧人。我们要去拜访的是一位得道高僧，后来我知道他叫贡曲加措上师，翻译为汉语叫宝海上师。在拉卜楞寺，有无数的僧人、居士，包括民间各色人士等来学习佛法，因此拉卜楞寺的上师，不仅仅自己修行，还要花很多时间在和来学习的人切磋佛法上。我们去拜访贡曲加措上师，是因为陪同的朋友中有一位是他的弟子。

我们走进一个干净整洁的四合院，院子里花草繁盛，整洁美观。进入正房，是摆放得很整齐的矮桌，地上铺着地毯，可以供大家席地而坐。右手厢房就是上师打坐会客的炕床。我们入座后，上师过来和我们一一问候，然后在炕床上结跏趺坐，开始和我们聊天。但他只会简单的几句汉语，所以有一个弟子坐在一边给他当翻译。这个弟子一看就相当聪慧，翻译解释起来对答如流。后来才知道，他叫朶藏多杰，是从西北民族大学毕业的，而且是学士和硕士连读，学的是历史文献研究。他毕业时以笔试和面试第一名的成绩考上了公务员。就在这个时候，他遇到了贡曲加措上师，上师的一番开悟，让他从此一心一意皈依了佛法，投奔到上师的麾下，一心向佛，再无悔意，改名为佛光比丘。佛光比丘带着一份平静，和我交流他的精进历程，没有任何情绪波澜，能够感觉到他确实是一心礼佛，没有任何功名利禄在背后作祟。

在佛光比丘的翻译下，我和贡曲加措上师进行了一个小时的对话交流，内容涉及个人的成长历程、对于佛法的理解，以及对于生命的感悟。上师不紧不慢地和我聊天，佛光比丘在旁边翻译和解释，空气中满是安详的味道。

1980年，上师在十四岁的时候来到了拉卜楞寺，此前他在草原上放牧，来到拉卜楞寺后就一直学习修行，转眼四十年过去了，佛法浩瀚无边，到今天他还在每日精进研读。我问他四十年间有没有后悔的时候，他说迷惑的时候有，但后悔从来没有。一入法门，此身便献给了佛的事业。

上师带着几个弟子，一起住在这个四合院里。追随他学习的弟子全国各地都有，他有时候也会到其他地方去说法。上师招待我们喝了奶茶、吃了午饭，送了我一幅他已经挂在墙上很久的绿度母唐卡，并让我一起跟他念了《四皈依经》《释迦牟尼咒》《绿度母心咒》等。上师说一句，我跟着念一句，我完全不知道内容是什么意思，但内心好像微风吹过，平静如水。

从上师的院子出来，我们沿着街道在拉卜楞寺的小镇上穿行。街道上偶尔有一两个僧人，穿着深红色的僧袍走过，和两边土灰

色的墙壁形成了鲜明的对照。街道的悠长，僧人的飘逸，构成了一幅完美的图画，在午后的阳光下，诉说着某种无言的永恒。这样的场景，在拉卜楞寺，已经重复了几百年的时光。

进入兰州

离开拉卜楞寺，我们开始向兰州出发。本来途经临夏的时候，应该多待一天的。

临夏是一个值得停留的地方，是古丝绸之路南道的要冲、唐蕃古道的重镇、茶马互市的中心，也是文成公主进藏的路径。同时，临夏也是中华文明的重要起源地之一，是我国新石器文化最集中、考古发掘最多的地区之一。马家窑文化、半山文化、齐家文化等文化遗址都在这里。在刘家峡水库边上，还有已经成为世界文化遗产的炳灵寺石窟。

但由于行程的安排，这次我们只能越过临夏直达兰州，留点念想下次再来。临夏离兰州比较近，所以下次前往也不算麻烦，且这次兰州周围的景点，都没有安排在考察的范围之内。

下午一点到四点，我们一直在从夏河到兰州的路上。这次仅仅是路过兰州，我们要经兰州去河西走廊。但在兰州，依然要做三件事情：一是要和兰州新东方的员工老师代表见面；二是要和兰州的朋友们聚会，我一路行走，他们提供了不少支持，要向他们表示感谢；三是要去甘肃省博物馆看一看，里面馆藏了很多珍品，包括秦公大墓出土的文物，还有那匹名扬四海的铜奔马。

从夏河到兰州的路上，我们可以看到地形地貌的变化和人文环境的变化。从草原逐渐过渡到了山岭，山上的植被也逐渐变少，黄土的特征开始显现。从南到北，可以看出降雨量在不断减少。从路边的建筑可以看出来，我们从夏河开始过渡到了汉族人比较多的地区。再往北走，就陆陆续续出现了清真寺。兰州和周边地区一直是多民族混居的地区。在兰州，佛教寺庙边上就是清真寺的景象并不少见，不同信仰的人们和平共处，度过需要日日劳作

的世俗生活。

　　进入兰州，我们直接去了兰州新东方。一百多位员工和老师代表在等着我。在问候大家之后，我给大家分享了四十分钟左右的人生感悟，然后和大家一一合影留念。见面结束后，我入住了兰州皇冠假日酒店。酒店就在黄河边上，从房间窗户里看出去，黄河横穿整个兰州城，水势巨大，奔腾而下，河水在阳光下熠熠闪光。古代在山谷河岸边的小小金城（兰州城），现在已经变成了一座现代化的大都市，高楼大厦林立，极目远望，鳞次栉比、绵延不绝。1949年前只有一座铁桥连接着兰州的两岸，现在已经有很多座大桥，把两边的人民和他们的生活紧紧连接在一起。黄河从青藏高原走来，经历了百转千回的曲折，终于来到了兰州这座城市，并养育这座城市，让它变得日益美丽。今年，由于上游地区雨量充沛，黄河水量猛增，河水已经几乎到达了警戒最高水位线。我在玛曲黄河大弯看到的滔滔河水，经过日夜奔流，也许现在正从兰州通过。站在桥上看黄河水流，犹如千军万马奔腾而来，气象万千，浩浩荡荡。

　　晚上和兰州的一些朋友聚会，就在黄河边上的一家餐馆。席间相谈甚欢，不知不觉多喝了好几杯，充满醉意回到宾馆，蒙眬睡去。明天要开启河西走廊之旅，梦里，金戈铁马的声音，呼啸而来。

2020 年
07 / 21
星期二

人生的选择,
或普通或奇特,或平庸或高尚,
关键时刻的一次选择,
常常会决定一生的命运和高度!

甘肃省博物馆

昨天晚上和朋友说好，今天上午要去甘肃省博物馆。这次行程，兰州及其周围景点不在计划内，一是因为兰州来过多次，有些地方已经去过；二是在我的考察行程中，以后省城会作为一个单独的项目来进行，所以这次兰州就不是重点了。但博物馆还是要去的，通过博物馆可以概览整个甘肃的历史文物风貌，对甘肃的历史有更加直观生动的理解。何况我一路过来已经知道，秦公大墓里出土的一些文物，还有那匹著名的铜奔马真身，都在博物馆里。

我们九点多到达博物馆时，发现进馆的游客居然排着长队。看来大家对博物馆馆藏作品还是非常感兴趣的。博物馆馆长贾建威亲自接待了我们，并且全程带着我参观。

甘肃省博物馆是国家一级博物馆，也是藏品最丰富的博物馆之一，整体文物藏品有三十多万件。博物馆的前身是1939年用中英庚子赔款组建的甘肃省科学教育馆。1950年，教育馆改称为西北人民科学馆。1956年，正式命名为甘肃省博物馆。现有的博物馆新展览大楼，是2006年落成开馆的。其中，最著名的两个常设展厅，一个是甘肃彩陶展厅，一个是甘肃丝绸之路文明展厅。今天由于时间关系，我主要看这两个展厅。

看展览前，贾馆长先带我去看了看博物馆的文创产品。自从故宫带头做了文创产品，引起粉丝追捧之后，全国各地博物馆的文创产品就层出不穷。甘肃省博物馆的文创产品，做得高雅细致，是我见过的文创产品中创意和设计都很不错的产品。后来，负责文创设计的王丽燕和她的团队，也出来和我见面。我们进行了很好的沟通，还探讨了和新东方合作搞文创产品的可能性。

我们首先参观的是甘肃丝绸之路文明展厅。这个展厅集中展示了几百件系统反映古丝绸之路历史和文化的文物，有很多是国家级珍宝。这里面有几件东西让我觉得震撼并大开眼界。一是刚开头就展出的一些权杖。权杖是西方的产物，从古希腊罗马时代就开始使用。我们在丝绸之路上出土的这些权杖，最老的有六千年以上的历史。这意味着六千年前，丝绸之路上就有了商贸往来和其他交往。二是出土的一些青铜器，也有四千多年的历史，意味着这些青铜器的制造时间可能早于中国的商朝，最后影响了中国青铜器的制造。三是汉砖上的图画，色彩依然鲜艳，图画描绘的生活场景生动灵活，其中那幅邮差打马飞奔的图画，已经成为中国邮政的标志。当然还有雷台汉墓出土的铜奔马和仪仗车队，这是展览中最引人注目的部分。铜奔马现在是中国旅游的标志，

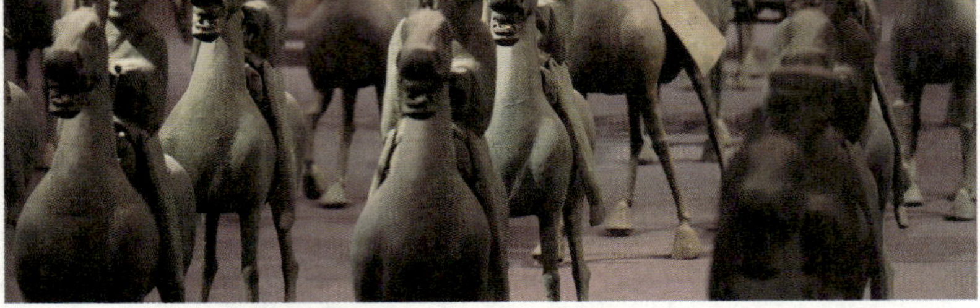
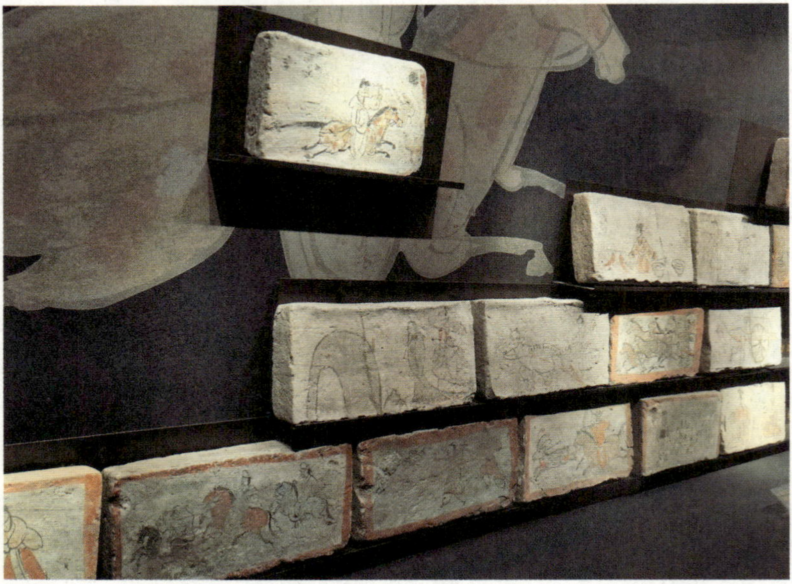

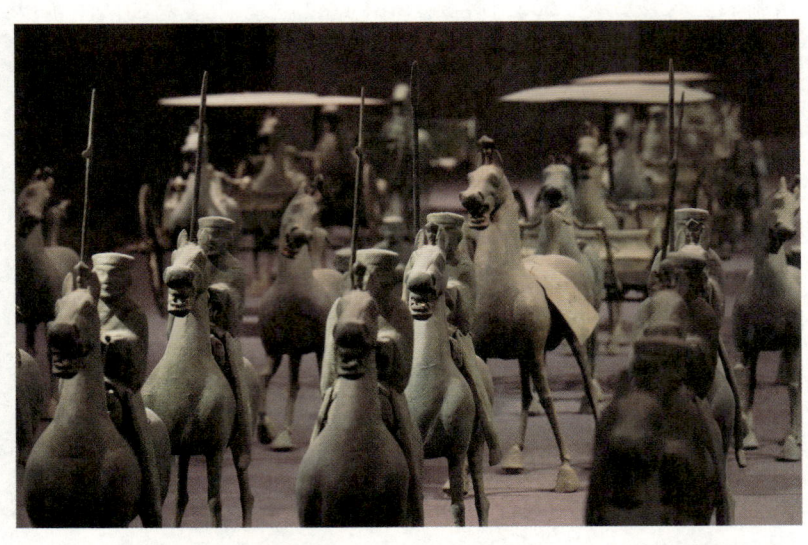

已经成为知名度极高的出土文物。

剩下的展品中还有一些汉简、汉唐丝织品、佛教造像、唐三彩、元青花等出土文物。因为甘肃相对干旱的气候和沙土质地，很多文物的保存相对完整。那些汉简上的毛笔字，感觉就像是昨天写上去的一样。这些文物都没法一一进行介绍，如果大家感兴趣，可以购买一本《甘肃省博物馆珍品》进行翻阅，也可以自己到现场去看，感受一下几千年来中国文化的博大精深。

看完丝绸之路文明展厅，我们移步到了甘肃彩陶展厅。这个展厅展示了大地湾文化、仰韶文化、马家窑文化以及青铜时代彩陶的文化。其中大地湾文化的彩陶和遗址复原模型，是展览的重点。这刚好弥补了我没有能够去大地湾遗址现场的遗憾。彩陶从八千年前的到三四千年前的都有。即使是八千年前的彩陶，也已经能够塑造出各种形状，涂上各种花纹了。花纹的对称性和丰富性，表明了当时的人们已经有了很敏感的审美能力。从人类对于器皿的使用来说，几千年前的人们已经和我们相去不远。因为凡是生活中涉及的各种器皿，在彩陶中几乎都有体现。古人解决生活问题的智慧，比起我们现代人并没有明显的差距。博物馆的彩陶馆藏，应该居全国之首，非常丰富，让人有目不暇接的感觉。

看完彩陶馆，已经到了中午十二点多，其他的馆藏品这次就没有时间看了，因为下午要出发去武威。我向贾馆长表示了感谢，并邀请他一起共进了午餐。

武威—乌鞘岭—八步沙

中午吃完饭从兰州出发,目的地武威,又名凉州。

说到凉州,大家首先想到的是王翰和王之涣的《凉州词》。这两首诗都收录在中小学课本里面。王翰的"葡萄美酒夜光杯,欲饮琵琶马上催。醉卧沙场君莫笑,古来征战几人回?"和王之涣的"黄河远上白云间,一片孤城万仞山。羌笛何须怨杨柳,春风不度玉门关"。让人感觉凉州就是一个苍凉的荒漠和战争之地,狼烟四起、金戈铁马、马革裹尸、沙尘弥漫、无尽沧桑。

自从汉武帝派张骞出使西域,霍去病率领大军打败匈奴,汉朝就在这里设立武威、酒泉、张掖、敦煌四郡,以及玉门关和阳关两大关口,这里就成了汉朝必须要守卫的大通道,也变成了捍卫王朝安全的屏障。这一通道大家更加熟悉的名称叫"河西走廊"或者"丝绸之路"。这条道路,向东连着汉朝的心脏长安,向西通向西方各国,直到罗马。这一通道的意义不仅在于东西方的贸易,更在于它是守卫国家安宁、遏制外族侵扰的咽喉地带。

以前，从兰州到武威要开车六个小时，中间还要沿着盘山公路翻越祁连山的支脉乌鞘岭。乌鞘岭海拔三千多米，站在岭上能够看到祁连山和山下大草原的壮美景色。从陇中高原进入河西走廊，乌鞘岭是必经之路。大部分人都会从这条道进入河西走廊。不管是张骞还是玄奘，都是从这里走向西域的。另外一条进入河西走廊的通道就是从西宁北上，穿越扁都口，进入张掖。当年隋炀帝西征，就是带着队伍从这条道到达张掖的。祁连山气候常常八月飞雪，结果隋炀帝过山口的时候遇上了暴风雪，他的嫔妃和随从被冻死一半。

现在的人们进入河西走廊，再也不用翻越乌鞘岭了。高速公路和隧道，直接把你从山肚子里送过去。人们至少节约了一小时的路程，但也失去了一次在山岭垭口欣赏祁连山壮美景色的机会。

我本来想安排走旧道上山顶看风景的，无奈武威的领导在那边等着我。兰州出发已经晚了一个小时，如果再翻乌鞘岭，就得让领导等到半夜了。不过，我八年前去河西走廊巡回演讲，翻越过乌鞘岭，所以这次不走也不算大遗憾。

我们去的第一站是八步沙。八步沙本来是古浪县沙漠中的一个小村庄，没有任何名气。后来六老汉治沙的故事传了出来，又被各种媒体作为典型报道，于是八步沙就蜚声全国了。

古浪县曾经是全国荒漠化最严重的县之一。腾格里沙漠一点点侵占着农田和村庄。二十世纪八十年代初，沙漠以每年 7.5 米的速度向前挺进，"一夜北风沙骑墙，早上起来驴上房"。1981 年，当地六位老汉郭朝明、贺发林、石满、罗元奎、程海、张润元，在合同书上摁下红指印，以联户承包的形式组建了八步沙集体林场。当时，他们中年龄最大的六十二岁，最小的也有四十岁。从那一天开始，到现在整整四十年的时间，他们在沙漠中种草种树达到几十万亩，有效地扼制了沙漠的侵蚀。同时，他们也为全国人民防沙治沙积累了宝贵的经验。让人感动的是，这些老人都立下了父死子继的誓约，让自己的儿子接过铁锹，继续治沙。

六老汉现在只剩下一位还在世，其余五位都已经去世了。但六老汉的事迹，转化成了一种精神，一种不屈服于天地、不放弃、不买账的精神，一种持续努力、坚忍不拔的精神，一种天荒地老、浩气长存的精神。其实，当初六老汉并没有想那么多，他们可能就是觉得把沙漠治好了，既能够保护家园，又能够有经济收益。今天被这样关注，最重要的是他们坚持住了，坚持成了一道风景线，坚持成了一个神话。

我们于下午五点到达八步沙林场。市委书记柳鹏带着团队已经等了我两个小时。柳鹏和我已经是十几年的朋友，他在兰州当团委书记的时候我们就已经认识了。这次他听说我到武威来，就说一定要充分利用我，让我帮助宣传武威，并且为武威的发展出谋划策。我本来安排在武威的时间是一天，他一定要让我安排出一天半来。朋友之请，重如泰山，我去掉了兰州的半天行程，提早出发奔向武威。

八步沙林场是我提出要来的。我实在是想亲眼看一看六老汉治沙的真实场景。在他们种草种树的沙漠里，真实感受一下他们四十年间所取得的成果。林场场长郭万刚接待了我们，他是六位老人之一郭朝明的儿子。他父亲已经在2005年去世了。他用我半懂不懂的方言，给我介绍了林场成立的故事和发展情况。从他的熟练程度来看，他已经介绍了很多次了。

听完介绍，我们开车进入林场核心区。由于到八步沙来参观的人很多，这里已经铺上了木步道，这样既方便大家行走，也对植被进行了保护。站在台上放眼望去，目光所及，沙漠已经被绿色植物覆盖。四周都是已经长得很高的红柳、沙棘、梭梭等，还有一些抗旱的槐树，以及因为植被变好而自然生长出来的青草野花。把沙漠变成绿洲，确实是一项伟大的成就。

  行走中，我们碰到一批西北师范大学的学生，在这里实地考察调研，见到我之后拉着我照了不少照片。这些学生，其中有一些人，一定会变成中国把沙漠变为绿洲的中坚力量！人生的选择，或普通或奇特，或平庸或高尚，关键时刻的一次选择，常常会决定一生的命运和高度！

白塔寺

从八步沙出来后，我们驱车前往武威白塔寺。到达白塔寺已经是晚上七点，景点本来早就该下班了，但因为预先打了招呼，工作人员还在等待我们。对于白塔寺，我早就心向往之，因为这里是埋着萨迦班智达舍利的地方。萨迦班智达为什么那么重要呢？因为在公元1247年，他和当时的蒙古汗国宗王阔端在凉州举行了"凉州会盟"。

阔端，是窝阔台的次子。窝阔台，是成吉思汗正妻孛儿帖的第三个儿子，也就是说，阔端是成吉思汗的亲孙子。窝阔台后来当了大汗，管理当时整个蒙古帝国，阔端被册封为凉王，受封西夏故地以及青藏地区，管理中心就设于凉州，统治甘肃、西藏、青海、宁夏、内蒙古西部、新疆东南部、陕西和四川。

阔端是一位有战略眼光的统治者，内心尊重藏民的习俗和宗教，希望用和平的方式促进两个民族的融合。为此，他下诏邀请当时在西藏最有影响力的萨迦班智达到他的驻地凉州见面，商谈两个民族的融合事宜。萨迦班智达不顾个人安危和年迈体衰，毅然带着两名侄子及众多僧人、经卷，前往凉州。历经旅途的风霜刀剑后，萨迦班智达于1246年途经青海及甘肃天祝县到达凉州，但当时阔端不在凉州。萨迦班智达在凉州等了差不多一年，阔端于1247年从蒙古和林返回，与萨迦举行了首次会晤。据说两人见面气氛祥和，阔端对萨迦班智达和佛法都表达了很深的敬意。两人进行了一系列的磋商谈判活动，就关键问题达成了共识。会谈的结果，就产生了著名的《萨迦班智达致蕃人书》。其主要内容就是号召藏民归顺蒙古汗国领导，同时蒙古也对藏民的一系列政治和宗教权力进行明文规定和保障。"卫、藏之僧人、弟子和施主等众生阅读了此信件后，无不欢欣鼓舞。"两个民族自此开始互相融合。佛法的渗透，某种意义上改变了蒙古人的个性，把一个横扫世界、杀伐疆场的民族，改造成了个性相对温和、容纳力更加阔达的民族。

  阔端于1251年在凉州逝世，葬于皇城滩牧马城的避暑宫，就在今天肃南裕固族自治县境内。据说其后代一直世代定居在凉州，但现在不知道能否找到踪迹。萨迦班智达于1251年圆寂于凉州，和阔端同年去世。尽管在生前，后藏萨迦寺院曾派人前来请他返藏，但他认为在凉州传播佛法更重要。在凉州的五年间，他专心著书立说，讲经传法。跟随萨迦班智达一起到凉州的侄子巴斯巴，后来比萨迦班智达的影响力更大，成了忽必烈的国师。

武威的大白塔，是萨迦班智达圆寂后为了安放其舍利而建的。非常可惜的是，现在耸立的白塔，并非安放萨迦班智达舍利的白塔。原来的大白塔，加上周围的上百个小白塔，在1927年的一场地震中几乎全部被震倒。1949年之后，佛塔周围全部开发成了农田，除了萨迦班智达的大白塔因为基座比较大，还留了一个几米高的破旧底座，其他遗址已经完全了无踪迹。农民们把砌佛塔的砖也拆走了，用来造自己的房子，这使得佛塔进一步破败。

现在这个佛塔底座已经作为重要文物被保护了起来，据说萨迦班智达的舍利还在里面。现在在景区高耸的大白塔和周围的小白塔，都是前几年政府拨款重新修建的，这样至少可以告慰一下远道而来参观的游客的心情。

在遗址公园里修建的凉州会盟纪念馆值得一看。展览用文字和图片的方式，完整解释了凉州会盟的历史过程。其中还有《萨迦班智达致蕃人书》以及《西藏的主权归属与人权状况白皮书》等重要段落可以阅读。

看完白塔寺，已经晚上八点，柳鹏书记安排了晚上私人朋友的简餐。简餐结束，十点回宾馆休息。昨天因为在兰州喝酒，今天一天一直宿醉难受，终于可以早一点休息了。

2020 年
07/22
星期三

理方方丈送了我一本他自己写作的《我心中的鸠摩罗什》，还有一本影印的宋朝张即之书写的《金刚般若波罗蜜经》。

我也送了他一本我刚出版的《我生命中的那些日子》。

他读我红尘的生活，我读他超脱的灵魂。

鸠摩罗什寺

除了去参观白塔寺，向萨迦班智达表达我的敬意，在武威我最想去的地方是鸠摩罗什寺。鸠摩罗什是为佛经翻译作出巨大贡献的人。到今天，我们诵读的《金刚经》等多部佛经，都是由鸠摩罗什主持翻译的。通过翻译佛经，他为汉语注入了多达两千多个新词语，这些词语现在已经基本上成为我们日常用语的一部分。这对汉语的丰富是革命性的影响。当我们今天说以下词汇，如爱河、解脱、差别、平等、大彻大悟、心无挂碍、海阔天空等时，可能都不会想到，这都是鸠摩罗什的翻译。

鸠摩罗什在公元 344 年出生于西域龟兹国，父亲鸠摩炎是印度人，曾做过天竺宰相，后辞官一心修行佛法，远行到龟兹国求法。母亲是龟兹国王的妹妹。龟兹国王欣赏鸠摩炎，希望他与妹妹耆婆结婚。刚开始鸠摩炎不愿意，但见到国王妹妹后，觉得不仅人生得美丽，其对佛法的领悟甚至更加深刻，于是娶了耆婆，生下鸠摩罗什。

鸠摩罗什天资超凡，据说半岁即会说话，三岁便能认字，五岁开始博览群书。在鸠摩罗什七岁的时候，他妈妈一心要出家，最后以绝食相争，得到了丈夫同意。七岁的鸠摩罗什跟随母亲一起出家，从此他每天背诵偈颂，学习小乘经典，后来又研学精通了大乘教义。很快，他的名声就远扬到了当时中国的前秦。

　　前秦皇帝苻坚听说了鸠摩罗什的大名后，一心一意想把他抢过来。公元382年，他派大将军吕光攻伐焉耆和龟兹，对他说："朕闻西国有鸠摩罗什，深解法相，善闲阴阳，为后学之宗，朕甚思之。贤哲者国之大宝，若克龟兹，即驰驿送什。"后来吕光攻下龟兹，将鸠摩罗什送至武威。这一年鸠摩罗什四十一岁，佛学造诣已经是大家水准。

　　公元385年，苻坚在淝水之战后被害。吕光干脆占据凉州，建立了后凉，自立为王。为了安顿鸠摩罗什，吕光为他修了一座寺院，这就是今天的鸠摩罗什寺。鸠摩罗什在凉州一住就是十七年。其间，他迅速精通了汉语，并且把凉州方言也学得滚瓜烂熟。他不仅弘扬佛法，而且开始了佛教典籍的翻译工作。

　　公元401年，后秦皇帝姚兴派军队讨伐后凉。取得胜利后，恭迎鸠摩罗什去长安。鸠摩罗什内心是否愿意去不知道，事实是他不想去也得去。姚兴真心崇佛，也对鸠摩罗什的学问佩服得五体投地。他为鸠摩罗什在长安圭峰山下的逍遥园中种了千亩竹林，建了草堂寺，"茅茨筑屋，草苫屋顶"，让鸠摩罗什率领弟子在这里译经。据说，帮助鸠摩罗什译经的僧人有八百余人，来求学的僧人多达三千之众。

我们前面说过，中国历史的幸运之一，就是在五胡乱华、十六国南北朝时期，尽管各方霸主打得你死我活，你方唱罢我登场，但这些杀人如麻的混世魔王，却几乎一致支持佛教的发展。这就使得中国在历史上最混乱的一段时期里，出现了两股巨大的活力：一是佛教文化融入中国文化，最终成为中国文化的一部分；一是草原民族和农耕民族进行了有效的融合，让中华血液注入了新鲜的成分，草原文明和中原文明的互相渗透，最终形成了中华文明的主要脉络。

鸠摩罗什于公元413年圆寂于西安草堂寺。圆寂前他说，如

果他翻译的佛经没有错误的话，那么他死后焚烧将舌不成灰。果然，他遗体焚烧后身形俱灭，唯舌不灰。弟子们将他的舌舍利运往凉州鸠摩罗什寺供奉，并在供奉舌舍利处造了寺塔一座，这就是今天依然耸立在武威的罗什寺塔。

我们在上午九点多到达鸠摩罗什寺。寺庙方丈理方出来接待我们。理方身形飘逸，大概四十岁。他给了我一张名片，上写着"佛学博士"。他一路陪我参观鸠摩罗什寺。我们先到了罗什塔。这个塔是重建的，原塔和大白塔一样，也是在1927年的地震中被毁掉的。毁掉后一直没有重修，整个寺院也逐渐破败。在特殊年代经历过一番清除，最后除了一座塔基，已经没有任何鸠摩罗什寺庙的踪迹。

今天，你从鸠摩罗什寺的大门进来，会发现美丽的罗什塔就耸立在眼前，十二层瘦型宝塔，塔尖直指蓝天，在阳光的背衬下形成美丽的剪影。罗什塔前方是罗什法师纪念堂，左手边是雄伟高大的大雄宝殿，还有一些其他建筑。1934年重修了罗什塔。1998年修复罗什寺。此前，这里就是一片荒地，有些地方已经被百姓占据。现在的鸠摩罗什寺，占地六十多亩，据说最初有两百多亩。鸠摩罗什寺重建的原因，可能是随着中国国际文化交流的繁荣，有人意识到了鸠摩罗什对于中国佛教文化的贡献，说动了相关部门，重修了寺庙。

一般的庙宇，大雄宝殿应该在佛寺的中轴线上，这里却在旁边。我问理方方丈，为什么这里的大雄宝殿会放在旁边。理方说，现在对称型的佛寺，可能是从唐代才出现的，后来就形成了规制。但鸠摩罗什寺最早建于北凉，那个时候寺庙还没有一定的规制，所以建筑格局不一样。

我在罗什塔前朝拜了一下，移步到罗什法师纪念堂参观。里面正面是鸠摩罗什的塑像，有一些鸠摩罗什生平的事迹文字和图片。出了纪念堂，我们又信步绕大雄宝殿走了一圈，因为是新建的，没有历史价值，所以就没有进入到里面参观。

离开的时候，理方方丈送了我一本他自己写作的《我心中的鸠摩罗什》，还有一本影印的宋朝张即之书写的《金刚般若波罗蜜经》。我也送了他一本我刚出版的《我生命中的那些日子》。他读我红尘的生活，我读他超脱的灵魂。

武威文庙

离开鸠摩罗什寺，我们又到了不远处的文庙。文庙也是武威著名的古建筑，全国著名的三大文庙之一。网络资料对于武威文庙的解释是这样的："武威文庙位于武威市凉州区崇文街。由儒学院、孔庙、文昌宫三部分组成。始建于明正统二至四年（1437年—1439年），后经明成化、清顺治、康熙、乾隆、道光，及民国年间的重修扩建，逐步变成一组布局完善的建筑群，迄今已有五百余年，被誉为陇右学宫之冠。"

我们到达文庙的时候，孙老先生在那里等候。他是武威的文史权威，也是全国少数几个能够认识并研究西夏文的专家之一。我们从文庙的偏门，正对着文昌宫的那道门进去。导游告诉我，文庙是没有正门的，因为武威没有出过状元。正门的位置打了一道围墙，如果出了状元，围墙就会被推倒建成大门。可惜武威一直没有出状元，所以围墙还在那里。文昌宫的正殿叫桂籍殿，里面有文昌帝的塑像。文昌帝是道教中掌管功名利禄的神，把文昌宫建在孔庙里面,是典型的儒道相容和信仰功利化的标志。中国从来没有出现过极端宗教,也很少出现互相排斥的情况。不管是什么神,只要对自己有好处,人们往往就会敬拜,甚至可以把不同的神放在一起拜。武威文庙又是一个很好的例证。

文昌宫最值得看的是桂籍殿前廊上挂的无数牌匾,上面都是各朝代留下来的书法题词。其中"书城不夜"一匾,成了武威文化之城的象征。这些匾额能够被原封不动保存下来,原因是文庙曾被用作办公场地,由于冬天透风太厉害,所以相关人员就为大殿做了一层吊顶,糊上了报纸、白纸等,在特殊年代也被完整地保留了下来。

文庙的正大殿正在修缮,没有办法进去参观。我们只能参观

状元桥、棂星门和文庙的第一道门。门上的楹联还挺有内涵："读书乐为善最乐他乐非乐,创业难守成更难知难不难!"挺适合送给现在的读书人和创业者的。棂星门全部是榫卯结构,几根柱子出头伸向天空,取状元出头之意。这种期待也真够强烈的,但愿望一直没有实现。石拱的状元桥已经被无数的人爬过,但爬过桥的人,没有一个中过状元。院子里有孔子的雕像,中规中矩,没有什么艺术特色。文庙左边的儒学院也不开放,好像已经废弃了。这是古代当地学子读书学习的地方,相当于当地的官学。

参观完文庙,我们顺路到了对面的武威西夏历史文物陈列馆。宋朝时期,其实一直是三国并列。北部先是辽,后来是金,西边就是西夏。西夏自从李元昊1038年建国,历时近两百年,都城兴庆府,就是今天的银川,统治范围遍及河西走廊。武威是当时西夏的陪都,所以不管是出土的文物,还是洞窟的塑像和壁画,很多都和西夏相关。

在陈列馆里,最尊贵的文物就是西夏碑。西夏碑,又叫重修护国寺感应塔碑,是迄今保存最完整、内容最丰富、西夏文和汉文对照字数最多的碑刻。这一碑刻,对于我们认识和研究西夏文,起到了很大作用,有点像中国的罗塞塔碑。现在认识西夏文的专家已经不多了,他们最初的入门教材就是这块石碑。这一碑刻,原来竖立在武威的大云寺,现在大云寺已经灰飞烟灭了,但石碑被幸运地保留了下来。当时的有识之士把碑亭砌封了起来,久而久之人们就忘了里面还有块碑，结果石碑就被保存了下来。

元灭西夏后，有点想把西夏及其文化斩草除根的味道，因为成吉思汗的去世或多或少和西夏有点关系，毕竟他是死在去征服西夏的途中。这一下就结下了梁子，所以占领西夏后，蒙古人杀了很多党项人，把西夏王陵也给破坏了。

这一碑石的发现过程是这样的：清嘉庆九年（1804年，大约是碑亭被封之后的六百年），当时著名的金石学家张澍先生，同友人到大云寺游览，在寺内发现了一座被砖封闭几百年的古亭。人们都说这个古亭不能打开，否则会给凉州带来大灾难。张澍不相信这些话，三番五次来到寺中，说服了僧人，打开了古亭，发现了这件稀世珍宝——西夏碑。上面的西夏文是一种被人们遗忘了的文字，无法辨认。张澍见碑阳文末尾有"天祐民安五年"的落款，"天祐民安"是西夏年号，他因此判定这是西夏碑文。1961年，西夏碑亭被国务院公布为第一批全国重点文物保护单位。

孙老先生一路陪着我，解答我有关西夏的一些问题，也给我讲解碑文的内容。在陈列馆前告别的时候，老先生送了我一幅用西夏文写的毛笔字。我问老先生为什么西夏文字的笔画那么多，那么复杂。老先生说，主要是为了区别于汉字，它其实是一种汉字的变体。汉字的繁体，笔画也是很复杂的，但西夏文更加复杂。我向孙老先生的一路讲解表示感谢，并和他合影留念。

雷台汉墓

下一站我们要去的地方是雷台汉墓。雷台汉墓的名气，来自这里出土的著名铜奔马，也叫"马踏飞燕"。这一铜奔马已经变成了中国旅游的标志，全中国人民都比较熟悉了。雷台汉墓的地址原来在武威城外，现在已经变成了城市的一部分。之所以叫雷台，是因为前凉国王张茂筑了一个高台，用来祭祀雷神。后来在这个

像土城一样的高台上，明朝时期又建了一个雷祖观，这个道观到今天还在。我们去参观雷台汉墓的时候，道观在维修没有开门，我们就在台阶上照了几张照片。雷台汉墓，就是在这个道观下面的高台里面被发现的。

武威文旅局专门安排了当时保护雷台汉墓文物的党寿山老人和我见面。老人已经八十多岁了，高大健壮，语言清晰。有人告诉我，凡是姓党的人，都是西夏党项族的后人。古代党项族被蒙古人击败后，几乎被斩尽杀绝，剩下的人散落到各地。但他们不少都保留了党姓，而且特征明显，都比较人高马大。党寿山老先生曾当过武威西夏博物馆馆长，对武威的文化历史非常了解。当初就是在他的保护下，这些出土于雷台汉墓的铜马车队和铜奔马才没有遭到毁损。

老人告诉我，当初村里根据上级的指示，在雷台下面挖防空洞，挖着挖着就挖到了汉墓里面，而且直接就挖到了有铜奔马的那个侧室。整个汉墓有两个主室和两个侧室，由于该墓在墓主人下葬后不久就已经被盗过，所以里面的金玉器皿物件都已经失散。可能盗贼觉得铜奔马等不值钱，所以才没有拿走。后来村里人就把这些铜制的车马用麻袋装起来，运到了村上的仓库里。大家一起开会说怎么处理，一批人说熔化了卖铜，另一批人说上缴了换钱，因为没有达成一致，就暂时放在库房里。党寿山当时在搞文物工作，知道了这件事情，就到村上来，要求看一看，村民一致否认

有这回事。党寿山找到了当时的公社领导人,说明了情况。公社领导人同意一起去看看。村民一看公社领导来了,不得不拿出来。党寿山一看,当时就觉得价值非凡,于是层层上报,终于把这批伟大的文物保存了下来。现在这批文物的真品,都放在了甘肃省博物馆内。我前天在博物馆内看到了,前面的记述也提到了。

我和党寿山老人,坐在汉墓入口处的条凳上,一起谈论汉墓发现的过程。时光荏苒,当年还是青年的党寿山,现在已经是耄耋老人,但依然精神矍铄。恍惚间,我觉得这好像是上天给他的一种历史使命。在那个时代,以平凡人的身份,用平凡的努力,保存了中国文化中最重要的奇迹。

现在的墓室，已经经过了挖掘修整。我觉得很奇怪的是，当初张茂修筑雷神庙，居然没有挖掘出下面的汉墓，直接就把雷神庙修建在了汉墓的顶部，实际上起到了千年以来保护汉墓的作用。要不是有当时挖防空洞这一说，也许铜奔马到今天还安卧在地下。

我们从墓道进入，整体都是非常精巧的砖砌结构，拱形通道。进入墓前室，看到两边有侧室，其中之一就是铜马车队发现的地方。现在在雷台汉墓前面布局的大型车马阵都是放大的复制品。另外一个侧室放的应该是珠宝，早就被盗窃一空。墓前室穹顶边缘有一个盗洞，据说墓室在汉朝就被盗了，因为盗洞很准确，很巧妙，切中要害。最后的墓室考古没有发现什么，据说就剩下主人的腿骨和一些女人的首饰。经过考察，这是合葬墓，但不知道什么原因没有完整的尸骨。这个墓是谁的，还没有定论。据考证，雷台汉墓约建于东汉晚期，据马俑胸前铭文记载，此系"守张掖长张君"之墓，生卒年月大概在公元186年至219年之间。其实主人是谁已经不重要，重要的是，出土的铜马车队和铜奔马，确实代表了当时的大汉气象。即使到了东汉晚期，这一气象依然熠熠生辉。

历史总是在沉浮，百姓为了生计奔忙。这个过程中，总有一些人能够突破时代局限，为人类创造伟大的遗产，比如铜奔马的设计和铸造者，他们没有留下姓名，却留下了万古不朽的辉煌；比如党寿山老人，用某种穿越时代的眼光，甚至可能就是一种好奇，把可能被熔化成一堆烂铜的铜车马，保存了下来，变成了中国精神的一种象征。那种铜奔马体现出的稳健和飘逸,不正是我们在追求的某种极致精神境界和人生自由状态吗?

  从雷台汉墓出来,我沉浸在历史和现实交替的纠葛中,不知不觉被带到了武威饮食三套车的现场。他们提到三套车,我就以为是俄罗斯食品。毕竟我们这一代人,《三套车》是几乎每个人都会哼唱的歌曲。但武威的三套车,实际上是由凉州饧面、卤肘子肉、冰糖红枣茯茶组成的小吃。这是一套简单但又有文化记忆的食品。到了三套车餐饮市场,发现居然有几十家三套车饭店聚集在一起,各自吆喝,形成了一种中午的热闹和悠闲。市场门头上的楹联是"莫道凉州行面长,更兼茯茶卤肉香",让一顿普通的餐食充满了文化韵味,把对家的思念拉到眼前。我们找了其中一家,喝了红枣茶,吃了肘子肉,扒拉了饧面。我最喜欢这种简单的饭菜,吃完心满意足而去。

沙漠雕塑和摘星小镇

今天下午，政府领导安排了我到民勤去考察，并且希望我帮助现场卖货。民勤在沙漠中种植的哈密瓜上市了，希望我来促销，我欣然领命。柳鹏书记说让我先去看看民勤沙漠中的雕塑公园和摘星小镇。这是为了丰富民勤县的旅游资源特意成立的项目。民勤县我早就听说，曾经是国家级贫困县，东西北三面被腾格里沙漠和巴丹吉林沙漠包围，沙漠气候特征明显。之所以叫民勤，是因为这里"俗朴风醇，人民勤劳"。民勤就像插到沙漠中的一道藩篱，把腾格里和巴丹吉林两大沙漠分开了。其实民勤不算缺水，因为祁连山三大河流之一的石羊河最终流到了民勤。有水，在沙漠中也能种植物，于是民勤蜜瓜开始闻名天下。

我们去的沙漠雕塑公园和摘星小镇，都在民勤县城东边二十五公里左右的腾格里沙漠里。这纯粹是两个人工开发出来的景点。我去之前，没有办法想象沙漠雕塑是怎样的，我以为就是用沙堆砌起来的雕塑。到了以后才知道，是在沙漠中矗立起来的

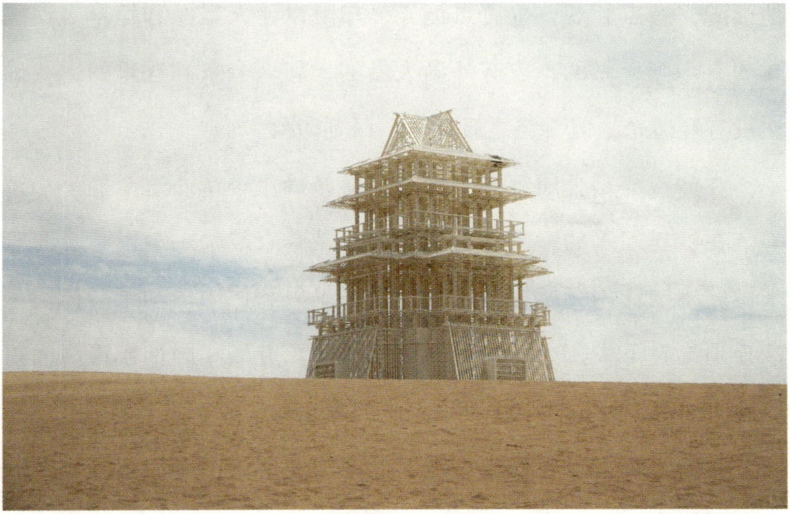

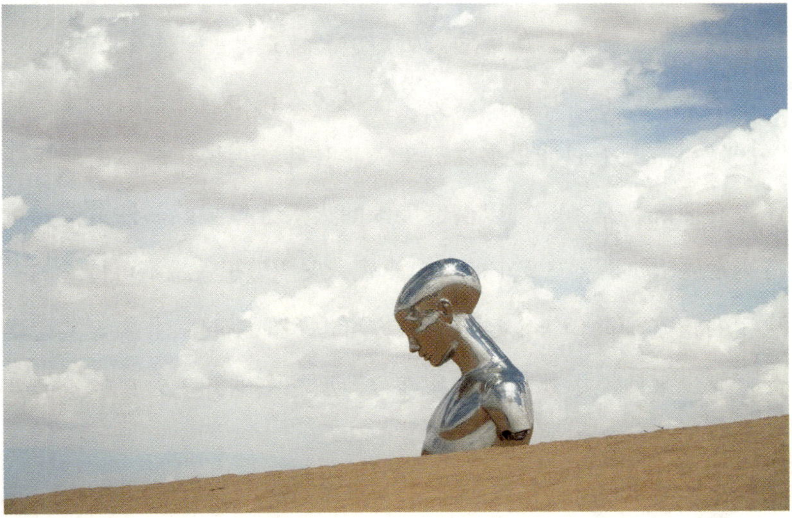

雕塑，在天广地阔、浩瀚沙海的背景下，一座座雕塑从沙漠中拔地而起，有点壮观，也有点诡异，却足以让人震撼和惊喜。这些雕塑有中国人做的，也有外国人做的，怎么会来到这里的，我确实没有弄清楚，但看完之后留下了深刻印象。

在沙漠雕塑公园下方不远处，就是摘星小镇。这个摘星小镇坐落在沙丘周围的一个小盆地之中，是政府鼓励一个民营企业家来做的主题休闲场所，集住宿、观察星象和休闲活动于一体。从沙丘顶部看下去，小镇由一顶顶白色的长方形和圆形帐篷房间组成，中间木栈道相连，像一座座小型天文台一样，别具特色。

我们走下去，发现帐篷里的设施很完善，空调也很好。我们又参观了天象观察台，里面已经安装了不少天文望远镜。由于沙漠空气澄明，确实是晚上观察天象的好地方。

老板告诉我，他已经投资了一亿多人民币，还没有开张。整个区域一个晚上只能最多住五十人。我和老板说，既然商业模式还没有明确，是不是可以借鉴美国的火人节模式。一件事情的可持续发展，如果没有真正的商业模式，仅凭理想，是不可持续的。从我的角度来说，未来也许新东方可以和他一起联合搞天文游学营，通过来沙漠中观测星象和学习沙漠相关的知识，让学生们开阔眼界，多多受益。

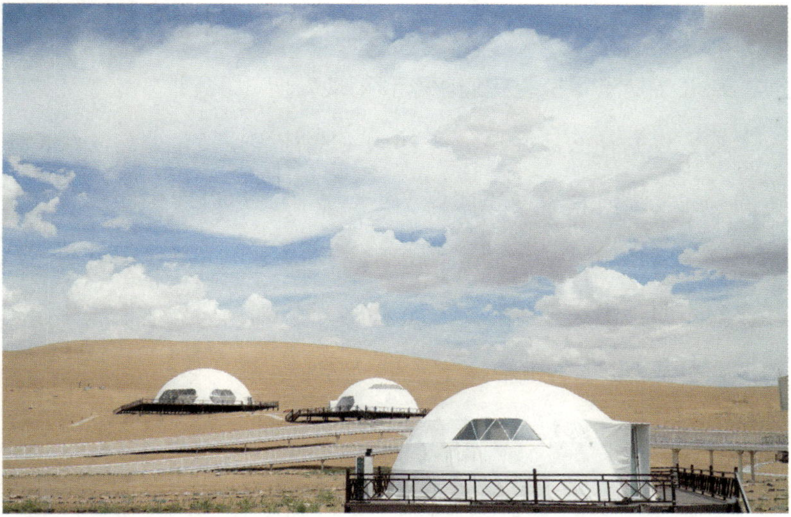

瑞安堡

离开了摘星小镇,我们驱车到了瑞安堡。

瑞安堡是什么地方呢?是1949年之前当地一位保安队队长建造的个人庄园,俗称"王团堡子"。我们到达以后一看,简直就是一座小型古城。据介绍,瑞安堡建于1938年,是民国时期民勤县保安团团长王庆云所建,占地5085平方米。瑞安堡把居住和防御结合在了一起,是私家豪宅,更是防御堡寨。

但这么坚固的建筑并没有给他带来好运。1949年之后,王庆云被作为土豪枪毙了。我问老百姓他活着的时候为人怎样,据说并不算是个恶霸人物。在那个风卷残云的时代,疾风骤雨浪淘沙,要满足人民打土豪分田地的愿望,也就没有办法事事面面俱到了。很奇怪的是,这所城堡豪宅当时没有被捣毁,居然被完整地保留了下来,经历了几十年风雨的摧残,现在成了国家级文物保护单位。这是王庆云当时造这座宅子所想不到的事情。人世沧桑,不可预料。王庆云本来造这所城堡,是为了保护自己和家人。他没有想到的

是，在时代的巨浪前，再高的城墙也保护不了自己和家人，因为那是一种摧枯拉朽的力量。因为这个宅子，他不仅把命丢了，还让后代无家可归。也许，今天这座宅子的唯一价值，就是提醒人们，在历史的变迁中，任何想要在物质上永恒的想法，都是荒谬的，也是短命的。

  我们在瑞安堡只匆匆忙忙考察了十五分钟，却给我带来了冲击性的感受。当我知道了瑞安堡的故事，再回头看门楼上"瑞安"两个大字的时候，瞬间明白人类心目中的希冀和寄托，常常会被残酷的现实碾得粉碎。在时代的巨浪面前，个体是渺小的蝼蚁，生生死死都不值一提。

民勤卖瓜

离开瑞安堡,我们前往民勤红旗谷生态旅游村,帮瓜农直播卖瓜。民勤蜜瓜因生长在沙漠地带,日照充足,光照时间长,水分多,味道甜。为了宣传民勤蜜瓜,他们希望我通过直播扩大影响力。这种请求我不好推卸,帮农民销售农产品也是人生挺有意义的事情之一。我把他们的网店链接到了我的商品橱窗里。为了防止冷场,我提前给新东方高管们发了个通知,希望他们能够踊跃买瓜。

下午四点半,我正式开通直播开始卖瓜。网友说我是"老俞卖瓜,自卖自夸"。我说瓜不是我的,大家支持一下农民朋友。直播于五点半结束,最后大概卖出去八千箱蜜瓜,突破了民勤历史上一天卖瓜数量的纪录。五天后,我自己订的几箱蜜瓜,也送到了北京办公室。一边卖瓜一边吃,我吃得肚子都胀了。但卖完瓜,心里也很有成就感,毕竟帮助瓜农做宣传,是件功德无量的事。做完卖瓜直播,当地领导为了感谢我,带我去旁边的农家乐吃了一顿晚饭。农家乐的院子收拾得干净整洁,饭菜味道也不错。

和王登渤对谈凉州文化

吃完晚饭，从民勤赶回武威城里。应柳鹏书记的邀请，我晚上在武威天马剧院，和甘肃省文联主席王登渤一起，进行一场关于凉州文化的对谈。王登渤是纪录片《河西走廊》的执笔之一，对河西走廊和凉州文化了解得十分透彻。和他对谈，我只能以学生身份请教。有几百人现场听讲，在线听众据说达到二十万以上。

凭着我有限的知识，我和王登渤围绕五凉文化、佛教文化、汉唐文化、西夏文化、凉州词等主题展开讨论，听众们的反应还算热烈。对我自己来说，也是借助王登渤先生，进行一次历史脉络的思考梳理。

对谈结束，已经晚上十点，我约王登渤一起消夜小酌一下，柳鹏书记闻讯也来参加，结果喝酒聊天到了半夜十二点，尽欢而散。

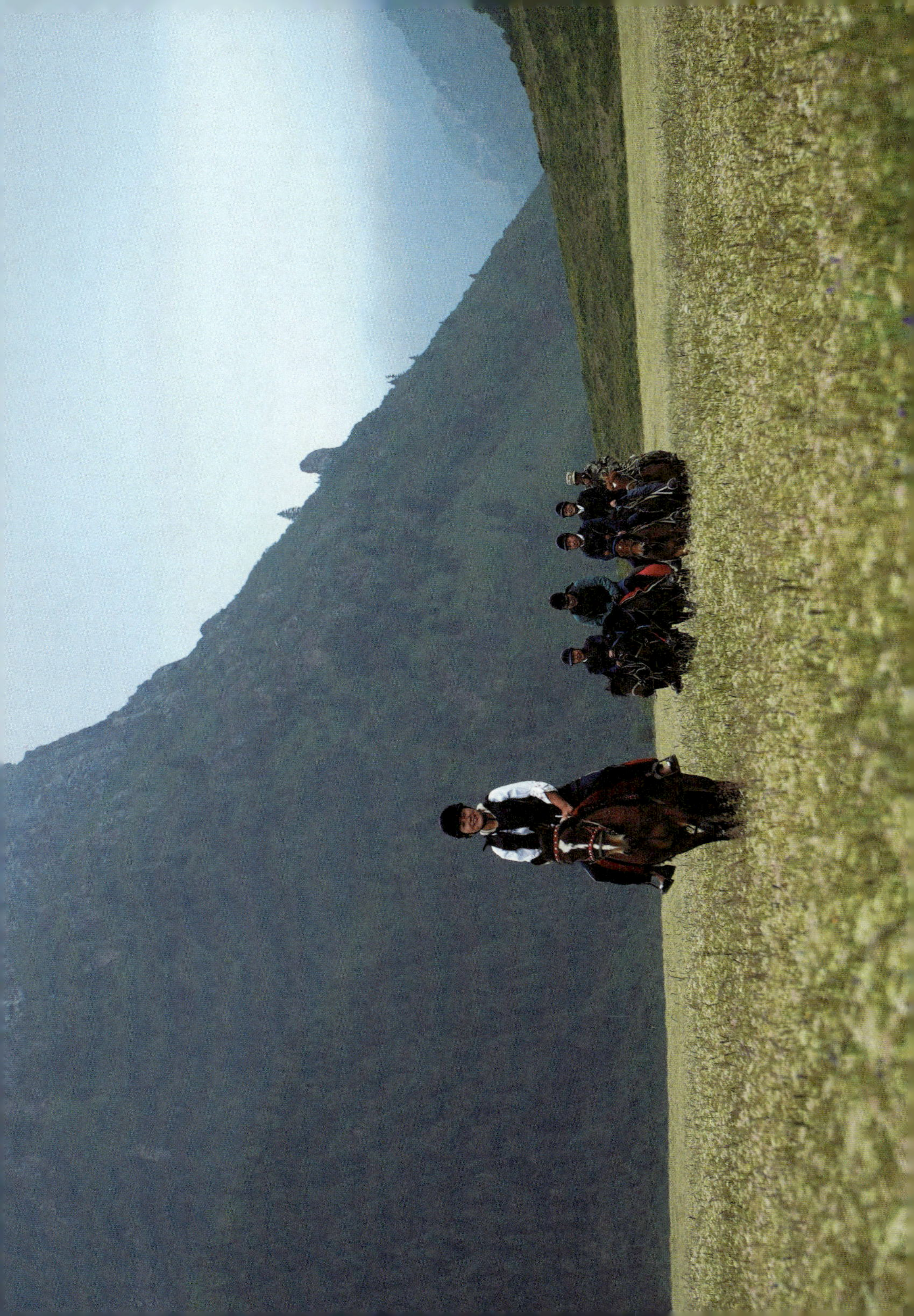

2020 年
07 / 23
星期四

跑马场里水草丰茂,野花盛开,
我已经很多年没有这样骑马撒野奔跑了,
浑身充满了一种融入大自然和天地之间的快乐。

回徕拉面

早上起来从窗户看出去,没想到武威也下起了淅淅沥沥的小雨。我一直以为河西走廊比较干旱,毕竟沙漠就在几十公里开外。但据说近两年气候变化,雨水增多,干涸的河流又开始有水了。

昨天晚上朋友说,早上一定要带我去一家叫"回徕"的兰州拉面馆吃早餐,说是当地最著名的拉面馆,老百姓排着队去吃。今天早上七点钟,大家集合一起出发去面馆。面馆离我们住的宾馆还有点距离,开车用了二十分钟。到达一看,果然有人在排队等面条。我们坐下来每人点了一份面条。面条上来感觉确实好:第一是拉得好,要什么形状的面条都拉得到位;第二是汤料好,清而不腻,白萝卜绿葱花搭配得很好;第三是芝麻辣椒油炸得香,香气扑鼻;第四是牛肉片给得好,不小气不减料。于是,一碗牛肉拉面吃得我额头冒汗,把剩下的汤也喝了一大半,这才心满意足上路。人生路上,真不需要太多的奢侈,只要前路有期待,一碗牛肉拉面,就足以让人精神抖擞地上路了。

山丹军马场

今天的第一站是山丹军马场。山丹军马场,地理位置在祁连山和焉支山之间,自古就是著名的养马之地。在古代,马在战争中的作用不下于现代作战部队的坦克。即使有了热兵器之后,骑兵在很长一段时间内,依然是非常重要的一个兵种。

这里之所以叫山丹军马场,是因为1949年后,中国人民解放军第一野战军和西北军政委员会为了牧养良马,完整接收了这里的马场。直到十几年前,部队基本不用战马了,这里的马场才转为企业化运作,从部队脱离出来。现在,这里养的马从原来的几万匹减少到了几千匹,但依然在为边疆巡逻的武警等提供马匹。同时,这里已经成为一个著名的自然风景旅游区,全国各地的游人到这里来看祁连山下的大草原,看以大草原为舞台的巍峨祁连雪山,可以骑着马走进雪山和草原的风景里,让自己也变成一道风景。

远在汉朝之前,这里就是匈奴人养马的地方。对于匈奴人来说,马就是他们的生命。汉武帝派张骞出使西域。张骞经历了千辛万苦，来去都被俘获，在那里生活了十几年，还娶了匈奴女人，生了孩子，最后终于带着妻儿逃回了长安。张骞对于匈奴已经了如指掌，专门和汉武帝提到了祁连山下的这片马场。

元狩二年（前121年），骠骑将军霍去病出兵攻打匈奴，从青海进祁连山，穿过扁都口，迅速占领了匈奴的祁连城，与浑邪王战于焉支山，彻底击败了匈奴，并乘胜追击，"过焉支山千余里"，俘获了浑邪王太子、相国、都尉和休屠王。匈奴人传唱："亡我祁连山，使我六畜不蕃息；失我焉支山，使我妇女无颜色。"

也就是在这一仗之后，汉武帝设置了武威、酒泉、张掖和敦煌四郡，并建了玉门关和阳关两大关口，沿线屯驻了军队，从此河西走廊归汉朝所有。祁连山脚下的这片草场，被指定为"皇家马场"，自汉朝以来，为军队提供了一批又一批优良的战马。民间的说法是，这里的第一位"董事长"是汉武帝，第一位"总经理"是霍去病。山丹的马，以蒙古马为基础，引进各种西域良马进行杂交，培育出来的马，体型好看，耐力极强，奔跑平稳，适合长途跋涉。在古代保卫边疆的战斗中，山丹军马作出了杰出的贡献。武威出土的铜奔马，就是汉朝山丹军马的写照。

山丹军马场的核心地点是祁连山冷龙岭北麓的大马营草滩，现在叫大马营镇。从武威去大马营镇的路上，我们路过了焉支山。要绕过半个焉支山，我们才能到大马营镇。

今天的天气，欲雨非雨，焉支山上云雾缭绕，见不到它的真容。我看到它的身影时，脑子里出现的第一件事，就是刚才说的霍去病在焉支山下大败匈奴的故事。第二件事情就是隋炀帝在焉支山会盟西域二十七国使臣的故事。隋炀帝是中国历史上第一位也是唯一的一位到过河西走廊的皇帝。隋炀帝当皇帝的第五年，西部边陲青海不断被吐谷浑骚扰，于是他决定御驾亲征，带着十万军队一直打到了西宁这一带，大战吐谷浑，并取得了胜利。隋炀帝是一个不被传统思维束缚的人，决定要翻过祁连山进入河西走廊，大会西域诸国国王于张掖。他也是从当初霍去病走过的扁都口过去的。不幸的是，他在六月夏天过山的时候遇到了暴风雪，他一半的战士和嫔妃都被冻死了，其中包括他最宠爱的两位贵妃，还有他的姐姐杨丽华。今天扁都口还有娘娘坟，据说就是杨丽华的墓。

即使遇到暴风雪，冻死了那么多人，也依然没能阻挡住他的脚步。他翻过祁连山，来到焉支山，在焉支山上会见了二十七个国家的王公贵族，开启了河西走廊和丝绸之路新的一页，为唐朝打通西域进行大规模的商贸和文化交流，奠定了坚实的基础。不过，回去的时候，隋炀帝并没有从扁都口回去，而是选择了沿祁连山北麓，翻越乌鞘岭回去的。估计回想起扁都口的夺命暴风雪，他还是心有余悸的。隋炀帝有点像秦始皇，一方面雄才大略，开疆拓土，为中国统一作出了重大贡献；另一方面又不惜民力，横征暴敛，直接激起民变，不过短短的一段时间，就葬送了自己的朝代。

绕过焉支山，大草原的景色开始出现。可惜今天的祁连山，依然躲在云雾之中，让我们没法看到以祁连山为背景的壮观景象。但我们毕竟来到了这一片充满历史感的草原上，内心还是涌起了很多不一样的感受，既有豪情，又有悲壮。

山丹县委的冯书记听说我来军马场，专门从县城驱车到马场来见我。从行政区划来说，山丹军马场并不归属于山丹县。军马场相当于一个独立的国有企业，山丹县是属于张掖的一个县，但双方有很强很好的合作关系。冯书记是一位很儒雅的、文质彬彬的地方领导，到山丹县工作也才八个月。他带着我开车进入草原深处，一起考察了周边的自然风景，然后又让牧民们把马匹集中到一起，进行了一场草原上万马奔腾的实景演出。现在山丹草原上，马匹已经越来越少了，原来真的是年产良马万匹的地方。

来了山丹马场，如果不骑一下马，觉得很对不起自己这趟旅行。冯书记带我去了祁连山脚下一个叫槐溪度假小镇的地方。名叫小镇，其实就是一个度假村，度假村的主人叫郭文彪，原本作为一个游客来这里旅行，却热爱上了这个地方，于是竭尽全部财力，在这里造了一个度假村。度假村木屋结构，周边都是草场，背靠祁连山，晴天能够看到祁连雪峰，风光堪比瑞士阿尔卑斯山。在度假村背后的山坡上，他开辟了一块巨大的跑马场，周长一圈达到三公里左右。他知道我们要来，预先就把马备好了。

在祁连山脚下骑马，真是太有意义的一件事情了。想想两千

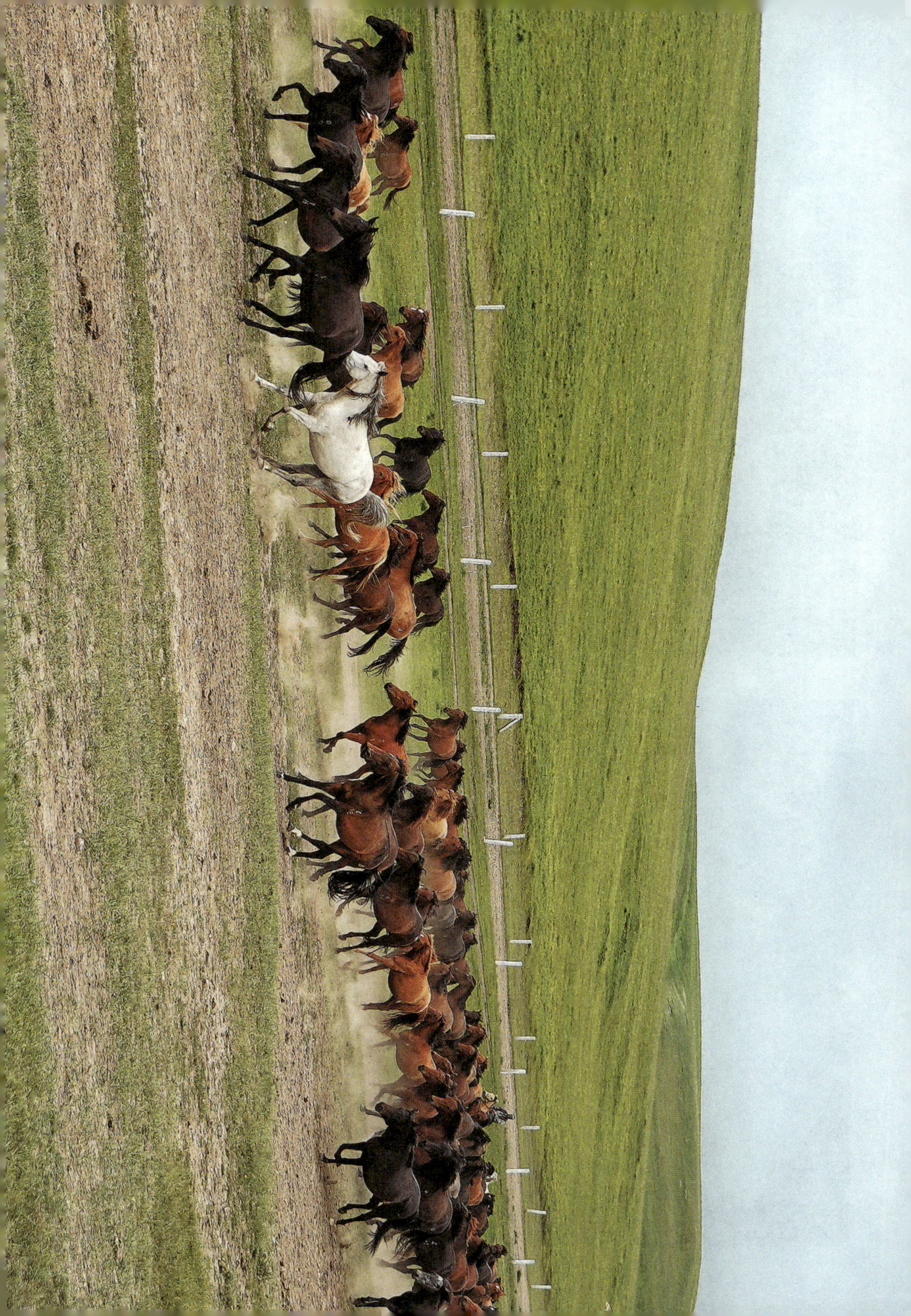

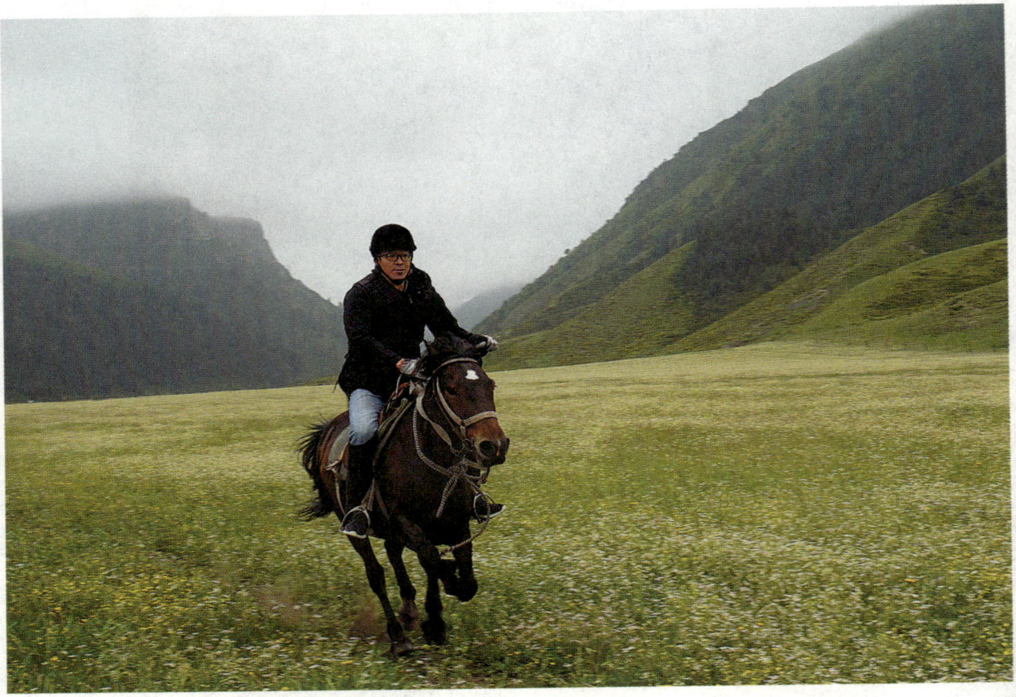

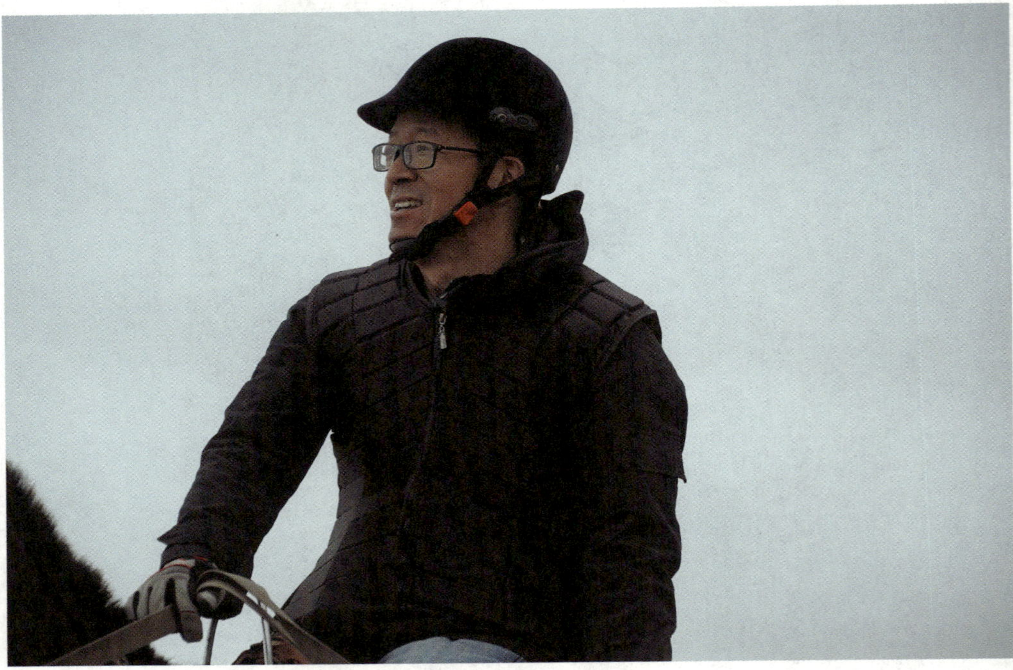

多年前，霍去病骑着战马驰骋在这片土地上，心里就会有一种莫名的激动和豪情，似乎和他穿越时空，有了某种连接。郭文彪也是个摄影爱好者，他没有想到我骑马还可以，赞赏之余给我拍了不少骑马的潇洒照片。跑马场里水草丰茂，野花盛开，我已经很多年没有这样骑马撒野奔跑了，浑身充满了一种融入大自然和天地之间的快乐。

骑完马，在度假村的咖啡厅，冯书记给我介绍了山丹县生产的一些农产品，都是当地的一些特色产品，我答应后续有机会的时候，帮助推广一下。他们都知道我在武威帮助瓜农卖瓜的事情，都希望我再关注一下其他农产品。这些地方领导真不容易，要不断思考脱贫致富的方法和路径。当然，帮助农民也是我心甘情愿的事情，我说过我的平台只卖两种东西，一是书和课，一是农产品。

培黎学校

　　介绍完农产品后，冯书记说，既然来到了山丹，是否可以去培黎学校看一看。我并不知道培黎学校的历史，原来故事是这样的：培黎学校是在1949年之前由新西兰籍的著名国际友人路易·艾黎创办的。1942年，培黎工艺学校在陕西双石铺成立，1944年因为抗日战争迁到甘肃山丹，学生最多的时候达到六百多人，有几十名外教来教学生各种技能，为培养战时中国技术人才作出过贡献。1949年后，路易·艾黎一直定居在中国，成为几乎所有中央领导的好朋友和座上客。1985年，已经垂垂老矣的路易·艾黎提议重建培黎学校。学校还是建在山丹县，是一所中等职业学校。

　　尽管我的行程很紧张，但既然是这么有历史意义的一所学校，书记又诚挚邀请，我还是应该去看一看的。我们一路奔向山丹县城，半道上在路边的农家乐吃了午饭，到达培黎学校时已经是下午三点钟。1949年之前的培黎学校，校舍用的是一座叫发塔寺的破烂寺庙，经过整修后一直用到1953年，搬迁到了兰州。这个发塔寺现在已经了无踪迹。1985年新建的是一所现代建筑的学校。而我们来到的,则是刚刚修建完毕的上千亩地的巨大校园区。国家已经同意让培黎学校从中专升级为高等职业学院,建设了宽敞的办公楼、教学楼和学生宿舍区。今年9月份第一批学生就要入学了。我们参观了校史馆,听讲解员讲解了学校的发展史,然后一起合影留念。

大佛寺

告别了冯书记和培黎学校的领导,我们继续上路,下一站目的地是张掖的大佛寺。

八年前,我曾有机会到张掖做了一次演讲。演讲间隙,我抽出半小时去过一次大佛寺,只是匆匆忙忙地参观了一下,这一次打算做更加深入一点的考察。大佛寺里面的大佛,也是全球迄今最大的室内卧佛。

我们到达大佛寺时,工作人员已经在那里等待。他们希望我一边听他们讲解,一边做直播,但出于尊重佛教的原因,我还是委婉拒绝了。我答应参观完后,会在平台上发布一段短视频,介绍大佛寺。

张掖大佛寺由西夏王朝建于西夏永安元年(1098年),是一座专门为皇家所建的寺庙。当时,整个河西走廊都是西夏的一部分。到了明永乐九年(1411年),皇帝敕名为宝觉寺,还御赐了一套最完整的初刻初印本《永乐北藏》,共有六千多册。这套珍贵的图书，一直被保存到了今天。明正统十年（1445年），英宗皇帝朱祁镇将官版印刷的经卷345种685函3584卷敕书颁赐给了大佛寺。明英宗就是在土木堡之变中，被蒙古瓦剌所俘虏的那个皇帝。土木堡之变，是明朝历史命运的转折点。

传说大佛寺是元世祖忽必烈的降生地。元世祖的母后别吉太后，曾在寺庙内久居，去世后的灵柩也寄放于寺内。马可·波罗的游记里曾经提到过大佛寺。他被大佛寺的宏伟建筑和张掖的繁华所吸引，曾在这里留居一年之久。

大佛寺里最值得看的自然还是大佛。大殿内的卧佛，身长34.5米，肩宽7.5米，看上去气势宏伟。尽管造像巨大，但整体上比例协调，线条流畅，神态自然，相貌祥和，富有艺术价值。佛像两侧是优婆夷、优婆塞的立像各一尊（在家信佛的女子叫优婆夷；在家信佛、行佛道并受了三皈依的男子叫作优婆塞），背面上方是十大弟子塑像，表情哀伤，似乎在追悼佛祖的涅槃。大殿的南北两侧是十八罗汉群像，形态各异，表情生动，体现了西夏时期塑像技术的成熟。

大佛是木胎泥塑。当时的建造者，先用木材搭建好佛像的整体架子，搭建完毕后再在架子上钉上木条，形成整体的塑像形状，然后再在外面涂上泥塑，最终形成完整的大佛塑像。大佛的内部除了支撑的骨架，其余都是空间，分成上中下三层，可以从顶部的开口进去，用梯子上下。佛胎里面本来应该藏有很多珍贵的东西，但被偷盗过，最后文物所剩无几。佛像身上还曾被开了一个洞，但不知出于什么原因，人们没有把整个佛像捣毁掉，真是不幸中的万幸。

  关于大佛寺，值得一提的还有上面提到的明英宗颁赐给大佛寺的经卷和敕书，总共有几千卷，统称《永乐北藏》，也一直保留到今天。其中，用金粉书写的《大般若经》已经被确认为国宝级文物。这些经书能够保存到今天，和僧人的保护有关。二十世纪六十年代左右，大佛寺的住持是本觉尼师，俗姓姚，大家都叫她姚尼姑。她为了保护佛经，在藏经阁的柱子间砌起一堵隔墙，为收藏这些经书的柜子建起一间密室。最后这套经书得以长久保存，在今天重见光明。

我们用了一个小时参观大佛寺，从正殿的大佛看起，到两边的十八罗汉，还有保存至今的一些壁画。

参观完大殿，我们到了后面的藏经阁。现在的大佛寺，已经没有僧人了，改成了张掖佛教博物馆。博物馆里面展出了最珍贵的部分经书，包括那本用金粉写的《大般若经》，还复制了一些金塔寺石窟的塑像，供游客们欣赏。金塔寺石窟远在深山之中，绝壁之上，一般游客不太容易到达。参观完博物馆后，我们在外边看了看位于佛寺最后部分的白塔。这一白塔原名弥陀千佛塔，建于明代，后来因为地震，只剩下塔基。现在的白塔，是后来打造大佛寺旅游景区复建的。据说塔基下面，还埋有高僧的舍利和其他宝藏，但真相是怎样的，没有人知道。

游完大佛寺，给我印象最深的还是大殿外面立柱上的一副楹联："卧佛长睡睡千年长睡不醒，问者永问问百世永问不明。"卧佛确实长睡了千年，已经睡过了好几个王朝，一如既往、波澜不惊、安详宁静地注视着人间变迁。到今天为止，人类还在问着同样的问题：我们如何能够更加幸福、没有烦恼地生活在这个世界上？没有一个人能够给出明确的答案。不仅没有答案，大部分人想要寻找的幸福，与真正的幸福之路是南辕北辙的。找不到幸福，不是幸福没有了，而是内心不明，把幸福之路给蒙蔽了。

七彩丹霞

　　离开大佛寺,我们要去的下一站是张掖七彩丹霞景区。七彩丹霞景区在临泽县倪家营乡南台村,离市区还有一个多小时的车程。我们紧赶慢赶,在下午七点的时候到达景区门口。天一直在下雨,我挺担心如果下雨,七彩丹霞就没法看了。结果导游说,下雨的时候,七彩丹霞依然是很鲜艳的。后来看到丹霞,发现颜色依然很好看。唯一可惜的是,本来想在晚霞中看丹霞地貌,这

一愿望因为下雨得不到满足了。

　　七彩丹霞景区，是国家 5A 级旅游景区，来的游客相当多。虽已是晚上七点多钟，外面的景区小镇依然人来人往。整个景区外部小镇能够同时容纳五六千人住宿，已经是一个相当成熟的景区环境。景区里面要坐车进去，因为还要走大概几公里才能到达核心景区。

　　丹霞景区的建立，是一件很有意思的事情。七彩丹霞一直存在，但过去从来没有引起过人们的注意。这些山上面，由于含铁矿物的原因，几乎寸草不生。在周围的山谷里，本地老百姓世世代代在沟里放牧，从来没有觉得这些山有什么稀奇。农民们曾经试图用山土做成砖，也没有做成功。到了二十世纪八十年代，有一些摄影爱好者知道了这个地方，翻山越岭过来摄影。这些摄影作品，发表在杂志上之后，引起了更多人的关注。越来越多的人到这里

来寻找这片美丽的山丘,这片号称被上帝打翻的调色盘。当地政府终于意识到,这是一个发展旅游的千载难逢的好机会,便着力打造七彩丹霞风景区。2004年,张艺谋执导的电影《三枪拍案惊奇》将景区定为外景拍摄主场地之一。影片在全国各地上映后,丹霞景区成为国内外游客竞相前往的旅游胜地。

我们到达的时候,景区实际上已经到了关门的时间,但因为预先和相关部门进行了沟通,景区专门为我们安排了车和导游。导游小张热情地为我们介绍了景区的发展过程。这些年来,景区已经得到了精心的维护,里面的道路为了和周围山坡的颜色相协调,路面也被做成了深红色。随着道路的深入,路边山坡开始出现迷人的色彩。但直到登上观景台,我才发现七彩丹霞的宏大和壮丽。那是一种山坡连着山坡,色彩连着色彩的绵延不绝的美丽。任何人看到,可能都会发出一声惊叹,老天能够如此巧夺天工,泼洒出如此色彩缤纷的天地。整个地貌以红色和黄色为主,夹杂着其他的颜色,那种不同颜色的条带,从山顶斜切下来,就像女孩穿着彩虹的裙子翩然起舞的样子。只不过这是山的舞蹈,在绚烂中带着磅礴起伏的气势。

我在观景平台上来回走动,瞩目凝视,几乎达到了忘我的地步。整个景区还没有全部开发完毕,现在只有两处比较大的观景台。登上继续往里的第二个观景台时,天色已经有点黯淡,但山的颜色依然鲜艳。尤其眼前的一座山,像极了一只卧着的老虎,身上

的斑纹颜色，几乎就是老虎颜色的翻版。周围的山峦也是同样的色彩，在黄昏中逶迤起伏，犹如群虎咆哮，气象万千。

大自然孕育出了各种神奇的美景，小到一草一木，大到日月天地，给人类带来了无穷无尽的愉悦和启发。人类对于这些自然美景的呼应、欣赏和融入，既体现了天人合一的和谐，也让这些美景更加熠熠生辉。"你未看此花时，此花与汝同归于寂；你来看此花时，则此花颜色一时明白起来"，此之谓也。

是夜，回到张掖城内居住，宿张掖饭店。饭店位于芦水湾度假风景区内，景区内有大湖，在夜色中颇显浩荡。绕湖散步半圈，空气清新，呼吸舒畅。散步毕，回房洗漱休息，一夜无梦。

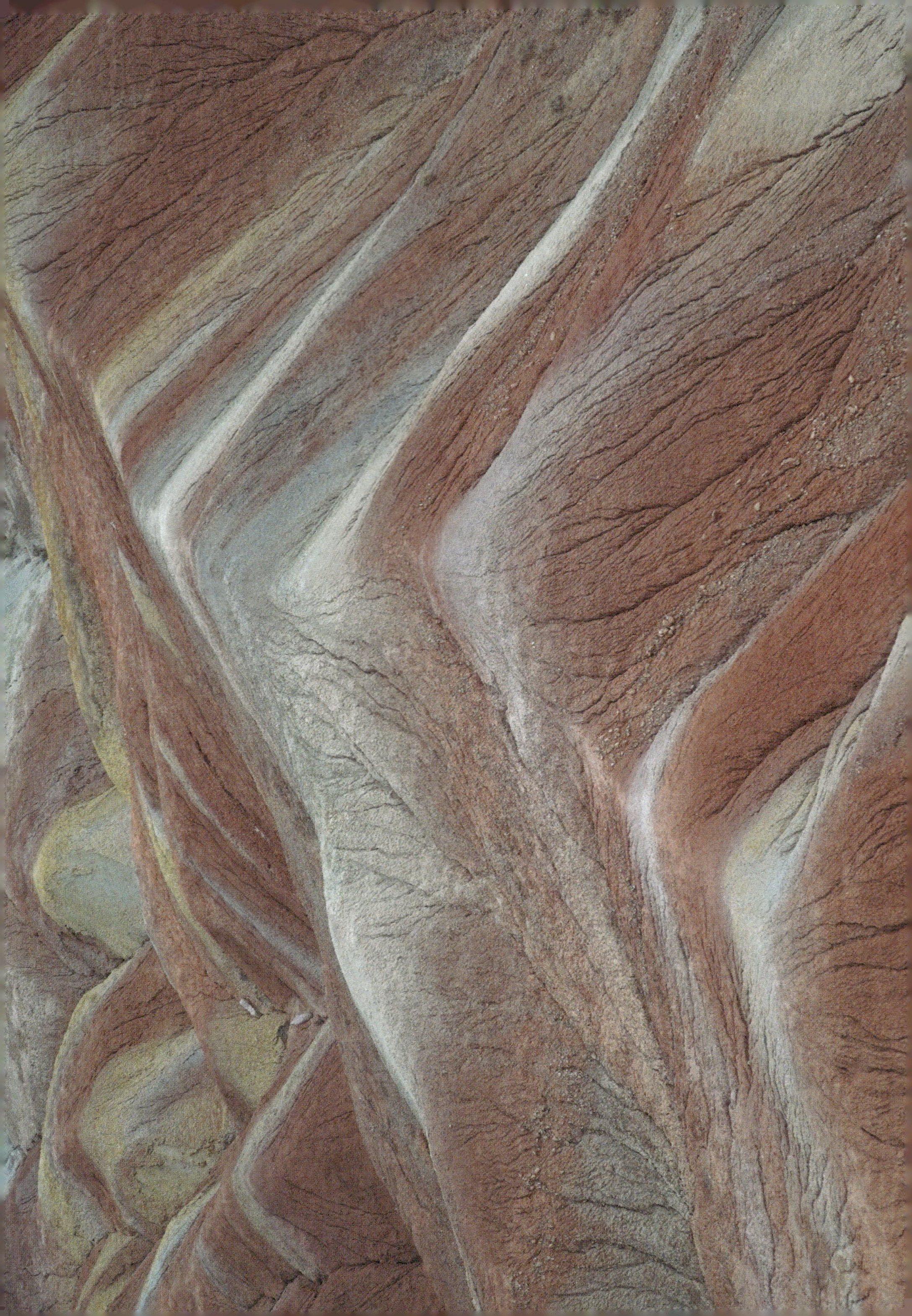

2020 年
07 / 24
星期五

那是穿透岁月的震撼和激动心灵的回荡，
让我相信人类对于美的追求，
和美本身一样，是永恒而超越的。

马蹄寺石窟

没有想到在河西走廊，还能够遇到如此湿润的空气。早上打开窗户，带着树香的湿润空气扑面而来，远方的祁连山映入眼帘，眼前的芦水湾碧波荡漾，空山新雨，要是没有远方那座万古高山耸立在那里，这几乎就是一幅江南水乡的美景。

今天上午的行程是去马蹄寺石窟。临行前，朋友邀我转一圈芦子湖生态度假景区。这是一个人工景区，十几年前曾是一片戈壁滩，政府花巨资，利用边上流过的黑河，把这里改造成五千多亩的湿地公园。里面有巨大的湖泊、弯曲的河道和茂密的树林，还有利用自然落差造就的人工瀑布，同时建设了几十公里的步道供市民散步。我们坐电瓶车在里面绕了一圈，确实有巧夺天工之美。

结束芦水湾考察后，我们驱车前往马蹄寺石窟，路上用了一个多小时。马蹄寺石窟，是从后凉就开凿的佛教洞窟，距今已经有一千六百多年的历史。之所以叫马蹄寺，是因为发现了一块石头，上面有天然的马蹄印。马蹄寺石窟从红沙岩体的峭壁上开凿出来，

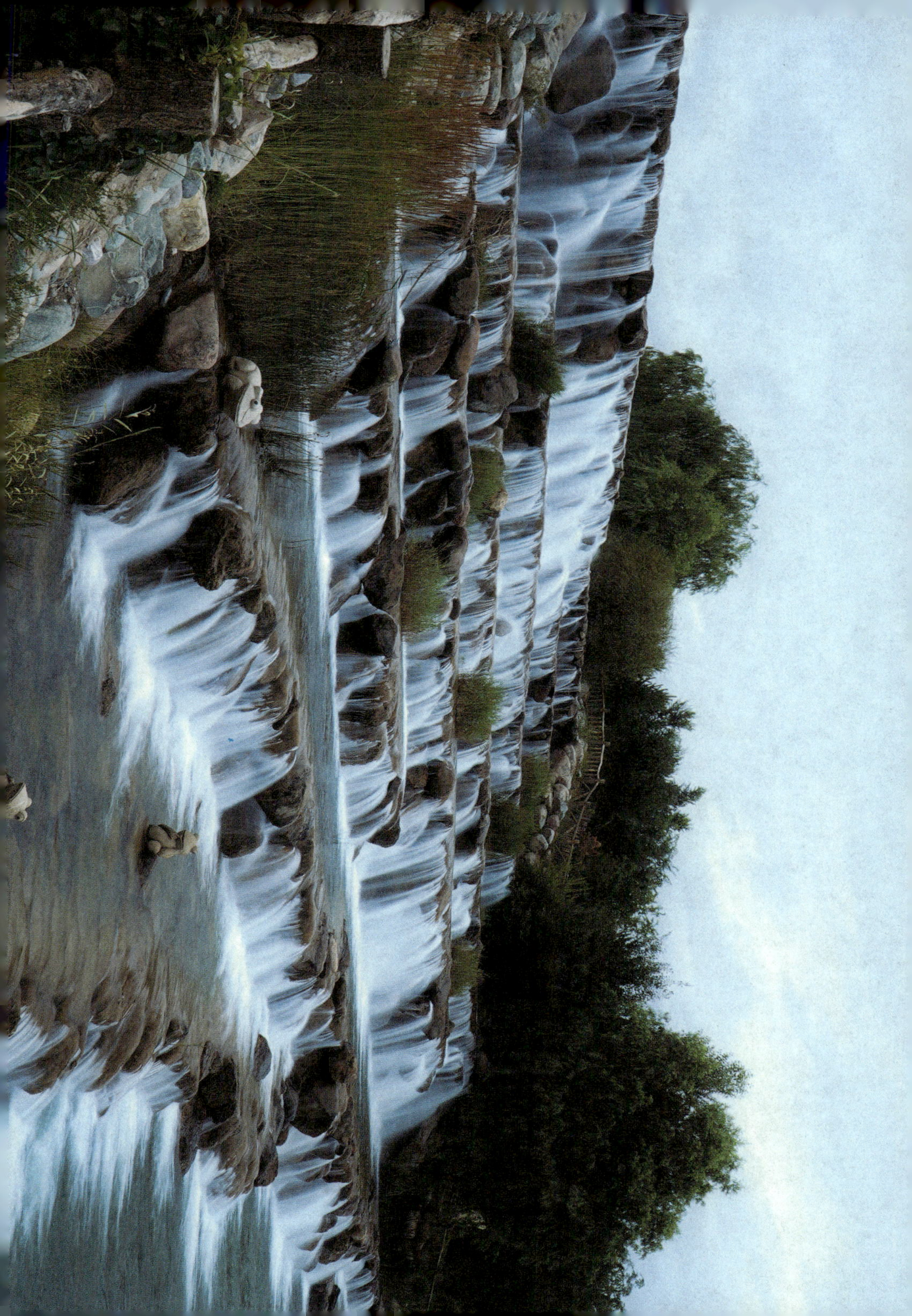

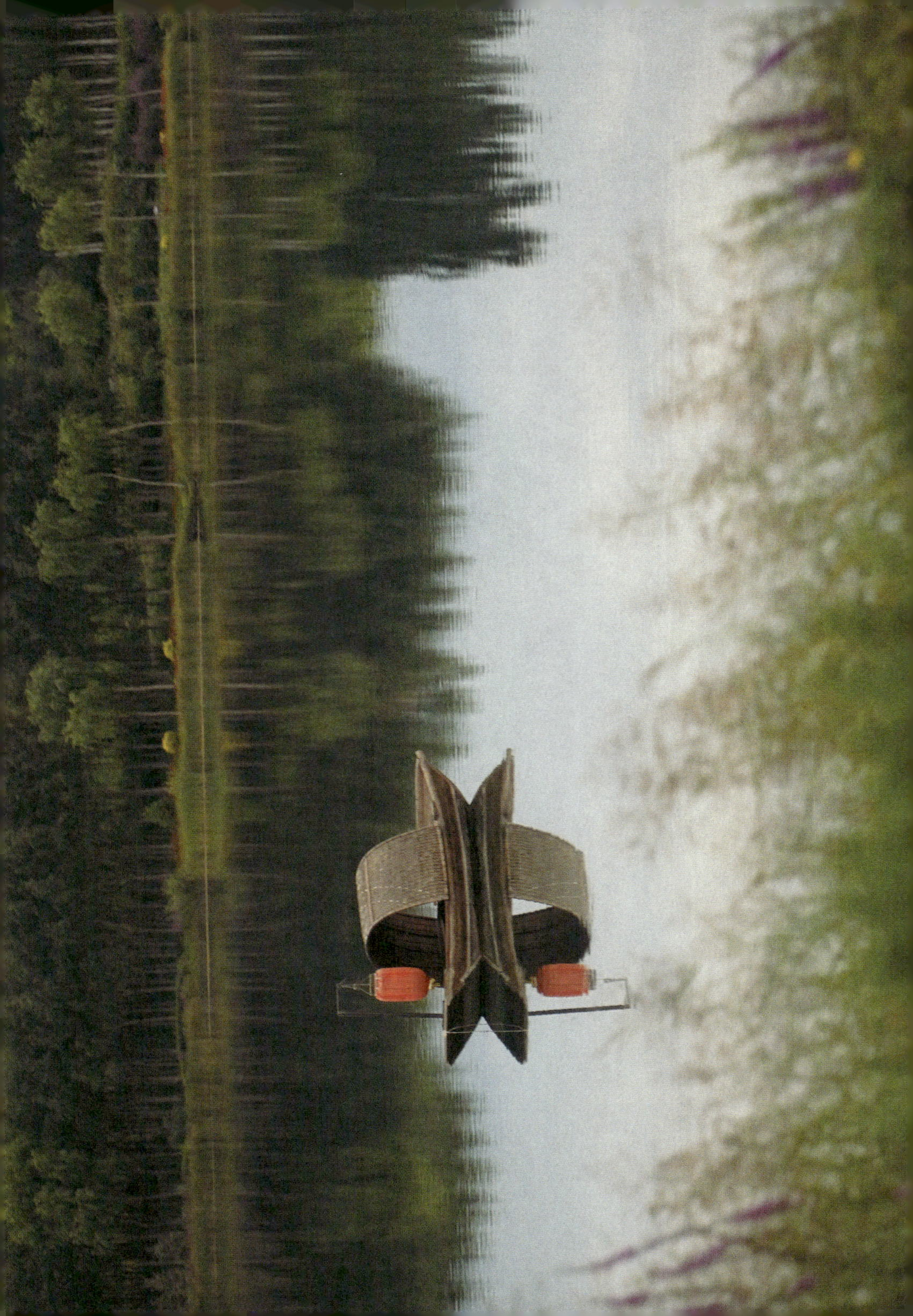

挖出了巨大的洞窟，洞窟里面再挖出佛龛，把泥塑的佛像放在龛中。

马蹄寺分为上马蹄寺和下马蹄寺。上马蹄寺又叫三十三天石窟，意为人登上石窟，就仿佛登上了三十三重天。下马蹄寺开凿的洞窟更大，非常可惜里面的佛像和壁画已经被彻底毁掉。现在佛龛里放的一些塑像，都是二十世纪八十年代之后重塑的，简单粗糙，没有太多的艺术感。只有一座直接从岩石上刻出来的巨大雕像还在，显得高大庄严，可能因为是岩石雕像，不太容易被破坏，所以保存了下来。洞窟上下层之间，在悬崖外面没有楼梯相连，都是在岩石里面开凿的暗道，有的暗道极陡极窄，只能容一个人攀爬上下，手脚不便或者胆小的人都不容易上去。想当初从这样

坚硬的岩石中，一锤一锤开凿那么多的通道，如果没有坚定的信念和一代又一代人的努力，是完全做不到的。

我从来没有想到，到了河西走廊，已经快接近沙漠地区了，还能够遇到绵绵细雨。从到达马蹄寺开始，老天就一直在下雨，直到我们下午离开，雨就一直没停。淅淅沥沥的雨，让整个山区变得雾气蒙蒙，烟云缥缈，平添了一份仙境的感觉，可惜的是以祁连雪山为背景的壮观景象看不到了。

从下马蹄寺洞窟出来，我在山脚的庙里点了三盏酥油灯为亲人祈福。现在马蹄寺已经变成了藏传佛教的道场，所以要按照藏传佛教的仪式表达敬拜。

我们在雨中到了上马蹄寺三十三天石窟。整个山崖都朦朦胧胧地隐藏在雨雾之中，显得缥缈而神秘。

石窟在山崖里面开凿出了七层，每一层都在内部用凿出来的石洞或者石梯相连。尤其是从四层到七层的石梯，在岩石深处开凿了几十个几乎垂直的台阶。这些石窟和台阶，也都是在后凉到北魏时期开凿的。可以想见，原来一定有着无比精美的塑像和壁画，可惜现在已经荡然无存。只有一尊元代的大佛雕像，也是从岩石上直接雕刻出来的，得以保留下来。洞窟中的古老塑像，有的是特殊年代被毁掉的。但其实在此之前，老塑像就已经被藏传佛教的塑像所替代了。从清朝开始，马蹄寺就已经变成了藏传佛教的道场，现在里面的塑像清一色都是藏传塑像，里面还供了绿度母和白度母。这些新塑像的艺术水平都很一般，形态几乎千篇一律。在第七层供奉的绿度母前面，香客们点了很多酥油灯，洞窟不再是古老的文明遗迹，而是一个现世的热闹道场。

从洞窟的窗户望出去，脚下是万丈悬崖，远处是雨雾中的苍茫群山。要是大晴天的话，从洞窟应该能够看到祁连山雪峰。当初信众们选择这么艰难的地方来开凿洞窟，可能就是希望自己的成果和信念能够不受打扰，被万世保留下来。但人世沧桑，世事变迁，任何永恒都是瞬间。

金塔寺

那这些洞窟最古老的样子应该是怎样的呢?陪同的相关领导告诉我,要看北凉到北魏真正的塑像艺术,必须去金塔寺。

金塔寺?我从来没有听说过。他们说,金塔寺洞窟的开凿年代,也是在北凉和北魏时期,但还需要从马蹄寺往大山深处走二十多公里,而且还需要用越野车走一段砂石山路才能够到达。因为洞窟在深山老林,而且开凿在离地面几十米的峭壁上,所以一直没有遭到很大的破坏,基本保持了当时的原貌。由于时间紧迫,我本来打算放弃的,但经他们这么一说,无论如何要去看一看了。

于是,我们一路翻山越岭,九曲十弯,再经过一段原始森林里的砂石路,终于来到了金塔寺石窟所在的山脚下。这里感觉是如此遥远而荒凉,边上的警示牌还写着小心熊出没。在一千六百多年前的时候,这里应该更加荒凉,人迹罕至。人们选择在这里开凿石窟,一定只有一个原因:因为偏僻,所以永恒。

相关部门已经在这里修建了木栈道和石头台阶。沿着木道向前,豁然开朗,一座巨大的黄色岩体峭壁,横贯在眼前,从头到尾看过去,就像是一座横卧在你眼前的巨大卧佛。卧佛中部的下方,看上去像两间小房子的建筑,就是金塔寺的两个洞窟。从山脚到洞窟,需要爬两百多级台阶。这也是后来修建的,以前没有台阶,要爬上去一定很困难。

我们冒雨顺着台阶爬上去,走到了石窟前的平台上。石窟平时是不开门的,需要预先联系好专门的管理员,一起进山来把石窟门打开。管理员和我们强调了一些注意事项,就把通向第一个石窟的小门打开。我以为里面就是个小洞、几尊佛像而已。没有想到,一进入窟门,迎面而来的是令人震撼的壮丽景象。

整个洞窟大概七十平方米,开凿的时候中间留了四方形的巨大立柱,立柱的四面,泥塑彩绘了无数的佛像、菩萨、飞天、大小胁侍,错落有致,姿态各异,一进门就向你迎面扑来。尽管有些塑像已经有残损,但大部分都还比较完整,大多数身上的色彩还很鲜艳。我面对这些塑像,感觉一千六百年的漫长历史,好像只隔了瞬间。这些塑像,寂静无声地在这里聚集了千年,我见到的一瞬间,它们却好像刚从昨天走来,如此灵动。它们因为所在的地方山高水远,所以幸免于难,在岁月流转间俯视着人间的风云变幻。唯一遗憾的就是画在四周墙上的佛像壁画,因为岁月的久远已经开始剥落。从墙体看出来,不同的朝代,在墙上画过不同的壁画,后面画的,把前面画的又覆盖了。随后我们进入第二

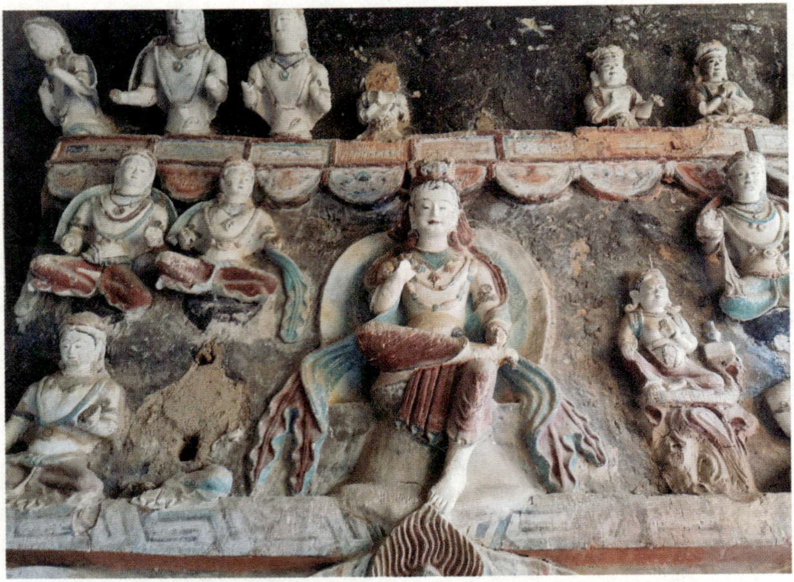

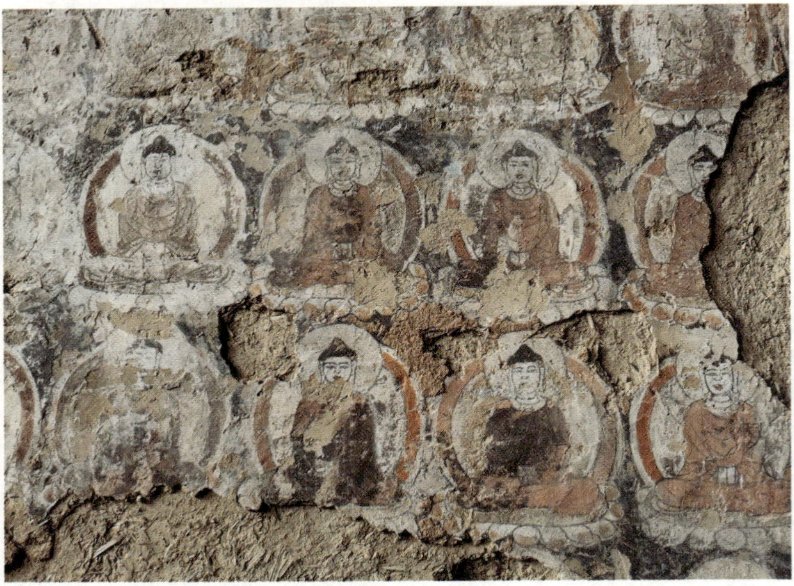

个洞窟。第二个洞窟要比第一个洞窟小一半左右，但格局一样，塑像少一些而已。唯一不同的是，这个洞窟的壁画，最后一层已经换成了藏传佛教色彩的佛像，证明了藏传佛教后来在这个地方的流行。

这些佛像、菩萨、飞天、壁画，合在一起形成了一幅生动的画卷。佛像的庄重、菩萨的潇洒、飞天的灵动，令人目不暇接。所有塑像都显得古朴醇厚、体格健硕，服饰自由多元，反映了那个时代民族的融合和文化的包容。据说这里的飞天，比莫高窟的飞天早三百年左右。这里的飞天是立体塑像，莫高窟的飞天是平面绘画。我看过不少石窟佛像，尽管各有特点，但金塔寺这两个石窟的塑像，是最让我感到震惊的，有种想顶礼膜拜的感觉。那是穿透岁月的震撼和激动心灵的回荡，让我相信人类对于美的追求，和美本身一样，是永恒而超越的。

烟雨中眼前的山谷叫临松山。这让我想起了临松薤谷，本来这次也要安排去朝拜的，但因为时间实在不允许，取消了。他们说，临松薤谷就在山的那一边，更加接近马蹄寺的地方。在五凉时期，这里聚集、隐居了一大批传承中国文化的大儒高人，他们在中原五胡乱华、民不聊生的时候，隐居于此，研究和传播中国文化，为中国文脉的保存、延续和发展作出了杰出贡献。纪录片《河西走廊》里，有一集专门记录了这些大儒的故事，他们是郭荷、郭瑀和刘昞等。他们在山上开凿山洞，潜心研学，尽管后来依然没有摆脱世俗王权的纠缠，但留下的精神火种到今天依然照耀千古。

从金塔寺出来，已经下午一点半，我们沿着原路回到马蹄寺附近。当地文旅部门的领导听说我在这里，安排我们到景区附近的一个裕固族民族风情园吃饭。

裕固族是古老的回鹘民族的一支，逐水草而居，散落在祁连山一带。裕固族原来有多个名称，如"黄头回鹘""撒里畏吾"等。1949年后通过政府安置，专门给了他们祁连山下的一块地方，并用汉语的"富裕巩固"之意，把他们统一叫作裕固族，这就是肃南裕固族自治县。这也是一个藏族和裕固族混居的县。今天的裕固族有两万人左右，不同民族之间经常通婚。陪同我们的一个朋友，娶的就是裕固族姑娘。人们的生活主要以放牧和农业种植为主。

因为我一再提到临松薤谷，当地人告诉我，这个风情园所在的地方，就是临松薤谷。临松薤谷是五凉时期儒家的主要活动场所，他们在这里著书立说，隐居开垦，传播儒家思想。但后来儒学东迁，这里就被废弃掉了。今天，这里除了山上有几个被废弃的洞窟，已经了无踪迹。

我本来想上山找一下洞窟，但外面哗哗下着雨，上山不方便，也不好意思提出这个要求了。儒家文化的精髓是入世立功，济世救民。一大群儒家师生隐居在远离张掖接近一百公里的山里，可见当时战乱频繁，他们的才干几乎无处施展。

午饭吃得开心而热闹，裕固族的姑娘和小伙给我们献上哈达并敬酒，载歌载舞，唱悠扬的民族歌曲，跳优美的民族舞蹈。地方朋友隆重地接待我们，给我们准备了烤全羊，用鹿血酒来激发豪情。这种酒我从来没有喝过，浅咖啡色透明液体，估计在五十度左右，喝完有热血上涌的感觉。

喝完酒，雨还在下。祁连山下这样淅淅沥沥的下雨天，让人有一种奇特的舒适感。这场雨，通过黑河的输送，能够为更北方的干旱地区送去源源不断的水资源，一直远达居延海。

居延海，在古代曾经是浩瀚无边的草原内陆湖，是草原民族的主要繁衍地，后来开垦过度，水源枯竭，几乎成为第二个罗布泊。最近十几年在政府的关心和调配下，居延海又有了一片美丽的水域，并且还在不断扩大。如果你读过王维的《使至塞上》，对"居延"两个字一定不陌生："单车欲问边，属国过居延。征蓬出汉塞，归雁入胡天。大漠孤烟直，长河落日圆。萧关逢候骑，都护在燕然。"可惜这次，我没有时间驱车走向居延海，只能留待来日了。

走向嘉峪关市

今天下午的目的地本来是登上嘉峪关关城。但从马蹄寺出发时已经下午四点。从马蹄寺到嘉峪关，导航显示要三个多小时。嘉峪关市的领导听说我要到嘉峪关，请求我晚上和当地的中学老师及学生进行一场座谈。尽管这次出来我不是来工作的，但这样的要求自然不能推辞。看来晚上登嘉峪关城楼看苍山落日这件事情算是泡汤了。因此，我提出了另外一个请求，能否明天让我们提早一点登上嘉峪关，在早晨的太阳中，远眺连绵的长城和群山。地方相关部门说，只要我和老师、学生进行交流，这个请求一定满足。

我们沿着连霍高速一路飞驰，离开张掖的时候，雨已经停了。一路向西，发现天气越来越好，明显没有下雨的痕迹。同在河西走廊，东西居然是两重天。嘉峪关已经接近戈壁沙漠天气，年降雨量比张掖那边要少很多。祁连山的三大水系之一疏勒河，就在酒泉—嘉峪关的范围内，水流量要比黑河少很多。七点半，我们到达嘉峪关市的南湖宾馆。太阳依然在天上明晃晃地照着，蓝天白云一片高远。

因为和酒钢三中师生的交流活动安排在晚上八点，我们在宾馆匆匆忙忙吃了晚餐，就出发去学校了。我在地图上看酒泉市和嘉峪关市那么近，一直没有搞清楚这两个地级市的城市区划是怎么回事。因为从嘉峪关市向西的瓜州县和敦煌市，是归酒泉市领导。中间小小的嘉峪关市，好像没有什么地盘。相关领导告诉我，嘉峪关市的成立，完全是因为酒钢。酒钢从二十世纪五十年代开始建设以来，从一个公司变成了一座城市，在二十世纪五十至八十年代的中国发展中起到了重要作用。现在的嘉峪关市，就是为了酒钢成立的，下面不带任何区县，依然主要以酒钢为主，是政企结合的典范。所以，在嘉峪关市，有很多以酒钢命名的机构，比如我晚上要去的酒钢三中。嘉峪关市原来是属于酒泉市的一部分，现在独立成市了。

　　交流会晚上八点开始，大约有五十位师生参加。我讲了五十分钟左右，分享了我对人生、事业和教育的看法，然后大家提问。提问的人更多是学生，我一一回答了他们的问题。结束时已经快十点。一天奔波下来，我感到有点劳累。朋友们本想请我去吃消夜，尽管我也有心，但为了确保明天的行程精力充沛，还是婉拒了。

　　今天有遗憾，更有收获。遗憾是一直想见到祁连山的真容，但它一直隐藏在云雾缭绕的背后。收获是马蹄寺石窟让我体会到了信仰的力量，金塔寺的雕塑让我感悟到了美的永恒，临松薤谷的烟雨云雾让我对于儒家在凄风苦雨中的坚持感同身受。历史的风雨横扫千年，唯有精神代代相传，千年后依然滋润着人间的生灵。

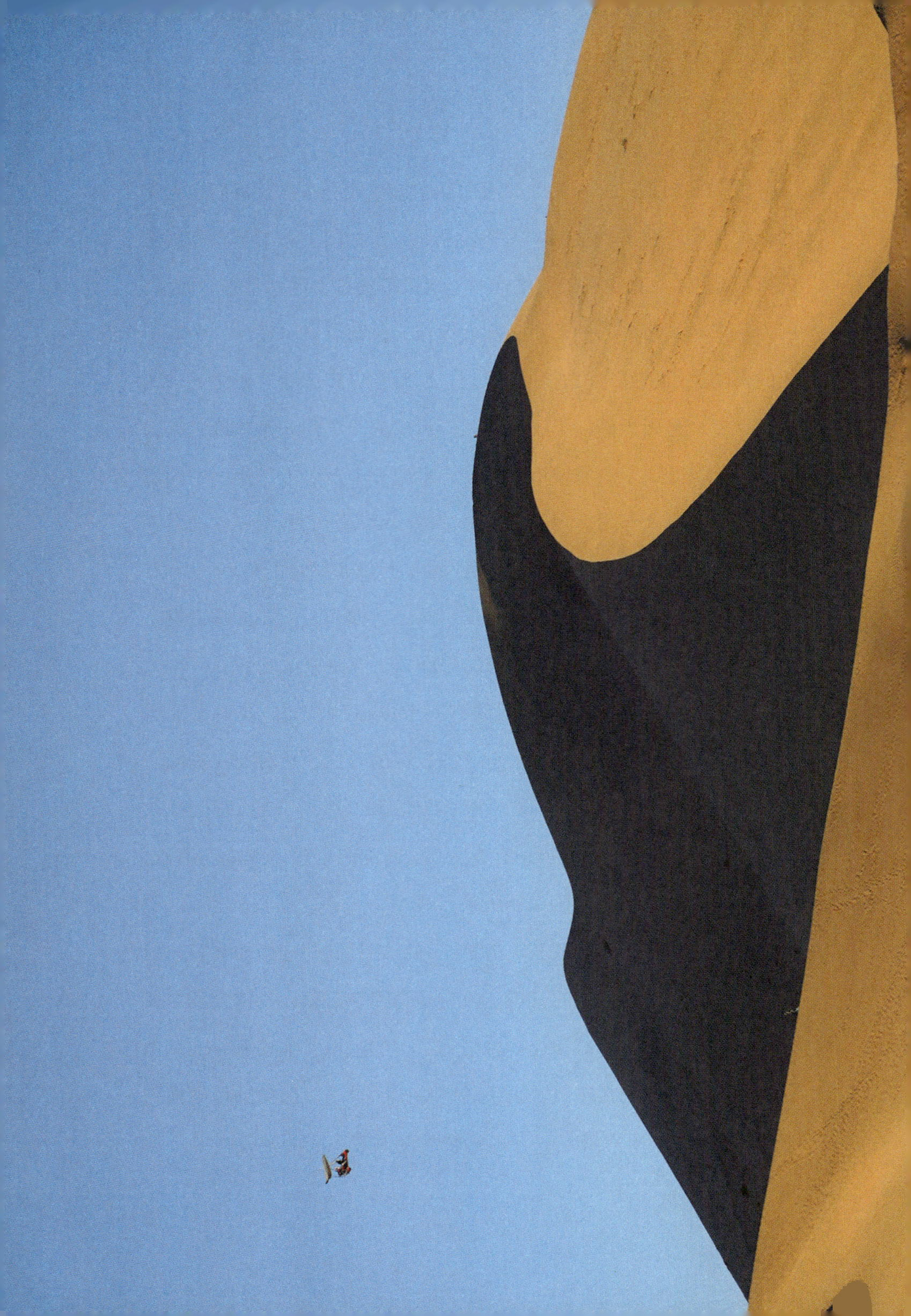

2020 年
07 / 25
星期六

人生匆匆，我的旅行也太匆匆，但不匆匆又能如何呢？
只要在匆匆中感受到生命的充实，就会变成持久的养分，
生命就有了沉淀，也有了厚度。

嘉峪关

六点半起床,拉开窗帘,金色的阳光已经洒满房间。今天是个晴空万里的日子。

嘉峪关市委李书记听说我在嘉峪关和师生进行了交流,说今天早上要陪我一起爬嘉峪关关城。我千恩万谢说一定不用陪,但他还是坚持要来。我想过分拒绝也不好,刚好也可以聊天,问问他嘉峪关市的相关情况,就答应让他陪同。

早上七点,李书记到达宾馆,我们一起出发去嘉峪关。从宾馆到嘉峪关大约二十分钟。七点半左右到达时,明媚的阳光已经洒在关城和城楼上。嘉峪关在早晨的阳光中安静威严地矗立着,这样的姿态,已经保持了几百年的时光。

嘉峪关在明朝洪武年间建设,朱元璋还是有一定的战略眼光的。明朝夺回河西走廊后,就开始修建明长城,直到嘉峪关。过了嘉峪关,就是瓜州、敦煌、哈密等地,明朝的力量实在是够不着了。最初的时候,明朝在嘉峪关以西设置了七个卫所,即关西

七卫，它们分别是哈密、玉门、沙州、罕东和柴达木盆地西北部的安定、曲先和阿端。但明朝对其只采取任命部族首领、建立朝贡体系等手段进行安抚，并没有在当地驻军和派驻官员实施有效管理。明朝觉得是否占领西域对帝国来说无关紧要，最终退守嘉峪关。嘉峪关修建在从祁连山到黑山的最窄处，并将长城向南延伸到今天的长城第一墩，向北修上黑山，叫悬臂长城，这样可以非常有效地挡住从西边过来的敌人。这一设施尽管有点闭关自守的味道，但在明朝的两百多年间，还是比较有效地保障了明王朝的安全，阻挡了中亚一些部族的入侵。

由于明朝闭关自守、重农不重商的国策，本来世界上最繁荣的商道丝绸之路从此凋敝。明朝不允许民间做生意，也不允许人民自由迁徙，更不欢迎国外的人到中国来做生意。本来，在沙漠驼队翻越千山万水，好不容易把西方的物资运送到嘉峪关，从远方地平线上看到这座关城，应该一声欢呼的时刻，但几乎所有的商队却都只有一声叹息。因为商队要把商品运送进嘉峪关，需要经过层层审核各种关牒。商品进入中国也不能自由买卖，只能作为贡品献给朝廷，朝廷再通过赏赐的方式，把商队需要的商品赐给他们，让他们通过西域再运送到西方。这一过程既不符合经济规律，效率又极其低下，一来一往常常需要经年累月。西方人想要通过这条商道获取丝绸、茶叶、瓷器等商品的愿望落空，所以就千方百计寻找别的出路，结果触发了欧洲各国的大航海运动，开始从海上寻找贸易机会。

　　嘉峪关，本来不仅应该为了防范而存在，更应该起到繁荣明朝的作用，结果城门一关，把整个明朝的繁荣和发展挡在了国门之外。在同一时期，西方开始了大航海运动，商业贸易蓬勃发展，促成了文艺复兴、殖民运动和第一次工业革命。朱元璋可能没有想到，本来想用农业社会买自己后代一个万世太平，结果由于封闭，把自己的朝代关在了世界发展的外面，最终被流民和草原民族打得稀里哗啦。而后续的清朝，也没有吸取明朝的教训，在自高自大中依然闭关自守，终于被世界的发展潮流所淹没，面对变局完全无还手之力，在鸦片战争、甲午战争等的连续打击和对决中，土崩瓦解，灰飞烟灭。真是"秦人不暇自哀，而后人哀之；后人哀之而不鉴之，亦使后人而复哀后人也"。

今天，嘉峪关关城依然雄壮地耸立在这里，在阳光中依然显得威武雄壮。它可能自身都不知道，其一身兼有两种象征——保家卫国，闭关自守。不管怎样，历史在不断进步，而嘉峪关今天的雄姿，也是祖国进步的标志。曾经的嘉峪关，自明朝之后已经很破败，三座关城的城楼几近倒塌，门破瓦松，蓬草丛生。清朝的时候，嘉峪关成了一座有名无实的关城，起到的仅仅是岁月风沙、历史变迁的见证作用。自清朝一直到1961年，嘉峪关的内城和外城，全部变成了老百姓居住的地方，文物也受到了不少破坏。1961年，嘉峪关成为第一批全国重点文物保护单位。从1984年开始，这里进行了大规模的修缮，逐渐恢复了当初的雄姿。今天的嘉峪关，已经成为河西走廊上的关键景点，也成为了解中国历史的重要现场节点。

嘉峪关分成内城和外城，内城是军事基地，是明朝军队驻扎的地方，来往商客都不得进入；外城是人们进出关口的通道，也是商客和当地人可以休息和居住的地方。当然外城和内城原则上都不允许百姓长期居住。市井烟火处，出了外城应该还有另外的街道。外城因为有客商往来，就有了商机，因此是个热闹之处。

我们是从外城的东门进入，大门上写着"天下雄关"几个苍劲有力的大字。进入东门，就看到了天下雄关的碑亭。再往前走，看到的就是内城的第一个城楼，上书"天下第一雄关"六个字，是当今书法家赵朴初留下的，字写得很好，但是挂在这里的城楼上，略显纤细了一点。从关城下走过，就到了外城的三个重要建筑，一个是文昌阁，一个是关帝庙，一个是老戏台。可以想象当初来往各色人等在关帝庙伏拜关公祈福，以及在广场看戏的热闹场景。在这里设立关帝庙再恰当不过，因为关公既是战神，又是财神。

从关帝庙旁边就进入了内城的瓮城，成语"瓮中捉鳖"就来自瓮城。瓮城是进入内城前外围的一个大天井，门开在旁边，和正门形成一个直角拐弯，这是为了防止敌人进入瓮城后可以直接攻击内城。敌人进入瓮城后，内城门关闭，城墙上的战士可以直接对瓮城的敌人从四面射箭投石，消灭敌人。瓮城有两个，东城楼下一个，西城楼下一个。从瓮城进入城楼下的大门，就进入到内城了。内城里现在除了复修的游击将军府，已经没有其他文物了。

从内城城楼旁边的马道爬上城墙，就到了城墙顶部，可以俯瞰整个内城和外城。两边三座城楼遥相呼应，显得气势非凡。城楼没有开放，不知道里面放的是什么东西。我们绕着南城墙走过去，就看到了城墙外向南延伸过去的长城。这边的长城向南一直连到祁连山峭壁下的长城第一墩，可以有效地把敌人阻挡在嘉峪关外。其实在嘉峪关外还有汉长城，一直延伸到玉门关外。现在所谓的长城第一墩，其实是明朝时候的第一墩。由于时间关系，我们没有办法去第一墩实地考察，只有从城楼上，向遥远的第一墩模糊的身影挥挥手。

本来嘉峪关的背景是祁连山巍峨高峻的连绵雪峰，今天尽管是晴天，但地平线那边雾气蒸腾，看不到祁连山的任何影子。我这一路走来，一路想见祁连山的真容，却总是云里雾里不能相见，那魂牵梦绕的相见，真的就这么难吗？

面向西面的城楼有两座，一座是内城的，一座是外城的。这两座城楼之间没有通道相连，在城楼上从内城到外城需要架桥，这样万一外城被攻破，只要把桥一撤，敌人就没法从外城上面进入内城了。外城向北，连接着到达黑山的悬臂长城，对来犯之敌形成阻隔作用。从内城西城门到外城西出口，在同一条直线上，出了外城门就是关外了。明朝时候要从这里出关或者入关，要出示"关照",相当于现在的护照。在汉唐时代,关外依然是王朝的领土,但明朝对关外的领土已经没有了控制主导权,所以实际上处于放弃状态。常常西边的来犯之敌,一打就打到嘉峪关下,有的时候甚至会从祁连山脚下绕过嘉峪关,直逼张掖、武威等地。

锁阳古城

参观完嘉峪关，我们继续上路，沿着连霍高速一路向西，在离现在瓜州县城不远的地方往南拐，就到了著名的锁阳城遗址。其实七八年前我参加北大企业家俱乐部组织的戈壁徒步时，就经过了这个锁阳城遗址，只不过没有作深入的了解。锁阳城遗址，在古代不叫锁阳城，而叫瓜州古县城。之所以叫锁阳城，是因为此地盛产一种中药材叫锁阳。

瓜州古城，在历史上曾经很兴旺。从古城往西，就是著名的玉门关。汉代，这里还不叫瓜州，但已经设县。到了唐朝早期，改为瓜州。明朝的时候，本来从城市附近流过的疏勒河突然改道，使得城市没有了水资源，加上关外之地人民生活也没有保障，大量居民移居到关内，城市就被废弃掉了。

今天的瓜州县城，离锁阳古城有五十多公里，是重新建设的城市。疏勒河改道后，就从现在的县城旁边流过。这证明，城市的发展离不开丰富的水资源。有水，就有生命，就有繁茂的植物和庄稼，就有人类生息繁衍、兴旺发展的基础。

瓜州曾经是历史上很有名的地名。中国有南北两个瓜州，一个是从扬州渡口到镇江的瓜州，这是南瓜州。白居易的词"汴水流，泗水流，流到瓜州古渡头，吴山点点愁。思悠悠，恨悠悠，恨到归时方始休，月明人倚楼"，写的是南瓜州。岑参的"岸雨过城头，黄鹂上戍楼。塞花飘客泪，边柳挂乡愁。白发悲明镜，青春换敝裘。君从万里使，闻已到瓜州"指的就是这里的北瓜州。当我们把酒泉、瓜州、敦煌、阳关、玉门关放在一起，眼前就会浮现出"大漠孤烟直，长河落日圆"的壮观，也会体会到"醉卧沙场君莫笑，古来征战几人回"的豪气和无奈。

今天，锁阳城遗址已经得到了很好的保护，自驾车不允许进入遗址景区。要进入景区，必须坐指定的电瓶车，沿着指定的游览路线走。瓜州县副县长马宗岭和文旅局局长赵鸿斌一起陪同我考察古城遗址。在去遗址的途中，我发现沙丘上的骆驼刺在茂密地生长，说明地下水资源依然不错。我们沿着遗址西边的道路一路向前，来到了遗址保存最完整的南城墙上。南城墙的整个形态依然清晰可见，每隔一段的垛口依然存在，边上瓮城遗址的角楼为圆形，可能是受到了西方建筑的影响。放眼望去，整个城市的规模比较宏大，看到城墙北面的角楼，大概在两公里之外了。城市分成了两大部分：一部分是靠东部的三分之一，中间有城墙间隔，属于官府行政办公的区域；其余的部分就是市井生活场所了，

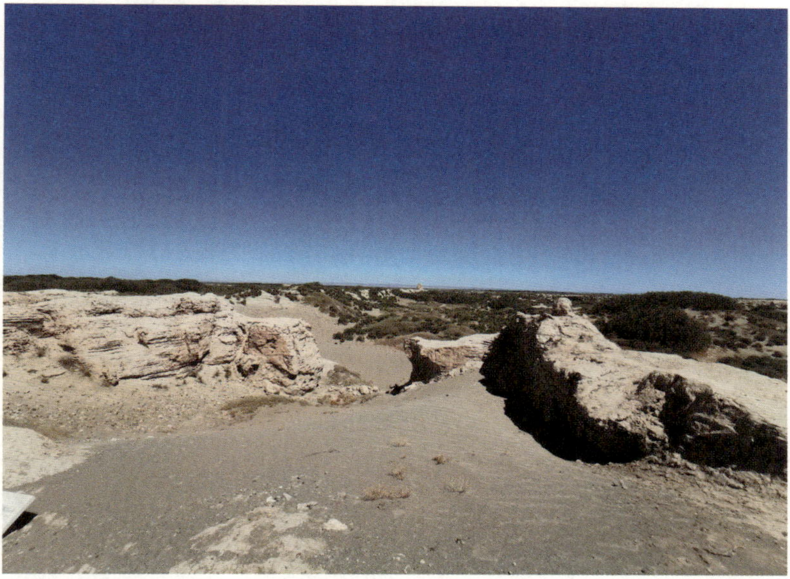

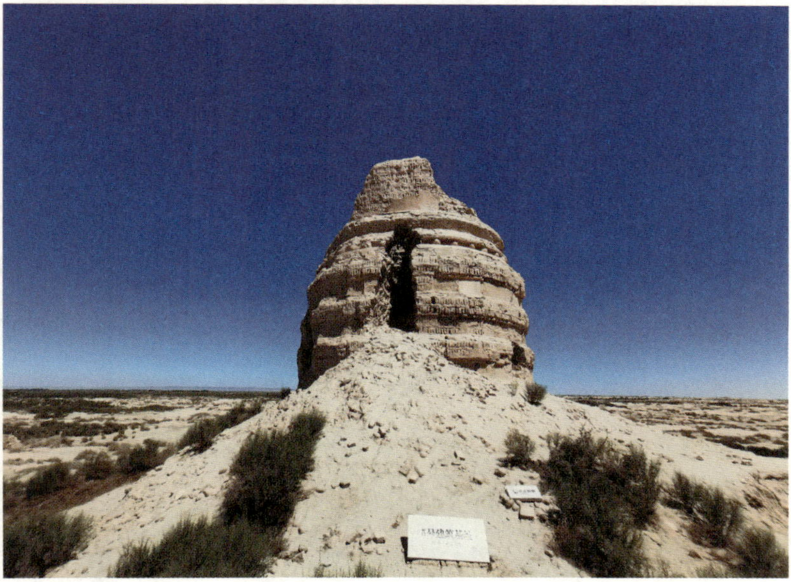

范围不小，能够想象古代很热闹的场景。远望城外的东边，有一圆形宝塔遗址，那就是玄奘西行之路上经过的塔尔寺遗址。

这个塔尔寺，不是青海藏传佛教的塔尔寺，在唐朝的时候，也不叫塔尔寺，而是叫阿育王寺。玄奘西行求法，来到瓜州，这时候，追捕玄奘的文书也来到了瓜州。好在当时的瓜州太守李昌也崇信佛法，所以对玄奘礼遇有加。玄奘选择了瓜州城外的阿育王寺住下，在这里补充资源，讲经说法，等待出发的最佳时机。因为玄奘知道，从瓜州向西，八百里地，是西行之路最艰难的地方，只有坚持穿越茫茫戈壁，一直到高昌国才能够再次得到补给。

在阿育王寺讲经的时候，玄奘遇见了胡人石槃陀。石槃陀请求玄奘为他授戒。玄奘发现他身强体壮又有心向善，便为他授戒，并告诉他西行求法的意图。做了玄奘徒弟的石槃陀不仅支持师父的想法，还表示愿为其向导，护送他出关。他又为玄奘找了一个老胡人和一匹又老又瘦的红马。这匹老马就是白龙马的原型，而石槃陀就是孙悟空的原型。玄奘在阿育王寺待了三十多天，从瓜州再次出发，成就了一段求取真经的传奇故事。

这座寺庙，大概在元代的时候改称塔尔寺，一直到明朝时期城市被废弃，塔尔寺也一起被废弃掉了。被废弃的城市和寺庙，有用的材料不断被运走，包括砖石和木料，好的文物也被盗走，最后就剩下一堆堆断垣残壁的土丘。这些几乎被风沙掩盖的土丘，仍伫立在这里，用一种沧桑的姿态，提醒着人们曾经辉煌的历史。

要不是因为有塔尔寺的遗址，我还不一定会来这里。因为玄奘曾经来过，我脚下对于这片土地的每一寸丈量，就不再是普通的脚步，而是对于前朝大师的追随和敬拜。尽管《西游记》里唐僧的形象并没有给我的童年带来多少欢乐，但历史上的玄奘，却实实在在是伟大的远行者和求法者，是把佛法传入中国的伟大人物之一，也是伟大的思想家和翻译家。在古代如此艰苦的条件下，他能够置生死于度外，行走万里，一心求法，这件事情本身就值得每一个有志向的人学习。

当电瓶车停在塔尔寺遗址旁边，我的内心从下车的第一步便开始充满敬意。尽管往日繁华现在已经仅剩几个土丘，原塔的残基里埋的也不是玄奘的舍利，我依然恭敬地绕塔一周，向着佛塔顶礼膜拜。人类需要精神生活和信仰支柱，而玄奘，就是把这种精神和信仰，传递给千万人的智慧大德。

很多人都来到过塔尔寺遗址，有来探险的、有来朝拜的、有来摄影的，但或多或少大家都不仅仅是为了这几个土堆和白塔遗址而来。那些在网上流传的血色残阳中的塔尔寺照片，再次证明了人们来此寻求的，隐隐中是一种天地人的结合，是远古和现代的结合，是一场穿越时空的灵魂对接。

沙漠清泉

我们从塔尔寺遗址出来已是十二点半,阳光炙烤大地。

马县长说带我去不远处一个叫沙漠清泉的地方吃饭。既然不远那就去吧,没有想到一开车就是三十多公里。我本应知道,在茫茫西部生活的人们,所谓的不远,都是几十公里之外。我们一路沿着公路在荒山沙漠中行走,突然前面出现一片绿洲,隐约看到绿洲中有房子隐现。我想这大概就是沙漠绿洲了。果不其然,在砂石路上行走一段之后,我们的车停在了绿洲中的房子前面。

一下车我就发现,这个地方我恍惚来过。后来才想起,我七年前在戈壁徒步的时候,曾经过这个绿洲。这里有一眼清泉,泉水潺潺终年不绝,养育了方圆几里内的植被,显示出一片繁茂景象。只不过,七年前这里只有一家农户,世世代代在这里放牧种地。

现在绿洲和房子的主人刘晓东出来接待了我们。一见面,他就说七年前的徒步中,他为我服务过。原来他是"玄奘之路"创始人曲向东的合作伙伴。曲向东是我北大的师弟,早就熟悉,那

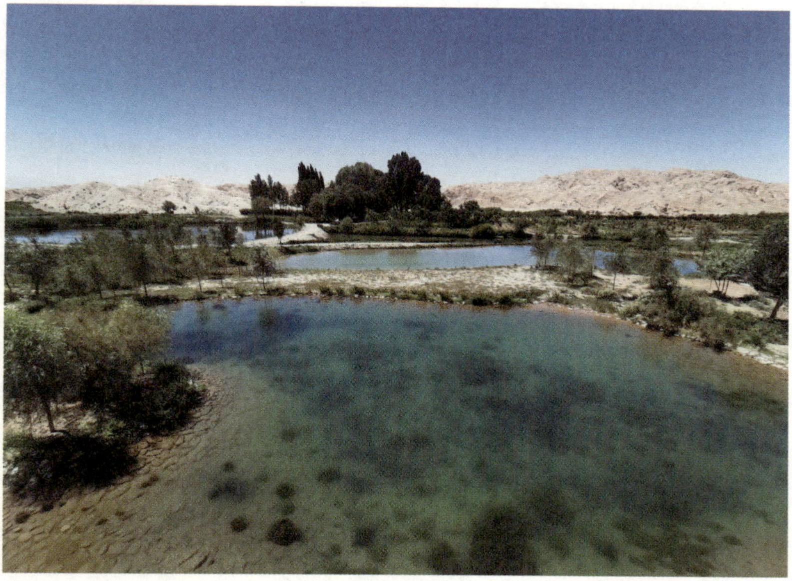

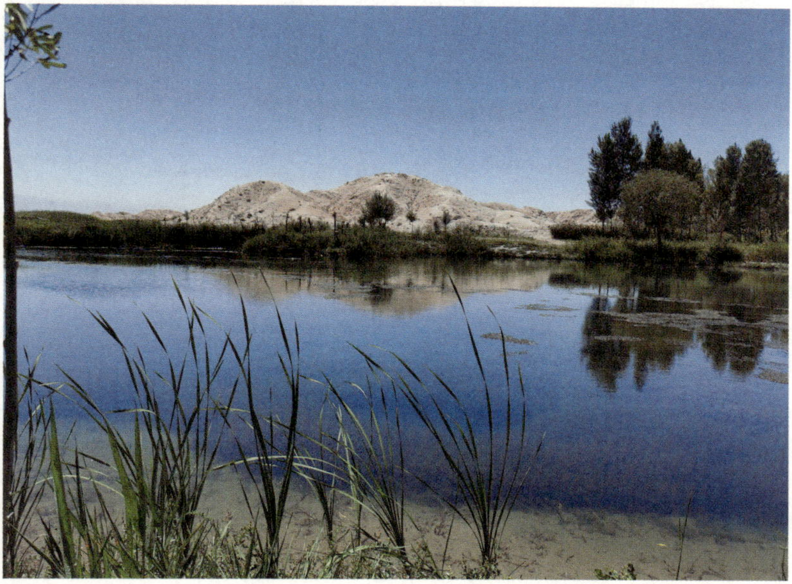

次的徒步就是曲向东负责安排的。我问他这片绿洲怎么变成他的地盘了，他给我讲了其中的缘由。每次他和曲向东安排徒步，大家都会走过这片清泉滋养的沙漠，但玄奘之旅的终点不在这里，而是在更远的沙漠里。从沙漠始，以沙漠终，总觉得缺了点什么。后来他们就把这片清泉所属的土地从老百姓手里流转下来，把这里作为玄奘之旅的终点，给大家在筋疲力尽的挑战之后，打造一片心灵的安放之所，让绿色的生命成为某种象征。现在，他们已经造好了徒步者聚会的大帐篷，也在清泉滋养的水塘边盖起了这栋休闲的房子，未来还要在不远处的山体边，建设高档的岩体宾馆，让一些希望安静禅修和思考的人，可以来这里度过不受打扰的安静时光。

我放眼望去，满眼都是澄碧见底的水池，水池中还有大小鱼类在悠游嬉戏，水池边都是青翠摇曳的芦苇，一眼望去，几乎无边无际。蓝天、荒山、沙漠、绿色的树、碧色的水，那延伸的芦苇和绿草，构成了一幅完美的世外桃源景象，看上去令人心醉。

午饭后，我们信步走到泉眼处，发现被石头围成圆形的水池里，碧清的水从地底下潺潺冒出，在出口处形成一股巨大的水流。晓东告诉我，这个水流足够支撑五万人同时用水。水来自远处的祁连雪山，直接从地底下流到这里冒出来。我跪下来喝了一口，清凉甜爽，沁人心田；抬起头来，看到的是远处祁连山的雪顶，在阳光下闪闪发光。大自然对人类的滋养和馈赠，无言而永恒。

房子里收拾得非常干净和现代，充满了简洁的温馨感。房子就两层，和周围环境很协调。我们到楼顶饱览了周围的景色，下楼到房间吃饭。餐具清一色西餐布置，显得高档明快。晓东还记得我喜欢吃羊肉，主餐是每人一条小羊腿，煮得鲜嫩可口。主食配以手擀面，辣椒加西红柿为汤料，吃完了浑身舒泰。如果我不用再赶路，能够一个下午安静地坐在窗边的沙发上，拿起一本书，懒洋洋地看看外面沙漠绿洲的景致，那该是怎样的一种享受呢。可惜我们还要上路。这似乎是人生的某种隐喻，一旦上路，可以停歇的时间屈指可数。

榆林窟

今天最重要的行程之一是参观榆林窟。榆林窟离沙漠清泉不远，驱车二十多分钟就到了。

榆林窟，离敦煌莫高窟一百多公里，是中国佛教洞窟文化的重要组成部分。我几年前到敦煌的时候就想去榆林窟，可惜当时交通复杂没有成行，今天总算愿望成真。

窟洞，一般都开凿在山壁上。当我在迷糊中听到有人喊"榆林窟到了"时，放眼四望，发现极目之处都是戈壁沙漠的模样，哪里有什么山壁窟洞？

榆林窟研究所所长宋子贞老师来迎接我，我第一句话就问榆林窟在哪里。他说："别急，我带你下去。"下去？难道在地下？他带着我沿着台阶而下，突然豁然开朗。在我眼前，展现的是一条宽有一百多米，深有接近百米的河道峡谷。河道里还翻滚着奔流的河水。这条河就叫榆林河。河水从祁连雪山下来，千万年来流经此地，把此地切割成了一条深深的峡谷。峡谷两边，变成了

垂直的峭壁。榆林窟洞，就开凿在两岸的峭壁上，总共有四十多个洞窟。难怪从地上看不见，如果你不到河岸边上，你看到的就是一望无际的戈壁大漠。

宋子贞老师给我大致介绍了榆林窟形成的时期和特点。榆林窟和莫高窟在风格上有相似之处，但开凿时间要晚于莫高窟，大概最早的开凿时间在初唐时期，西夏和元朝陆续也有开凿。这里的岩体是砂砾岩，所以岩体本身不适合雕刻成佛像，和莫高窟一样，砂砾岩结构稳定，适合开凿成洞窟，再把洞窟用泥土抹平画上壁画。洞窟中的塑像，都是木胎泥塑，没有用石头雕刻成的。榆林窟中最珍贵的几个洞窟，都完整保留了唐朝和西夏的绘画风格和信仰特征。

我们在导游小席的带领下，参观了保存比较完好的第3窟、第13窟、第25窟等。榆林窟洞的特点是，不是一进去就是窟洞，而是要先进入一段五米左右的甬道，然后才是豁然开朗的窟洞。窟洞有大有小，整体上比我见过的莫高窟洞要小不少，可能是因为地理位置偏远，也可能是因为经济实力不够。这几个洞窟里面的壁画，大部分还保留着当时的完整性，从佛像的造型到普通百姓生活的描述都栩栩如生。有些地方被后期壁画所覆盖。后期壁画的呆板单调，和初唐壁画的灵动多姿，形成了鲜明的对照。张大千在莫高窟临摹了两年壁画，曾经也到过榆林窟，并且在第25窟里留下了临摹题记。窟洞中的塑像大多数不值得一看，都是清朝时期的塑像，千篇一律，没有美感。原始的塑像大部分已经被毁无形。

这里的壁画之前就有毁损。在元代的时候，由于洞窟外面的木栈道毁损了，就有人在洞窟里面凿开了一条横向通道，把一些洞窟连在一起，结果横向通道把墙壁上的不少壁画都破坏掉了。特殊年代中，这里的壁画倒没有被毁掉，一是因为这里地理位置偏远，二是因为榆林窟和莫高窟一样，在1961年就被定为国家一级文物保护单位，起到了一定的保护作用。

今天的榆林窟，依然从属于莫高窟，是敦煌莫高窟研究院下面的一个研究所。在第3窟参观的时候，巧遇了首都师范大学专门研究敦煌文化的宁强老师，听宁强老师讲解了一下榆林壁画的

前因后果，我眼界大开。他学识渊博，讲解浅显，曾经在敦煌工作过七年，让我十分佩服。我邀请他回北京后给新东方人讲讲敦煌莫高窟和榆林窟文化，他十分愉快地答应了。

从洞窟出来，明晃晃的阳光洒满了整个峡谷。这样被河道冲刷出来的峡谷，在全国应该有几百上千条。榆林河这一段的河道，因为这几十个洞窟的存在，因为前人留下的宝贵艺术作品，从此与众不同，在平凡中成为一种永恒的纪念。窟中墙上的众佛陀、菩萨、供养人以及其他人物，千年来不管是否有人关注，都自在地在洞窟里拈花微笑，等待永恒。

和宋子贞老师等告别后，我们再次上路，这一次的目标是敦煌。

现在的时间已经指向了下午四点半，从榆林窟到敦煌需要两个小时的车程。到了敦煌，我们要在明天上午十点之前，完成游览鸣沙山月牙泉和莫高窟两个景点。我原定了 26 日回到北京，现在尽管时间不够，也没有办法推迟了，因为我已经安排了 27 日在北京的工作。26 日敦煌直飞北京的航班只有上午十一点的，所以必须在明天上午十点前结束两地的游览。

我发现，鸣沙山月牙泉开放到晚上十点，所以到了敦煌可以先去月牙泉。按照正常开放时间，莫高窟要明天上午九点景区才开门，那就来不及看了。我之前已经到过莫高窟两次，所以这次不去也可以。但团队的有些成员没有去过，好不容易跟我一路走了十天，本来看莫高窟是收尾的高光时刻，如果看不到确实遗憾。我们通过地方政府和莫高窟研究院取得了联系，经过沟通，同意我们明天提早一个小时进窟参观。

在驶向高速的 X270 县道上，马县长顺路把我带到了《大地之子》的大型雕塑现场。那是一个可爱的胖孩子，呈现侧卧着安然甜睡的样子。紫红色的砂岩雕塑，背景是无垠的戈壁，远处是一抹山峦，像母亲的环抱。雕塑看上去十分醒目壮观，给人一种突如其来的生命启示。雕塑家是清华大学董书兵老师，这个作品是一次用数字技术对分割的岩石进行雕刻再拼装的重要尝试。我们停下来，围着雕像转了一圈，拍了几张照片。一会儿就有好几群人来参观，据说这里是很红的网红打卡地。我和马县长说了一下

民勤沙漠雕塑公园的概念,告诉他如果沿着这条到榆林窟的公路多摆放一些有特色的大型雕塑,可能会形成一种独特的旅游资源。

鸣沙山月牙泉

离开《大地之子》,我们和马县长他们挥手告别,直奔敦煌而去。我一路上记录所见所闻,不知不觉就到了敦煌。其实到达敦煌的时间已经是晚上七点,相关部门的朋友在敦煌山庄给我们安排了简餐,我们匆匆吃完,就出发去鸣沙山月牙泉。

晚上八点,敦煌的上空阳光依然灿烂。我们到达鸣沙山公园门口时,发现无数的游客在爬鸣沙山,还有很多游客骑着骆驼上山。空中时不时有观光的直升机和动力滑翔伞出现,很多游客还在从大门口涌入。鸣沙山因为区域广大,不限制客流量。尽管今年客流量不如去年,但我放眼望去,依然觉得很壮观。这是我今年第一次见到一个旅游景点有这么多游客出现。在巨大的沙山背景下,再多的游客,也像小小的蚂蚁一样不显拥挤。

西斜的太阳照在鸣沙山上,把波浪起伏的山体染成金黄色的一片。那沙丘柔和飘逸的山脊线和阴阳面的对照,让整座鸣沙山显得变幻灵动,充满迷人的诱惑。

公园的老总王立军专门陪我进入公园。他说，很多人傍晚到鸣沙山来，爬到山顶看落日。有些人在山顶要待到凌晨一点左右，看完落日，再看月亮和星星，成了年轻人的一种浪漫选择。公园也不愿意驱赶游客下山，所以员工们常常要等到凌晨两点左右才能下班。我听完大为感动，这是我见到的最人性化管理的公园了，居然为了让大家尽兴，到凌晨两点才下班。王总显得年轻能干，鼓励我爬到山顶看落日。我们穿上沙漠鞋套开始一起爬。上山有沙漠梯子，但梯子上人太多，我就从沙漠中往上爬，结果每走上去一步，一用力又下滑半步，没多久就气喘吁吁了。后来我干脆手脚并用往上爬，感觉轻松了很多。就这样一路爬到顶，已经是口干舌燥，大汗淋漓。最终，努力得到了补偿，我们在高处，看着落日从两个沙丘之间缓缓落下，残阳的红色染遍了天空和沙丘。天广地阔，霞光消融，整个大地逐渐笼罩在暮霭阵阵西天阔的苍茫之中。

看完落日，我们从沙丘上奔跑而下，努力爬上去累得半死不活，奔下来时两分钟就到了山脚。这一次，真正体会到了"下山容易上山难"的感觉，原来沙丘可以这么玩。

下山后我们到了月牙泉。和几年前我来看月牙泉相比，月牙泉的水多出了不少，说明敦煌的地下水位在上升。月牙泉的水，是敦煌的党河通过地下水的方式补充的。敦煌在过去打了不少机井，导致水位下降。现在机井全部停用，地下水位上升，月牙泉又恢复了昔日的光彩。当然，现在离月牙泉的最高水位还有距离，但我相信以后会越来越好。

月牙泉边上的建筑和楼阁，曾经被彻底破坏过。我看到过一张斯坦因1907年拍的照片，那是月牙泉被拍下来的第一张照片。照片中月牙泉还有不少水，但边上的建筑已经很破旧。再看1980年的一张照片，照片中除了几棵树，已经没有任何建筑的痕迹。不知道是在什么时期，建筑已经全部被拆掉，估计建筑木料都被老百姓拿回家了，而旁边的月牙泉也几乎干涸无水。今天月牙泉边上的美丽建筑，都是根据原来的图片设计重建的。这些重建的

建筑，恢复了月牙湖和古建筑交相辉映的美景。从空中看，月牙泉和古建筑像一幅互相交替的八卦图案，非常符合中国人的文化审美情趣。

　　月牙湖的对岸，为了防止沙土流失，已经禁止人走动，但这边可以到岸边散步。我们走到岸边，一边是月牙形的湖水，一边是点着彩灯的楼阁建筑，在楼阁的上方，刚好有一轮明媚的弯月挂在天空。今天是农历六月初五，弯月刚好是月牙湖的形状，弯月、沙漠、古阁、老树、泉水叠加在一起，形成了一幅梦幻般的图画。

　　从月牙泉公园出来，已经是晚上十点钟。很多游客还在鸣沙山顶上，也有不少游客在陆续离开公园。晚上十点的敦煌，热闹才刚刚开始。

敦煌有全国著名的敦煌夜市，在敦煌夜市一条街，你可以吃到各种西域美食和烧烤，也可以购买各种旅游纪念品。明天整个团队就要打道回府，大部分人回北京，有些人回兰州，还有两位司机要开车回到北京。这是大家在一起的最后一晚，我为了感谢大家，便与他们说好一起到夜市去喝啤酒。

到达敦煌夜市，看到的是灯光闪耀、熙熙攘攘的景象，几乎是人挤人的感觉。整个街道一半是餐厅，另外一半是卖旅游商品和农副产品的商店。我一路走过去，被很多人认出来拉着照相，各家餐厅争相拉我入座。最后我选了一家叫马英烧烤的小店，选择这家店的唯一原因，是店主小伙子是第一个把我认出来的人。大家一起入座，开始吃烧烤喝啤酒，推杯换盏，轮流干杯，结果一下子就到了十二点。除司机外，有好几个人已经醉意蒙眬。酒后，我们一起从夜市走过，被几个网红商店邀请去参观了一番，又在大门口被夜市总经理陈生亮拉住照了几张照片。我想他们一定会在宣传中用到这些照片，我也不在意，就算为敦煌的发展作点贡献吧。

在甘肃的最后一天，过得很魔幻也很充实。魔幻，是因为平生第一次在落日中爬上沙丘；充实，是因为一天之内到了嘉峪关、锁阳城遗址、沙漠清泉、榆林窟和鸣沙山月牙泉，晚上又在夜市中，愉快忘我地度过了美好的啤酒时光。人生匆匆，我的旅行也太匆匆，但不匆匆又能如何呢？只要在匆匆中感受到生命的充实，就会变成持久的养分，生命就有了沉淀，也有了厚度。当有一天老年来到，我在某个地方寂静枯坐的时候，我希望能够回想起今天这样匆匆的时光。

2020 年
07 / 26
星期日

　　有的时候，
　　我们用尽一生，
只为等待命中注定会来到的那一刻。

莫高窟

去莫高窟，本来应该斋戒沐浴，顶礼焚香，带着一种宗教般的虔诚而去，不是为了顶礼膜拜佛陀和菩萨的塑像和壁画，而是为了那遥远的、从前秦一直到西夏的漫长岁月里，那些伟大的艺人和民间工匠，为我们留下的惊世绝伦的伟大艺术作品，这值得我们专程来点赞。

那是一个个普通的生命，几乎没有一个人留下名字，但洞窟里留下的壁画和塑像，是他们的生命不再普通的证明。我们常常说英雄才能创造伟业，而莫高窟这样比伟业更加万古不朽的作品，却实实在在是普通人创造的。他们一凿子一凿子地开窟，也许就是为了生存。他们一笔一画地描绘，并不是为了留下名声。即使是后面的艺术总设计者，也没有在壁画中找到任何痕迹线索。供养人倒是把自己的画像留在了壁画中，但他们不是这些作品的创作者。当然，他们也必不可少，如果没有他们，也就没有今天精美绝伦的壁画和塑像。

一个时代的自由精神、容纳能力和经济实力，对于这个时代的艺术发展，起到了至关重要的作用。过去，我已经来过莫高窟两次，每次看到的都是不同的洞窟，每次都是新的惊叹。因此，我十分理解为什么张大千要在莫高窟临摹两年以上，在如此艰苦的环境中无怨无悔，为什么他后续会有那样的泼墨色彩风格，这和莫高窟的艺术息息相关。

从前秦开始，中国开始大规模地接纳佛教，包括佛教艺术，以及和佛教相关的人生态度。佛教中包含的平等精神、慈悲为怀，逐渐成为中国精神的有机组成部分。在佛教的清规戒律后面，实际上是人更为自由更加广阔的天地。佛教的传入和丝绸之路商贸的兴起，在提升中国人精神高度和容纳能力的同时，也提升了中国人的经济实力。尽管河西走廊战乱频繁，但毕竟有很多商人，也有很多名家大族在这里居住繁衍。等到盛唐时期一统天下，中国通过河西走廊的通道，成为当时世界经济、文化交融和发展的中心。"凉州七里十万家，胡人半解弹琵琶。"这是一种巨大的气度，这种气度所产生的结果，就是文化的繁荣和不朽的文化作品的出现。走遍莫高窟，令我们心醉神迷的壁画和塑像，几乎无不来自从前秦到唐朝的繁盛期，也是丝绸之路最活跃的时期。西夏占了一点尾巴，宋朝时期对河西走廊没有控制权，影响力极小，而明清时期对于文化的压制，直接导致的结果是文化的衰败。现存莫高窟和榆林窟里的清代塑像，呆板到了惨不忍睹的地步。

今天即使只有一个多小时的时间，我还是希望在匆忙中去莫高窟看一眼。前几天，已经和莫高窟相关领导取得了联系，本来应该可以在正常时间和游客一起参观洞窟，但由于我要提前回到北京，只剩下了早上八点到九点半的一个半小时。我本来以为无法成行，没有想到莫高窟那边居然同意我们早点过去，这真是大大的好消息。

我们早上八点到达莫高窟停车场。莫高窟的李部长已经在停车场等我。此时早上的阳光已经普照在莫高窟的山脊上，莫高窟北部的洞窟在阳光下清晰可见。北部洞窟原来是更多作为僧舍和物资储存用的洞窟，有壁画的洞窟不多。真正重要的是南部洞窟，集中了全部华丽的艺术瑰宝。我们一起徒步走过莫高窟前面的宕

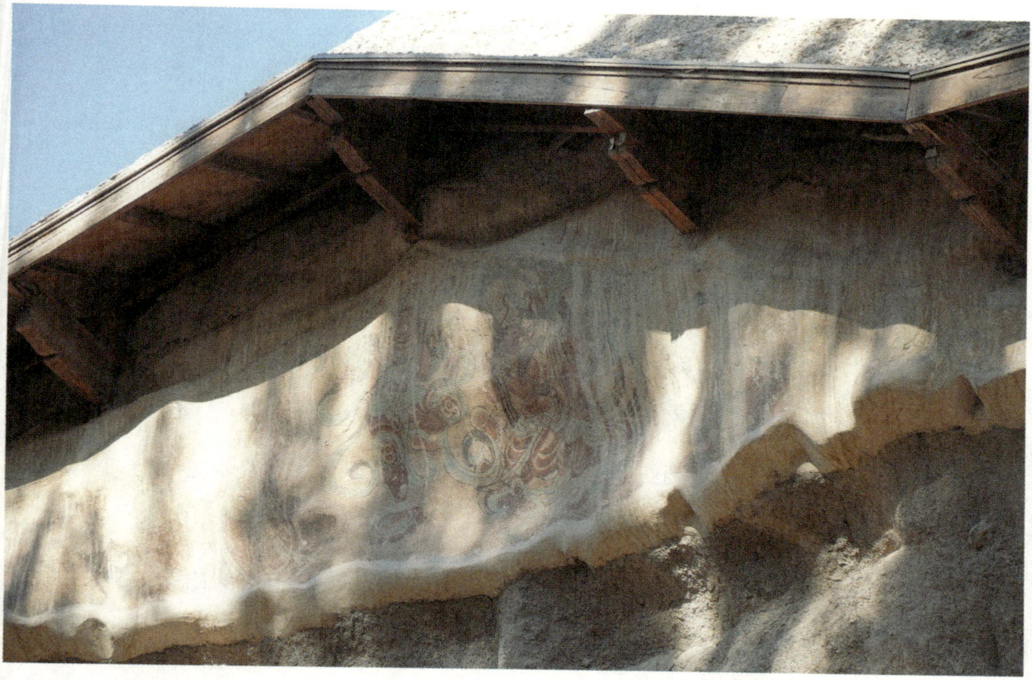

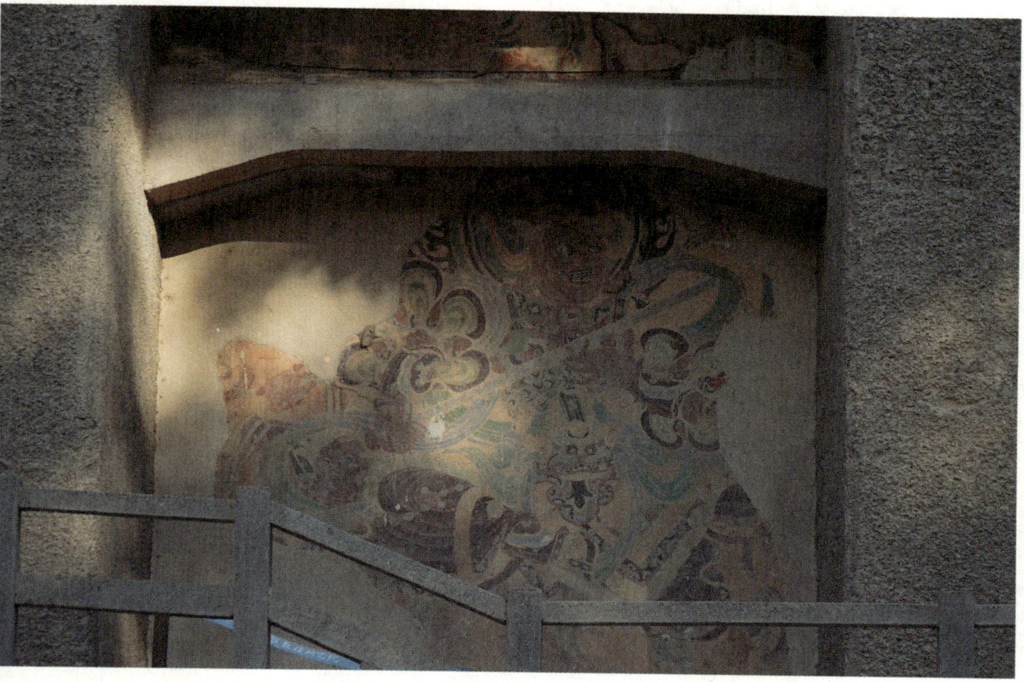

泉河。这是一条季节性河流，即使现在是雨季，河流也是干涸的。河岸边有长得很茂盛的白桦树。李部长告诉我，她四十年前来的时候，这些树就是这么大，现在还是这么大。我觉得她可能天天在这里守着，太热爱这里了，所以感觉不到树的长大，就像父母从来不觉得自己的孩子会变老一样。

莫高窟作为国家顶级文物保护单位和旅游参观的热点，已经受到了顶级的保护。这是几代人努力的结果。在千年的破败之后，莫高窟在1949年之后就受到了国家的重视。很多老一代文物研究者，把生命寄托给了这一道表面极其荒凉、内涵极其丰富的山梁。特殊年代里，大家也团结起来，努力保护着莫高窟的一切，使得今天的人们能有幸目睹这些艺术珍宝。

李部长说，她二十世纪八十年代初来到这里的时候，几乎每个洞窟都被沙子堵上了。他们要用簸箕把沙子清除，用拖拉机运走，才能开始对壁画和塑像进行保护。他们几十年的努力，不仅仅是责任，更是热爱，无比的热爱。这从他们对于壁画和塑像每一个细节的津津乐道中可以看出来。

现在的莫高窟，每一窟都被保护得很好，24小时电子监控和湿度监控。游客进入窟洞要有讲解员引导，不能自行进出。每次游客最多看八个洞窟，所以你要一次看完莫高窟的全部洞窟是不可能的。有些特别珍贵的洞窟也不经常开放。李部长告诉我，他们曾经做了个实验，让游客自觉去参观洞窟，结果发现一万人里有七百人左右会不自觉地去触摸塑像或墙上的壁画，这对文物会造成很大的破坏。

　　因为我们来得早，整个景区还十分安静。金色的阳光照在莫高窟的山崖上，显得安详和温馨。改革开放以来的四十多年，是莫高窟在千年风霜之后，迎来的又一次高光时刻。希望从此以后，莫高窟再也不要沦为砂石肆虐、杂草丛生的状态。那种状态，是一种刻骨铭心的耻辱。

　　由于时间匆忙，我们只参观了四五个比较典型的洞窟，去的第一个洞窟是藏经洞。藏经洞的故事已经家喻户晓。清末的时候有个叫王圆箓的道士，在这个洞窟的侧壁发现了一个小暗室，打开小暗室，里面藏着几万卷各个朝代的经书和其他资料。他并不懂得这些东西的重要性和价值，把里面的东西随便送人，并且分批以白菜的价格卖给了当时来探险考察的外国人。现在，依然有几万份珍贵的藏经洞资料原件散失在全世界各地的博物馆里面。但也正是藏经洞的发现，让全世界对中国文化的宝藏感叹不已，最后诞生了重要的敦煌学。藏经洞所在的主洞窟特别大，正在修缮之中。中间的塑像一看就是清代重塑的。

　　后面的一个小时，在李部长的陪同下，我们又参观了第45窟的唐代造像群。造像为释迦牟尼以及两侧的二弟子、二菩萨和二天王。佛陀、弟子、菩萨的面容平静安详，而天王因为是佛教的保护神，被塑造得很威武。这些造像的服饰被塑造得十分精致，匠心用到了极致。紧接着,我们又去了第61窟,为五代后期所造,主要是供奉文殊菩萨。窟室两边是供养人的画像。最震撼的是正面整个墙壁,是一幅五台山全景图,人物山水栩栩如生,表明在五代的时候,五台山已经是人们心目中的佛教名山。随后我们又去了第285窟。该窟开凿于西魏时期,公元534年以后,窟中的壁画灵动飘逸,色彩和线条搭配和谐,其中的飞天尤其优美。除了佛的塑像和佛的画像,还有伏羲和女娲的画面,又有印度五百强盗皈依佛陀的故事画面,已经把中西方文化和故事结合起来了。

看完这几个洞窟,我们离开的时间到了。这样匆忙地走马观花,很无礼,但也如醍醐灌顶一样,让人不得不肃然恭敬。

站在洞窟中央,即使向四周匆匆一瞥,也会有一种力量让你安静和憧憬起来。这种力量穿越千年,随着岁月的流逝,能量愈加强大。当初创造这些顶级艺术品的人们,也许只是出于对佛陀的顶礼膜拜来认真对待一笔一画。但当他们把生活和生命有意无意地注入塑像和壁画的每一个细节中时,他们实际上注入了一种生命和灵魂的永恒不朽。

我来了莫高窟三次,每次都带着遗憾离开,因为每次都只能尝到这一伟大艺术海洋中的几滴水。这几滴水不是让我解渴了,而是让我更渴了。

临别,李萍部长送了我两本书,一本是《敦煌石窟》,是敦煌石窟里优美塑像和壁画的图片和介绍,另一本是《我心归处是

敦煌》，两本书的作者都是樊锦诗先生。第二本书实际上是樊锦诗先生的自传，写出了樊先生热爱敦煌、献身敦煌的一生。樊锦诗先生出生于1938年，毕业于北京大学，自从1963年被分配到敦煌来工作，在敦煌坚守了一生。她从1998年开始，当了二十多年敦煌研究院院长，已经成为世界著名的敦煌莫高窟保护者和专家。她把一生献给莫高窟，只有一个原因，就是对于这一艺术宝藏无尽的爱和欢喜，所谓"热爱能抵岁月漫长"。因此，业界称她为"敦煌的女儿"。

有这两本沉甸甸的书伴随着我，我感到我把莫高窟的美带回了家。那画册中的图片，不仅可以让我随时虚拟地走进洞窟看一看，更重要的是让我把守卫莫高窟的那些人的精神之美带回了家。

正是有了这种精神之美，莫高窟才得以发出恒久的光芒。

上午十一点，从敦煌到北京的航班准时起飞，冲向碧蓝的天空。从舷窗望下去，能够看到敦煌的全貌和远处祁连山白雪皑皑的山峰。祁连山源源不断的雪水，养育了这片干旱的土地，养育了这片土地上千年的众生，更养育了流传千古的人文精神和艺术魅力。

至此，为期十一天的甘肃文化和自然之旅正式结束。这十一天行程的收获，也许需要我用一生去消化。但一生的消化又有何不可？有的时候，我们用尽一生，只为等待命中注定会来到的那一刻。

2021年

07/22

星期四

中国人的信仰互相融合,和平共处,互不冲突,可以同时把各种教派的人物放在一起供奉,最终都指向一个方向:让世俗生活过得更好。

直罗战役

7月22日早上九点,我坐飞机在延安落地。空中俯瞰陕北高原,山山翠绿。这些年国家青山绿水治理卓有成效,同时这几年北方雨量增加,雨水丰沛,也有利于植物成长,真正有了"陕北的好江南"的气息。陕北好江南,来自我们从小唱的一首歌:"花篮的花儿香,听我们唱一唱,唱一呀唱;来到了南泥湾,南泥湾好地方,好地呀方;到处是庄稼遍地是牛羊。如今的南泥湾,与往年不一般,不一呀般,再不是旧模样,是陕北的好江南。"

这首歌,歌颂的是当年三五九旅在南泥湾开荒的故事。

不过,尽管延安是红色革命的中心,而且这一路,我还要看不少红军战斗过的地方,但延安这次不是我行走的目标,只能擦肩而过,下次再来。

下飞机坐上车,我们沿着去往西安的高速一路向南,到富县右拐,走上去往庆阳的 G22 高速。今天要考察的第一个地方,是直罗镇。大部分人应该都不知道这个地方,我也是读红军历史才知道的。中央红军到达陕北后，曾经在这里打过一场有规模的战役——直罗战役。这场战役是红军到达陕北后，打的第一场主动大型战役，并取得了辉煌胜利，有效地阻止了国民党对于陕甘革命根据地的包围。要是这一包围形成，红军就真的无路可走了。

尽管直罗镇属于陕西，不属于我考察的甘肃范围内，但既然顺路，那就不能错过。我们上午十一点到达直罗镇。该镇现在也还是一个小镇。全镇就只有一个十字街口，其中一条路通向了山边上的直罗战役烈士纪念碑。山是什么名字我不知道，但在直罗战役中，牺牲的烈士有九百多位。几乎所有中央红军和陕甘红军，都参加了直罗战役，这是一场志在必得、集中优势兵力的歼灭战。

我们先向纪念碑行注目礼,然后参拜烈士陵园。纪念碑的左边是烈士姓名墙,上面刻写了几百位牺牲战士的姓名和籍贯。战士大部分都是江西人和富县人,江西的战士是长征过来的,富县的战士是当地刘志丹队伍的。院子里有红军长征和直罗战役纪念馆,大家可以在里面看到很多图片和文字介绍,内容翔实,看完能够比较清晰地理解长征的意义和直罗战役的重要性。

在纪念碑的后面,有通往山上的台阶。台阶陡而高,通向半山腰的烈士墓地。墓地里的墓碑排列整齐,庄严肃穆。旁边还有一座纪念亭,专门用来纪念十二位红军小战士。这些小战士只有十二到十五岁,因为侦察敌情被国民党军队抓住,在国民党军溃败前被残忍杀害。这些孩子连姓名都没有留下来。唯有此亭,使得这些小战士的英灵长存。

在墓地后面,有更陡的台阶继续通往山上。山上是一座千年宝塔,叫柏山寺塔。我走遍现场,也没有发现对该塔的文字介绍。我用手机查了一下,网络资料介绍说,最初是李世民让人建造的,因为满山松柏,取名柏山寺。但李世民为什么要让人建造该寺,就没有文字说明了。

我围着塔转了一圈,塔高十一层,就近看十分挺拔雄伟。塔是实心塔,一层内供奉了佛像。该塔宋初重建,明代重修,是中国最古老的宝塔之一。在直罗战役留下的照片里,也能够看到该塔的身影。陕甘的佛塔,往往会造在山头上,远远看去成为最显

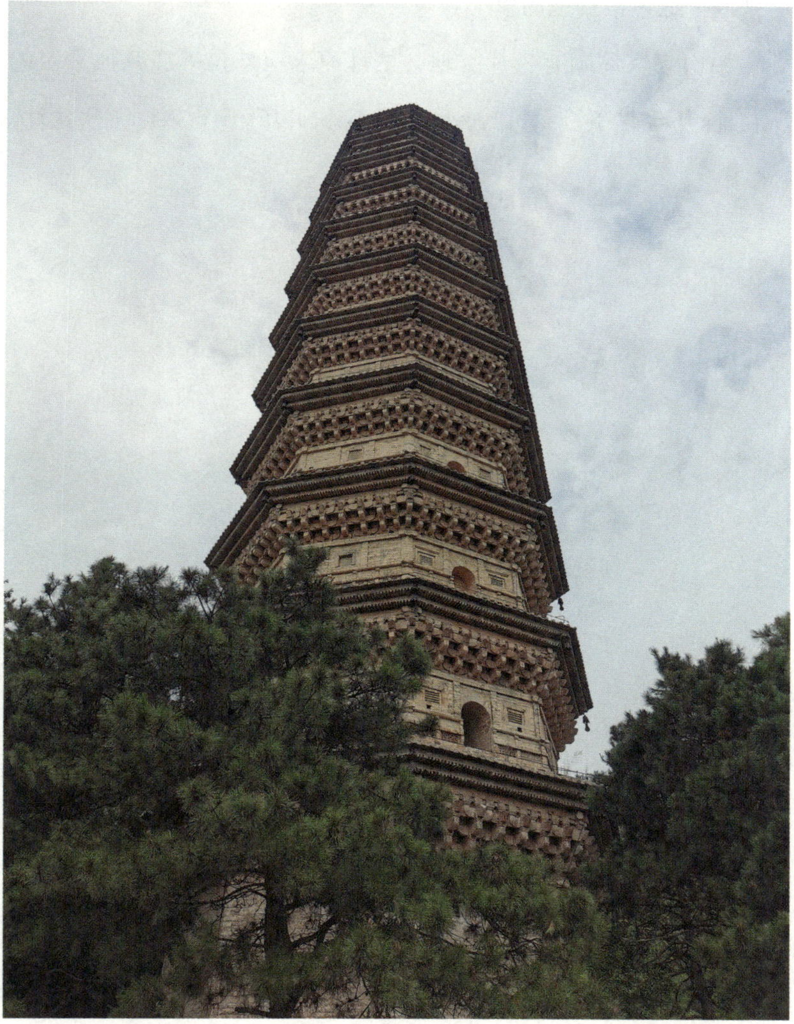

眼的景致，比如延安的岭山寺塔，也是唐代修建的，耸立山头，后来成了红色根据地的象征。

柏山寺塔周围有一片空地，估计原来应该是寺庙其他建筑的所在地，历经世事沧桑，已渺无踪影，空留此塔，俯视人间千年变迁。

南梁革命纪念馆

从直罗镇出来，我们回到高速，下一个目的地是南梁革命纪念馆。南梁，是红二十六、二十七军和陕甘边革命根据地指挥中心所在地，是1934年成立的陕甘边区苏维埃政府所在地。从地图上看，南梁在黄土高原子午岭深处，前不巴村，后不着店。可能恰恰是这样的地理环境，进可攻退可守，才成为革命活动的中心。当时的革命力量，还没有足够的实力夺取城镇并固守。直到红军大部队到了陕甘地区，才夺取了延安和其他一些城市，作为革命根据地的核心。

沿着G22高速向前，到达太白镇下高速，进入X018县道，沿着葫芦河谷一路向北，开车四十多分钟，就能到达位于葫芦河上游的南梁。葫芦河是一条发源于南梁所在地华池县子午岭的河流，一直到洛川县流入洛河，是洛河的主要支流。洛河最终再流入黄河。X018县道一直沿着河谷上行。一路上，河道里基本没有水，连拦截的水库都是彻底干涸的。河道里已经大面积种上了庄稼。可见此地非常少雨。河道本身很宽阔，意味着千万年来曾经有无数次洪水波涛汹涌。一旦下大雨，河道里的庄稼可能就会被彻底冲毁。周围的老百姓种地，依然是靠天吃饭。自古以来，这种地区的老百姓一般都比较穷，如果遇到天灾，便会流离失所，甚至家破人亡，革命的火种在这样的地区更加容易被点燃。

到达南梁，已经是下午一点，我们赶紧找地方吃饭。南梁小镇原来没啥人光顾，但近几年红色旅游兴旺，所以小镇新建了很多房屋，作为饭店民宿。我们在镇上找到了一家"志红鸡肉剁荞面"的小饭馆，一人要了一碗鸡肉荞面。饭店的夫妻现做饭菜，男的做鸡汤，女的擀荞面，动作麻利。准备好后，先上鸡肉和汤，一碗鸡肉吃完，再上荞面。乡间味道，亲切可口，我吃了一大碗。

吃完后，就到河对面的南梁革命纪念馆去参观。纪念馆背山面河，造得高大雄伟，前面的广场气势开阔。纪念馆的入口，是窑洞的形状，馆里面是图片、文字、实物的展示。很多革命者都在革命过程中牺牲了，但革命火种不断燃烧，最后终于稳定局面，成立了红军第二十六军，并成立了陕甘边区苏维埃政权。看着图片展示的一座座荒山、一个个窑洞，看着照片上很多衣衫褴褛的革命者，就知道中国革命的成功多么来之不易。陕甘边革命根据地的稳定，对于红军长征北上、稳定局面、扩大根据地、投入抗日战争，起到了无比重大的作用。如果没有陕甘边根据地的存在，中央红军到了陕甘，就没有立足之地，也就很难有后来的迅速发

展。中央红军和红十五军团会师的吴起镇，就是陕甘边根据地控制的红色区域。十五军团，就是由刘志丹领导的红二十六军，由陕北游击队扩编而成的红二十七军，加上由鄂豫陕根据地过来的红二十五军结合而成的。

　　从纪念馆出来，我们走到上面的荔园堡城址。荔园堡是北宋修建的一处防范西夏入侵的古城堡。这里是陕甘边苏维埃政权的成立之地，也是陕甘边根据地的办公场所。城堡的城门保留了下来，正在维修中。进入里面，有白色挺拔的"革命烈士永垂不朽"纪念碑，有仿建的窑洞办公场景、工农兵代表大会旧址和召开苏维埃政府成立大会的舞台。可以看出，所有建筑都是后来建设纪念馆的时候复原重建的。原来的建筑随着岁月的流逝，早就荡然无存，唯有革命的精神和意志，代代相传直到今天。

中央红军经过长征，只剩下几万人。陕甘边革命根据地的战士，估计最多也就二三万人。而那个时候的国民党部队，已经达到百万以上。但星星之火，可以燎原，革命的火种最终燃遍了整个中国。革命势力的发展也许有时局的因素，但更多是因为解放劳苦大众的革命理想，让无数人心里燃起了热情，吸引越来越多的仁人志士，加入革命的队伍；也因为有一批真正懂得中国、又有统一的思想武装、又有超强领导力和军事指挥能力的领导人。这两点，是军阀割据的国民党政府所不具备的，所以解放战争的胜利，几乎成为一种必然。

周祖陵

从南梁出来，下一个要去的地方是周祖陵。

从南梁到庆城县边上的周祖陵，沿着 X018，再转 X019，接上 G244 后向南，一个小时就能够到达。现在导航很方便，一般不会出错。中国道路发展很好，即使乡间道路也修得不错。估计当年红军从南梁到庆城县，要走几天的时间，现在一个小时的车程，就跨越了三千年的时光。三千年前，我们的先朝之一周朝，就是在周祖陵这块土地的周围发展起来的。

周祖陵，坐落在今天庆城县东边的东山上，是周朝祖先不窋的陵墓所在地。庆城县原来叫庆阳县，后来庆阳市所在的西峰县改成了庆阳市，这边就改成了庆城县。庆城县有很悠久的历史，周朝的起源地就在这一带。宋朝范仲淹抗击西夏的时候，也驻扎在这里。据说他的那首著名的词《渔家傲》，就是在这里写的："塞下秋来风景异，衡阳雁去无留意。四面边声连角起。千嶂里，长烟落日孤城闭。浊酒一杯家万里，燕然未勒归无计，羌管悠悠霜满地。人不寐,将军白发征夫泪。"

东山几乎就是一座孤山,周围并没有连绵起伏的山峦。

不窋曾经是夏朝的农业部长。不窋的父亲是后稷。后稷大家比较熟悉,名弃,是中国农耕文明的创始人之一,后来被封为五谷之神。我们常用的代指国家的词语"社稷",社,是土地;稷,是粮食。不窋继承了父亲的志向,继续领导着大家在农业方面发展。但由于朝政动荡,不窋被罢免了农官,于是率领族人向西北方向迁徙,最终定居在了北豳,也就是现在的庆城县。在这里,部族安定下来,继续经营农业,终于逐渐兴盛起来。经过十三代人的经营,几百年时光的变迁,从夏朝一直到商朝,等到了周文王和周武王时期,商朝也已经非常没落,于是周人打败了商纣王,正式建立了周朝。

周朝,分为西周和东周,从公元前1046年开始,到公元前256年为秦所灭,历时近八百年。其实到东周的春秋战国时期,周朝已经失去了对诸侯的控制权。东周群雄并起,是一个很热闹的朝代。大家可以去读一下《东周列国志》,尽管带有小说色彩,但也可以窥其一二。不窋去世后,就埋在这座山上。周朝最后一位国王周赧王的墓,据说也在这里。但诡异的是,周朝其他国王的陵墓在哪里,至今还是个谜。《汉书》说,周王陵不封不树,也就是说,在地面上看不出任何痕迹。这点倒是和蒙古人有点相似。成吉思汗去世后,被埋在草原上的草地下面,然后让万马奔跑,让陵墓所在地融入大地，消失得无影无踪。

　　周祖陵曾经被破坏殆尽，现在的建筑物，大部分都是改革开放后重建的。为了丰富旅游资源，从进山开始到山顶，景区建设了各种庙宇建筑。从山下白色牌楼，一直到山顶，要爬822级台阶，象征周朝822年的历史。进门迎面而来一座巨大的白色雕像，我以为是不窋，但实际上是岐伯。岐伯，是中国上古医圣，据说和黄帝讨论医学而著《黄帝内经》，他的家乡就在庆阳。但也有人说岐伯的家乡是陕西岐山。在各地疯狂打造旅游资源的今天，争抢名人故里已经成为一种策略。比如襄阳和南阳，争抢诸葛亮的茅庐所在地，一直争到今天。在庆阳，到处都能看到岐黄故里的标语，当地老百姓也引以为傲。其实，黄帝那个时候，还没有文

字，所以《黄帝内经》一定是后人托古而作的，不可能是黄帝和岐伯写出来的。但岐伯这个人，作为古代中国医学的起源人之一，是有可能存在的。

岐伯和黄帝活动的时期，比周朝至少还要早一千多年，和周朝也没有太多的关系。被放在周祖陵里，是为了丰富旅游吸引力。否则大家不远千里，来了就到山顶看一个墓，实在太单调了。景区请了上千个书法家，一人写一段《黄帝内经》，刻在石碑上，做成了《黄帝内经》千家碑林。书法字体千家竞秀，也是一种创意。从碑林穿过，沿着台阶爬上去，就到了药王古洞、岐伯大殿、通天门。再往上爬，就到了观音殿、财神庙和王母宫。这一路上来，形象

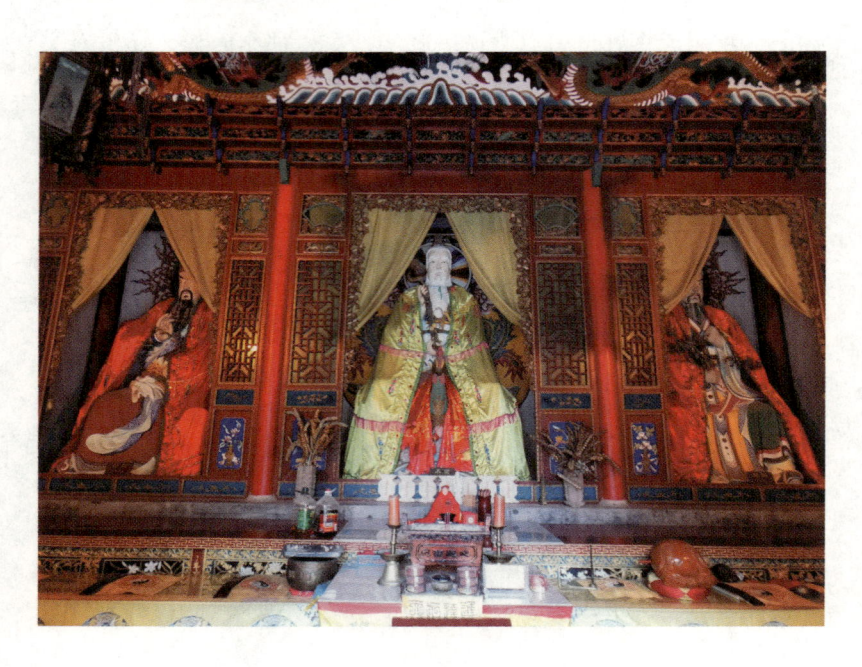

地体现了中国人民的混合信仰，以及信仰上的实用主义。中国人的信仰互相融合，和平共处，互不冲突，可以同时把各种教派的人物放在一起供奉，最终都指向一个方向：让世俗生活过得更好。岐伯、药王，为了看病；观音，为了保平安和求子；王母，为了婚姻、生育等；财神，为了发财；等等不一，但都是求取世俗的幸福。

穿过这些庙宇，继续前行上山，才真正到了周祖陵所在的山头。山头有"周不窋之陵"的石碑，后面还有一个长满小松树的方形墓包，是不窋的陵墓，估计也是后来修的。中间是周祖大殿，供奉了不窋、鞠陶、公刘三位祖先的塑像。这三位被认为是周早期最出色的三位祖宗。周祖大殿周围有周王殿、肇周圣祖牌坊、姜嫄殿、后稷殿、碑亭、八卦亭、鉴亭、栖凤亭和钟鼓楼等，都是为了纪念而建的。场地中间，还竖了一块长方形碑，上面是范曾题写的"肇周圣祖"四个字意为"开启周朝的圣神祖先"。从山顶可以俯瞰整个庆城县城，城下的柔远川，如碧玉带一样优雅地穿过一城一陵，把世俗的热闹和千年的寂寞淡然地隔开。

看完周祖陵，我们原路返回，继续走822级台阶下山。此时，已经是夕阳晚照。回看布满各种金黄色建筑的山坡，我瞬间感觉到了万古如斯的苍凉。中华文明几千年的发展，就被凝聚成了这样一座小山，和时光一起变老，也为苍生提供生存的坐标。

下山后，看对面有个像古城一样的建筑，看地图，标着庆州古城。过去一看，发现是现在建造的仿古小镇，里面各种饭店和商店，人员稀稀拉拉。说是到天黑了，对面城里的人就会过来吃消夜。庆城，夹在两条河——环江和柔远川之间，号称是一座活着的千年古城。可是，我们进城转了一圈，除了正在修建的新城楼，什么也没有看到。马路边上，刷着一个标语，说此处正在复修范仲淹故居，周围是一片空地。我想，就算修出来也是新建筑，怀古可以，但这样怀古，真的没啥意思。

今天的住宿地是庆阳市。从庆城县驱车到庆阳市，还要接近一个小时。我们到达已近黄昏。我本来打算到陇东民俗博物馆去看一看。沿着正在修建的假古城，好不容易导航到现场，被告知已经关门。周围一片建筑工地，估计也没啥好看的，兴味索然。开车到城里，在宾馆入住，找了一家饸饹面馆，吃了一碗饸饹面，回宾馆休息。

2021年
07/23
星期五

世间人为的一切都可能转瞬即逝，
唯有人心中的那一脉精神，
那种对于更圆满更高尚生命的渴望和追求，
代代相传，如东流的泾河，万年不涸。

南佐遗址

我也是到了庆阳,才发现这里有个南佐遗址。看网上介绍,说该遗址距今 4000 年左右。我一算时间,刚好差不多在黄帝那个时期。遗址分布于董志塬两条沟壑之间的塬面上,以一座大型夯筑祭祀性殿堂建筑为主,也有很多小型房址,一看就是原始社会的大型居住地。1984 年至 1996 年,甘肃省文物考古研究所对该遗址进行了五次发掘,发掘面积达 1300 多平方米,但后来因为缺乏保护措施,又回填了。

我对这些古先民的遗址也是非常感兴趣的。2020 年到了天水,一心一意想到大地湾遗址去看一看,但因为修路,没有成行。大地湾遗址比南佐遗址更加古老,是距今 8000 年至 4800 年的史前遗址,也是发现的中国新石器时代较早的遗址。南佐遗址和大地湾遗址,应该都属于仰韶文化的范围。仰韶文化,是指黄河中游地区一种重要的新石器时代彩陶文化,其持续时间大约在公元前 5000 年至前 3000 年,分布在整个黄河中游,即从今天的甘肃省到河南省之间。因为在不同的地点出土的彩陶有互相影响和模仿的痕迹,所以我们可以推断,古代先民即使远隔千里,互相之间的贸易和交流也已经很频繁了。

南佐遗址离庆阳城不远,所以我决定一早去看一看,实地了解一下先民们的生活状态。

从宾馆出发十五分钟车程就到了遗址门口。雨后的清晨,万物静谧。景区没有售票处,大门有一个,但是也没有真正的门。雨后的地面还很潮湿。我们走进门洞,沿着台阶往下走,看到一些窑洞和院子里的石柱石兽。这些东西,一看就是有人搬来的,不太像遗址的样子。院子里有个模型,大概算是遗址复原图。四下望去,看不出有任何遗址或者遗址发掘的样子。四处也没有人,我刚准备失望离开,发现有个人从窑洞出来打水。上去打招呼问情况,结果他邀请我进入窑洞。窑洞里面放满了书画、古陶器碎片什么的,还有一张床。他说他一直住在这里,研究南佐遗址,很热心地回答我的问题,并带着我们参观。他的讲解让我对南佐遗址有了更深刻的了解。临走我留了他的联系方式,他叫徐磊。

后来我才知道,他是庆阳收藏协会副会长,也是南佐遗址的义务保护员。几年前,他第一次看到南佐遗址,被这远古时代的文明震惊,决定"探秘"和保护南佐遗址,并作为毕生的事业来进行。他自筹资金,建起了南佐遗址陈列馆,复原4000年前人类的生活场景,并对南佐遗址的陶器、骨器、石造像等数百件文物

南佐遗址
五千年前 庆阳上古
先民于此聚众成落 夯土
筑墙 修建起宏伟的王室
基业 开启了一段辉煌的
仰韶文明 并过渡到常山
文化早期 南佐疙瘩渠遗
址得名于他们在此夯筑
的 九墩围一台 大型史
前建筑基址 中心大台经
历次考古已证实为一处占
地六百三十平米的殿堂式
建筑 九个夯土台基功能
待考 民间传称九女绾妆
台、 实为泾渭流域一处
非常重要的史前遗址

早在公元前4000年到2000年的新石器时代仰韶文化晚期和龙山文化时期，人们就开始用白灰来涂抹居室的四壁和地面，使其变得光滑和坚硬，以达到实用和美观的效果。当时的居所多呈现为半地穴式建筑，这里右侧玻璃罩内裸露出的房屋遗址有五层白灰地面，说明居住使用过程中原主人至少做了五次修缮。

进行断代、归档。他带我到陈列馆参观，里面的所有物件，都是他一点点收集起来的。里面的塑像和古人生活场景，也是他主导布局的。看来他的心思，全部用在对于遗址的保护和研究上了。这样纯粹的人，让我肃然起敬，出来后我给他发信息表达了敬意，并与他相约北京再见。

北石窟寺

从南佐遗址出来，我们沿着乡间公路，向北石窟寺走去。这次来之前，我对北石窟寺做了简单研究，知道这是甘肃四大石窟之一。其他三个为敦煌莫高窟、麦积山石窟和炳灵寺石窟。北石窟寺建造于北魏宣武帝永平二年（509年），和南石窟寺同为北魏泾州刺史奚康生主持创建。北魏是一个拼命开凿佛教洞窟的朝代。我们非常熟悉的云冈石窟和龙门石窟，也是北魏开凿的。这里的北石窟寺，历经了西魏、北周、隋、唐、宋、元、明、清各代，相继增修，形成一处较大规模的石窟群。

敦煌莫高窟、麦积山石窟和炳灵寺石窟，好像都在丝绸之路的必经之路上，但北石窟寺离泾河边上的丝绸之路北线还有四十多公里的距离，能够形成这样规模的石窟，也算是一个传奇。

传说奚康生当时被皇帝派来庆阳，镇压造反的僧众。在镇压结束后，他出于内疚，就同时开凿了南北两个石窟。也有另一种说法，说他秉承"皇帝即当今如来"之旨意，为北魏七个正式皇帝大造七佛，歌颂皇帝功德，安抚民众，巩固北魏统治政权。北魏这个朝代，尽管是少数民族鲜卑族所建，但在两个方面为中华文明作出了很大的贡献：一是对于佛教的弘扬，为中国留下了价值连城的佛教文化和艺术遗产，那时留下的佛像壁画，也带着当时开天辟地的雄浑厚重；二是少数民族的汉化，北魏孝文帝元宏把都城从平城（今大同）迁到洛阳，让鲜卑人穿汉服，改汉姓，促成了少数民族和汉人的融合，不仅少数民族习得了汉族的文化，汉族文化中也融入了少数民族文化的活力。从某种意义上来说，北魏为后续的大唐盛世打下了基础。经过五千年的民族融合，民族之间早已水乳交融。

北石窟寺坐落在覆钟山。之所以叫覆钟山，是因为其形状像一口倒扣的钟。一进去，就能看到布满佛龛和佛像的崖壁。这里的山石由红砂岩构成，所以佛龛佛像都是直接在岩石上雕刻出来的。这样的雕刻尤其不容易，一锤下去，如果砂岩崩裂，就全盘皆废。由于年代久远，有些雕像风化严重，还有些佛像被人为破坏，不少已经面目不清，我倒没有感到遗憾，反而觉得这暗合了一切皆空的佛理。非常遗憾的是，这次来得不是时候，不少佛窟在维修保护中，不开放。其中奚康生开凿的第 165 号窟，是最大的，尽管开放，但里面搭满了架子，只能看见佛的下半身，从架子缝隙里看到一点佛的头部。尽管如此，我依然被佛像的气势所震惊。七座巨大的佛像，在三面墙上俯瞰众生，神态庄严，有包

容一切的气概。这是只有那个时代才有的气质，一种宏大、奔放、勃发的活力，一种追求永恒的姿态。这七座佛像，就在这里站立了一千五百年，朝代更替、生命轮回、沧海桑田，都没有影响到他们深知一切的眼光。这种眼光，容纳一切，穿透时光。

工作人员正在架子上修缮佛像，研究保护措施。我们不宜久留，带着遗憾走出洞窟。另外开放的两个窟洞是盛唐开凿的第222窟，和北周开凿的第240窟。两窟的佛像在雕刻艺术上都已经很成熟，充满了圆润的魅力和张力。尤其是盛唐开凿的第222窟，两壁上下四层的六十四个佛龛，里面的佛像和菩萨像都很生动，栩栩如生，如同一场热闹的佛界聚会。可惜不少佛像的面部受损严重，好像也是在某个阶段被人为破坏的。

  由于开放的洞窟不多，我们一会儿就看完了。我站在石窟前的场地上，对着崖壁上所有的石窟佛龛感叹了一番，继续出发前往四十多公里外的南石窟寺。南石窟寺的规制和北石窟寺差不多，主洞窟里也是七尊巨大的佛像。我想，在北石窟寺没有看到的，就到南石窟寺去弥补吧。

  好不容易从乡间道路到了四十公里外的南石窟寺，却发现大门紧闭，门口竖了一块牌子，写着："景区施工，禁止参观；带来不便，敬请谅解！"这次来南北石窟寺，真是运气不好。两边的石窟，都没能和佛像真诚相见。也许是因为我的佛缘还不够深，需要在人生中继续修炼。等待来日再见，我希望能够一袭素衣，打坐于洞窟大佛的脚下。

大云寺

位于泾川县泾河边上的大云寺，曾经变得了无踪影——明朝时候的一场洪水，把大云寺摧毁得一干二净，而且从此再没人重建，这里成为一片荒地，后来变成了农民的菜地。1964年，农民整地时，发现了大云寺宝塔的塔基，并在塔基下发现了地宫和珍贵国宝。那国宝是什么呢？

国宝是这样的：公元601年，隋文帝六十岁寿辰，下诏在全国三十个州建舍利塔。泾州兴建了大兴国寺，保存了被认为是释迦牟尼的十四枚舍利，安放在舍利塔下的地宫里。到了公元690年，武则天登基称帝。因为武则天从《大云经》中找到了可以当女皇帝的依据，就敕令全国兴建大云寺。泾州的大兴国寺，被改为大云寺，并把原塔基下的石函和舍利取出，请了当时制作金银器工艺水平最高的工匠，选择最珍贵的珠玉宝石，做成了鎏金铜匣和金棺银椁，并用琉璃瓶盛装那十四粒佛祖骨舍利再配以石函，在公元694年重新瘗葬放入地宫供奉。农民挖出的，就是以上所有这些国宝。

另一处发现释迦牟尼舍利国宝的地方，是宝鸡市的法门寺。这里的唐代地宫是1987年发现的，被认为是世界上发现的时代最久远、规模最大、等级最高的佛塔地宫。但实际上泾川大云寺对于佛骨舍利的发现要早于法门寺二十三年，但法门寺本身建寺比大云寺要早很多年。法门寺始建于东汉末年的桓灵年间，就是差不多刘备、曹操那个年代。建法门寺的目的就是安放佛骨舍利。

大云寺的这些国宝重见天日后，被保存在了甘肃省博物馆，放了整整五十年。2007年，泾川发展旅游事业，开始重建大云寺，规模巨大宏伟，占地三百多亩，到今天还没有建设完毕。2015年，佛舍利从甘肃省博物馆被迎请回来，放入新建成的舍利塔地宫。

尽管新建的大云寺，从建筑角度看没有什么历史价值，但为了去地宫看看佛舍利，我决定走一趟。

从南石窟寺出来，沿着泾河西行，到泾川县城，就到了大云寺。新建的大云寺，建筑全部为唐代建筑风格，简单大气。如果你去过日本，就会发现日本的寺庙就是这样的风格，只不过更加袖珍。唐代的时候，日本的遣唐使到中国来学习，将寺庙风格依样画葫芦输入到日本。

大云寺的入口照壁书写着"泾川大云寺博物馆"，落笔是陆浩。我不知道陆浩是谁，上网查了一下，是甘肃省委原书记。进去一看庙宇规制一应俱全，山门、金刚殿、大雄宝殿、藏书楼、舍利塔，

但是没有和尚。其中大雄宝殿尤其令人叹为观止。这么大的宝殿，居然柱子全部是松木，有的有两人合抱之围。这些木料可能来自东南亚或俄罗斯。整个大殿都是榫卯结构，做工精致，非常到位。大殿里的佛像和菩萨，都是泥塑的，还没有上色，工匠还在加工，做工非常认真仔细，十分考究，艺术色彩也很浓厚。我还是第一次看到泥色的佛像，觉得泥色的佛像更加本真，比金碧辉煌的佛像更加符合佛陀本来的教义。

从大雄宝殿出来，就到了后面的舍利塔。在高台上的七层舍利塔高耸入云，是泾川最亮眼的地标，我们在高速公路上就看到了。舍利塔里供奉着佛像，我拜了几下。绕塔转了一圈，没有看到地宫入口。步下台阶，在舍利塔右边的塔基后面，才发现了地宫入口的牌子。

进入地宫，先看到了图片展览和说明。那些金棺银椁的照片，看上去很真切。看完图片，七绕八绕进入地宫，中间用玻璃围起来的土堆，就是当初发现珍宝的地方。在土堆的南边，开了一个口，里面修了一米见方的地宫，中间灿烂灯光下的石函里，就是当初发现的舍利。我恭敬地拜了拜，表达了自己应有的敬意。我拜，不是为了宗教信仰，而是因为佛陀至少为辛苦的人生，带来了某种安慰。

从地宫出来，我们走出大云寺，坐车到对面的王母宫石窟参观。留在我身后的，是大云寺千年之后重见天日的宝相庄严，还有面对千年沉浮，我对于世事沧桑的莫名释然。世间人为的一切都可能转瞬即逝，唯有人心中的那一脉精神，那种对于更圆满更高尚生命的渴望和追求，代代相传，如东流的泾河，万年不涸。

王母宫石窟和王母宫

很有意思，王母宫和大云寺的票是连在一起卖的，两个景点仅隔了一条泾河。我们买票的时候想着反正两边都要去，就买了联票。后来到了云母宫，有一位同事在大云寺没买票，结果到了云母宫想进去，买票依然只能买联票，六十元一张。我们看到了边上有三十元的票，问为什么不能买，售票员告诉我们那是学生票。

王母宫所在的山叫王母山。山中有两处景点：山脚下有王母宫石窟，山顶上有王母宫。我是冲着王母宫石窟来的，这是全国重点文物保护单位。王母山是道教文化，但王母宫石窟是佛教石窟。这再次证明了中国各教的融合性。

石窟建于北魏永平三年（510年），依山开凿，呈长方形，形若"凹"字，凹进去的那一块，就是留下的支撑立柱。开凿的时候这一块留着，起到顶住上面重量的作用。石窟高十几米，三面窟壁均有石雕佛像。大佛像巍峨壮观，小佛像灵动庄重。立柱上也布满了雕像，进去后有一下子被佛像和菩萨包围的感觉。这些

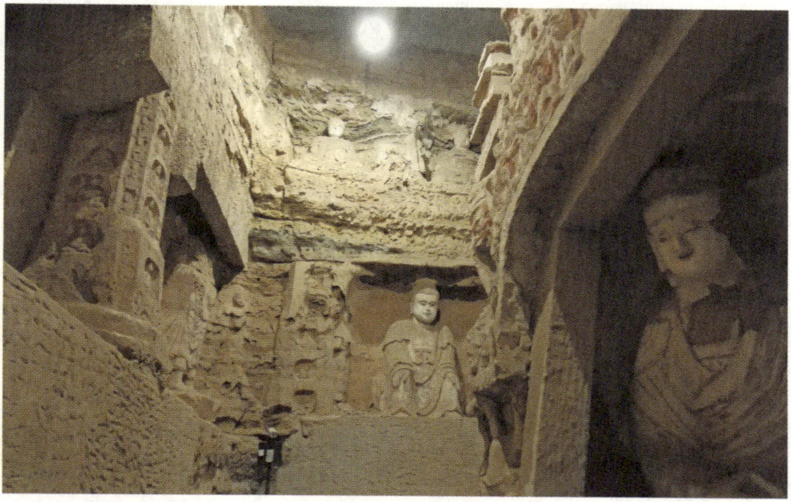

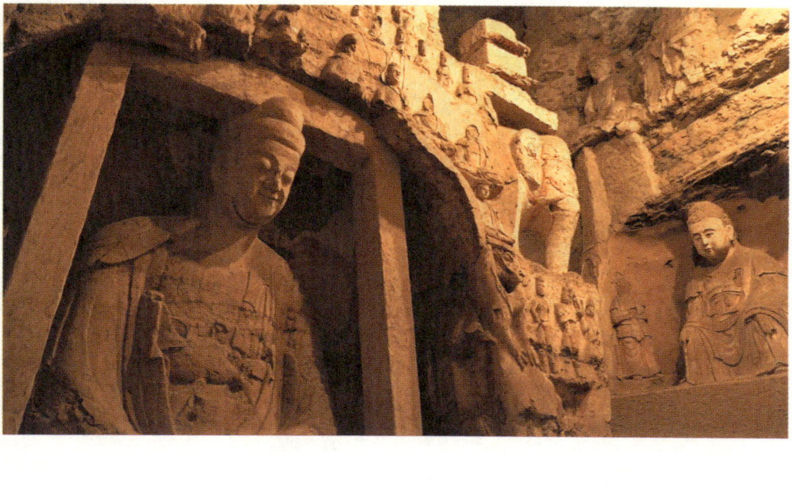

雕像多为北魏作品，有些已经残缺，尤其不少雕像的面部，一看就是后续用泥塑补上的，神情已不再那么生动。佛像一定是之前被破坏掉了，如果仅仅是风化，不会如此残缺。窟外的依山楼阁，据说是清代修建的，起到为佛像遮风避雨的作用。

每次进入这样的石窟，我都会产生一种被岁月冲刷过的悲凉和庄严。那一条佛教传播到中国的道路，就是依靠那些无名的匠人，一凿子一凿子开凿出来的。千年之后，那叮叮当当的声音，依然余音在耳。斯人已逝，留下的艺术，万古长青。

看完石窟，本来并不打算到山顶去看王母宫，因为我知道过去老的王母宫早就没有了。后来发现有车道，汽车可以一直开到山顶，就决定上去看一眼。山上新的王母宫，是1990年左右捐建的。对于这些新建的"古迹"，我一般都没有太大的兴趣。这和各地新建的"古镇"一样，建出了古镇的形，却没有古镇的魂。

要说王母宫，其实历史挺悠久的。据说西王母就出生在这个地方，汉武帝也来到这里和王母见过面。皇帝来过，自然要修建纪念道场。王母宫始建于西汉元封年间（前110年—前105年），历代增修，成了西王母的祖庙。但清同治年间（1862年—1874年），一场大火焚毁了所有的庙宇建筑，只剩下大安铁钟和碑碣。现在铁钟被放在半山腰的一个亭子里。到了山顶，要出示门票才能进入。门口有一大堆中年妇女在拼命卖香。我稍微露出了一点买香的意愿，就被纠缠得晕头转向。整个建筑群还是很有气势的，由西王母殿、东王公殿、三皇殿、五帝殿构成了正殿加偏殿的巨大四合院。既然到了中华祖先们的殿，我自然要烧香敬礼。从山顶，能够俯瞰泾川县城，还有如玉带一样流过的泾河水，以及那标志性的舍利塔。整个景色构成了一个迁客骚人登高赋诗的绝妙场景。

西王母据说是天帝的女儿。但更可信的说法，她可能是远古母系社会时一个部落的首领，也是中华民族的祖先之一。民间传说玉皇大帝和西王母是夫妻关系，其实不对。两者尽管都属于道教的神，但互相之间是没有亲缘关系的。玉皇大帝的出现，要比西王母晚很多，后来被好事者捏到了一起。对于祖先的崇拜，一直是中国悠远的历史传统。这似乎比崇拜任何没有踪迹的神灵更加接地气，也进一步证明了中国人气质中有那种亲近红尘幸福的执着。

从王母山上下来，我们一路向西，直奔今天的主战场：道教圣地崆峒山！

崆峒山

崆峒山太有名了。

道教名山有很多，如青城山、武当山、终南山、三清山等，但最有范儿的还是崆峒山。因为崆峒山被命名为道教第一山，据说这是道教最早的祖师爷之一广成子修道的地方，而且轩辕黄帝还专门来崆峒山向广成子问过道，还来了两次，这可比老子早了一千五百年左右。

黄帝问道广成子的故事，最早出自《庄子》的《在宥》篇。篇中有一段话是这样说的：

> 黄帝立为天子十九年，令行天下，闻广成子在于空同之上，故往见之，曰："我闻吾子达于至道，敢问至道之精。吾欲取天地之精，以佐五谷，以养民人。吾又欲官阴阳以遂群生，为之奈何？"
>
> 广成子曰："而所欲问者，物之质也；而所欲官者，

物之残也。自而治天下，云气不待族而雨，草木不待黄而落，日月之光益以荒矣，而佞人之心翦翦者，又奚足以语至道！"

黄帝退，捐天下，筑特室，席白茅，闲居三月，复往邀之。

广成子南首而卧，黄帝顺下风膝行而进，再拜稽首而问曰："闻吾子达于至道，敢问：治身奈何而可以长久？"

广成子蹶然而起，曰："善哉问乎！来，吾语女至道：至道之精，窈窈冥冥；至道之极，昏昏默默。无视无听，抱神以静，形将自正。必静必清，无劳女形，无摇女精，乃可以长生。目无所见，耳无所闻，心无所知，女神将守形，形乃长生。慎女内，闭女外，多知为败。我为女遂于大明之上矣，至彼至阳之原也；为女入于窈冥之门矣，至彼至阴之原也。天地有官，阴阳有藏。慎守女身，物将自壮。我守其一以处其和。故我修身千二百岁矣，吾形未常衰。"

黄帝再拜稽首曰："广成子之谓天矣！"

广成子曰："来！余语女：彼其物无穷，而人皆以为有终；彼其物无测，而人皆以为有极。得吾道者，上为皇而下为王；失吾道者，上见光而下为土。今夫百昌皆生于土而反于土。故余将去女，入无穷之门，以游无极之野。吾与日月参光，吾与天地为常。当我缗乎，远我昏乎！人其尽死，而我独存乎！"

之所以将全文放在这里，主要有两个原因：一是希望大家对于黄帝问道广成子的故事有一个完整的了解；二是庄子编的黄帝和广成子的对话，其实也充满了道的精神，以及后来道教吸收的完整的养生理念。白话文翻译是这样的（引自陈鼓应《庄子今注今译》）：

黄帝在位为天子，十九年，教令通行天下，听说广成子在空同山上，特地去看他，对他说："我听说先生明达'至道'，请问至道的精粹。我想摄取天地的精华，来助成五谷，来养育人民，我又想管理阴阳，来顺应万物，对这，我将怎样去做？"

广成子说："你所要问的，乃是事物的原质；你所要管理的，乃是事物的残渣。自从你治理天下，云气不等待凝聚就下雨，草木不等待枯黄就凋落，日月的光辉更加失色，你这佞人的心境这般浅陋，又怎么能谈'至道'呢！"

黄帝退回，抛弃政事，筑一间别室，铺着白茅，闲居了三个月，再去请教他。

广成子朝南躺着，黄帝从下方匍匐过去，再叩头拜礼问说："听说先生明达'至道'，请问，怎样修身才能长久？"

广成子顿然起身说："你问得好！来！我告诉你'至道'。'至道'的精粹，深远暗昧；'至道'的极致，静默沉潜。视听不外用，抱持精神的宁静，形体自能康健。静虑清神，不要劳累你的形体，不要耗费你的精神，才能够长生。眼睛不要被眩惑，耳朵不要被骚扰，内心不要多计虑，你的精神守护着形体，形体才能够长生。持守你内在的虚静，弃绝你外在的纷扰，多智巧便要败坏，我帮助你达到大明的境地上，到达'至阳'的根源；

293

帮你进入深远的门径中，到达'至阴'的根源。天地各司其职，阴阳各居其所，谨慎守护你自身，道会自然昌盛。我持守'至道'的纯一而把握'至道'的和谐，所以我修身一千二百岁了，我的形体却还没有衰老。"

黄帝再叩头拜礼说："广成子可说和天合一了。"

广成子说："来！我告诉你。'至道'没有穷尽，但人们都以为有终结；'至道'深不可测，但人们都以为有究极。得到我的'道'，在上可以为皇，在下可以为王；丧失我的'道'，在上只能看见日月之光，在下则化为尘土。万物都生于土而复归于土，所以我将离开你，进入无穷的门径，以遨游无极的广野。我和日月同光，我和天地为友。迎我而来，茫然不知！背我而去，昏暗不觉！人不免于死，而我还是独立存在啊！"

广成子的话，实际上就是庄子的思想，只不过借广成子的口说出来而已。道教的最核心要素是悟道成仙，以不死的姿态摆脱红尘俗务，成就自己在宇宙中无拘无束的生命。所以道教道场，大多选在山川景色奇美的山里，山势峻拔陡峭，攀缘而上，道宫在白云深处。登上道宫的过程，犹如步步登天，得道成仙。由于自然景色壮美，这些地方必然吸引更多的游客和朝拜之人。今天这些道教圣地都变成了旅游胜地。我从来没有来过崆峒山，但在我的想象中，山一定很壮美。

下午一点多，我们到达崆峒山脚下。崆峒山的海拔高度，山脚为1456米，主峰为2123米。如果你从山脚爬到山上，需要爬上相对高度667米。对于不少人来说，这样的高度也是一定的挑战。

我们在山脚下的一家叫杏林人家的农家乐吃了午饭，味道不错。饭后小憩一会儿，两点半出发到崆峒山东门。东门上山是游人通常走的一条路径。如果要爬山上去，这是最好的路径。另外，还可以坐汽车上山，但是不能自己开车上山，要坐旅游区提供的景区摆渡车，车钱另付。摆渡车的终点是半山腰的中台。前半段山路狭窄，拐弯多急，从中台到景区最高峰的隍城，前山就没有公路了，要爬上几百级台阶。

我们决定从山脚爬山上去。从东门爬到隍城，要接近2000级台阶，是一段艰苦的登山旅程。山顶上的景点四点半关门，意味着我们要用一个半小时，爬到山顶，看完景区。大多数游人一般都是安排一天的时间来登崆峒山，我们只安排了三个小时上下。为了追赶时间，我们从进山门开始就一路猛爬，一会儿就满头大汗了。

爬山的过程，渐入佳境，景色雄秀，层峦叠翠，山头悬崖顶上耸立的古建筑和楼台亭阁，像美人招魂一样，吸引你不断向她靠近。刚开始爬的时候，前面几百级台阶几乎爬到了腿软膝酸，但逐渐习惯攀登后，腿脚反而轻松了起来。我每爬五十级台阶休息一分钟，一路风景和文化气息扑面而来，成为辛苦登山的最好报答。中途遇到一家人，其中的老奶奶已经八十岁，早上爬上山顶，下午又走下来，神情爽朗，气质安详，实在励志。真希望我自己到了八十岁也能够继续爬山。

到了半山腰，过太清宫，看到一棵巨大的古柏，说有两千三百多年历史，挺拔高耸，枝叶繁茂，令人仰视。快接近中台时，拐上去朝天门的路。朝天门通向核心景区，山顶上有很多楼阁庙宇，错落排列在山峰和悬崖上。从这里往上爬的几百级台阶，叫"上天梯"，几乎是超过四十五度角的陡坡，很多人要拉着铁链才能上去。半道经过药王洞、黄帝问道处等景点。

黄帝问道处在路边峭壁上方三米左右的地方，一个见方小洞，用木框围绕，小屋檐中间有塑像，为黄帝跪坐问道广成子的样子。原来的问道宫，在山下的弹筝峡，后来拦坝蓄水变成了弹筝湖，被淹没在里面。有人就在这里的人流密集处重新做了一个象征性的洞，供大家寄托心灵和满足好奇心。黄帝在山脚问道，比较符合常情，因为四千多年前，应该没有道路可以上山。据说当时广成子是坐仙鹤从山里飞出来见黄帝的，黄帝应该就是在崆峒山脚下等着。

崆峒山有很长的历史，明朝时期重修了很多殿宇，但后来也逐渐破败了。到1980年时，崆峒山只剩隍城建筑群、紫霄宫、雷祖殿等残存，其余均成了废墟或瓦砾场。后来旅游发展，不断重建，就有了现在层层叠叠的宫楼殿宇，我就不一一列举了。那些在峭壁上树丛中的亭台楼阁，体现了人文景观和自然景观的融合。崆

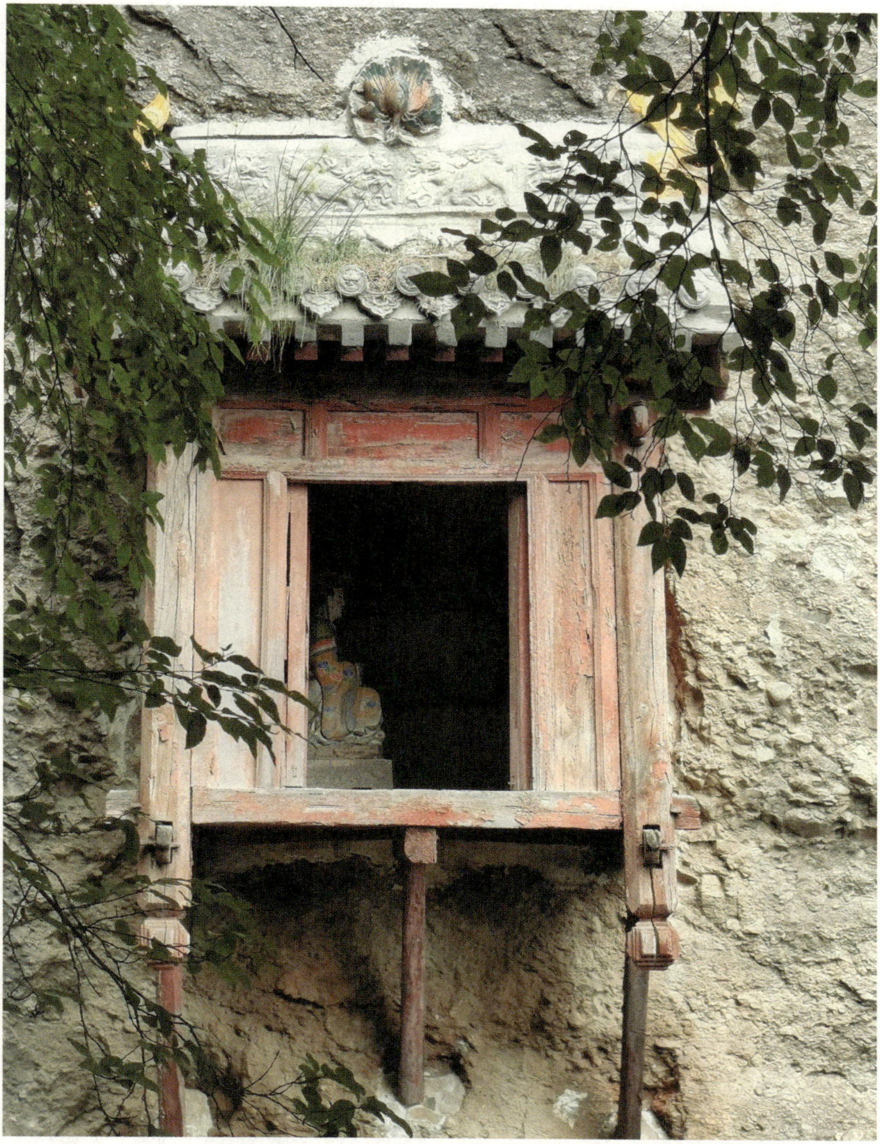

崆峒山最值得流连忘返的，还是雄奇的自然景色，可以用"层峦叠翠，上出重霄；桂殿兰宫，下临无地"来形容。万丈悬崖、壁立千仞、千岩万壑、远山青黛……极目远眺，心旷神怡。自然景观和人文景观结合，构成了崆峒山独特的景致和厚重。到了山顶，有著名的三教洞，里面供奉着释迦牟尼、孔子和老子三人的塑像。三人坐在一起千年，相安无事。这恰恰体现了中国文化的包容。红尘生活中的和谐和相容，更值得人追求。只要活得好，谁都可以拜；心灵的安放比信仰的掰扯更重要。既然这样，那就互相让一让，都坐在一起吧。

我们游完山顶，原路下山，回到中台，看了塔院。塔院是中台最重要的景观，其中的崆峒山宝塔耸立在庙宇丛林之上，是崆峒山的重要标志之一，据说是明代建筑。由于年代久远，塔顶上已经长出了一棵小松树。庙宇里香火缭绕，一帮居士正在努力诵经。

崆峒山是道教道场，佛教在这里也同样热闹。来登山的人大都受过儒学的熏陶。这再次证明了中国文化的包容性，你只要不排除我，我就不排除你。在崆峒山的山路上，一定常常会出现和尚和道长擦肩而过的景象。那种场合，他们会怎样地互相招呼呢？也许就是相逢时的会心一笑而已。

有个同事航拍，结果无人机掉在树上了。我们摇晃了半天那棵树，机器也没有掉下来。机器里有不少视频素材，舍不得扔掉。回到山下，买了一根绳子，和相关部门联系后又开车上山。把绳子绑在树身上，几个人拉着绳子一起摇晃，终于把无人机弄了下来。这是一次意外的经历，也算是有趣的小插曲，所以写在这里。

崆峒山，值得再来，希望不再是匆忙地爬上爬下，而是在山间踽踽而行，然后悟道，或者干脆什么也不悟，因为进入此山便已成仙。

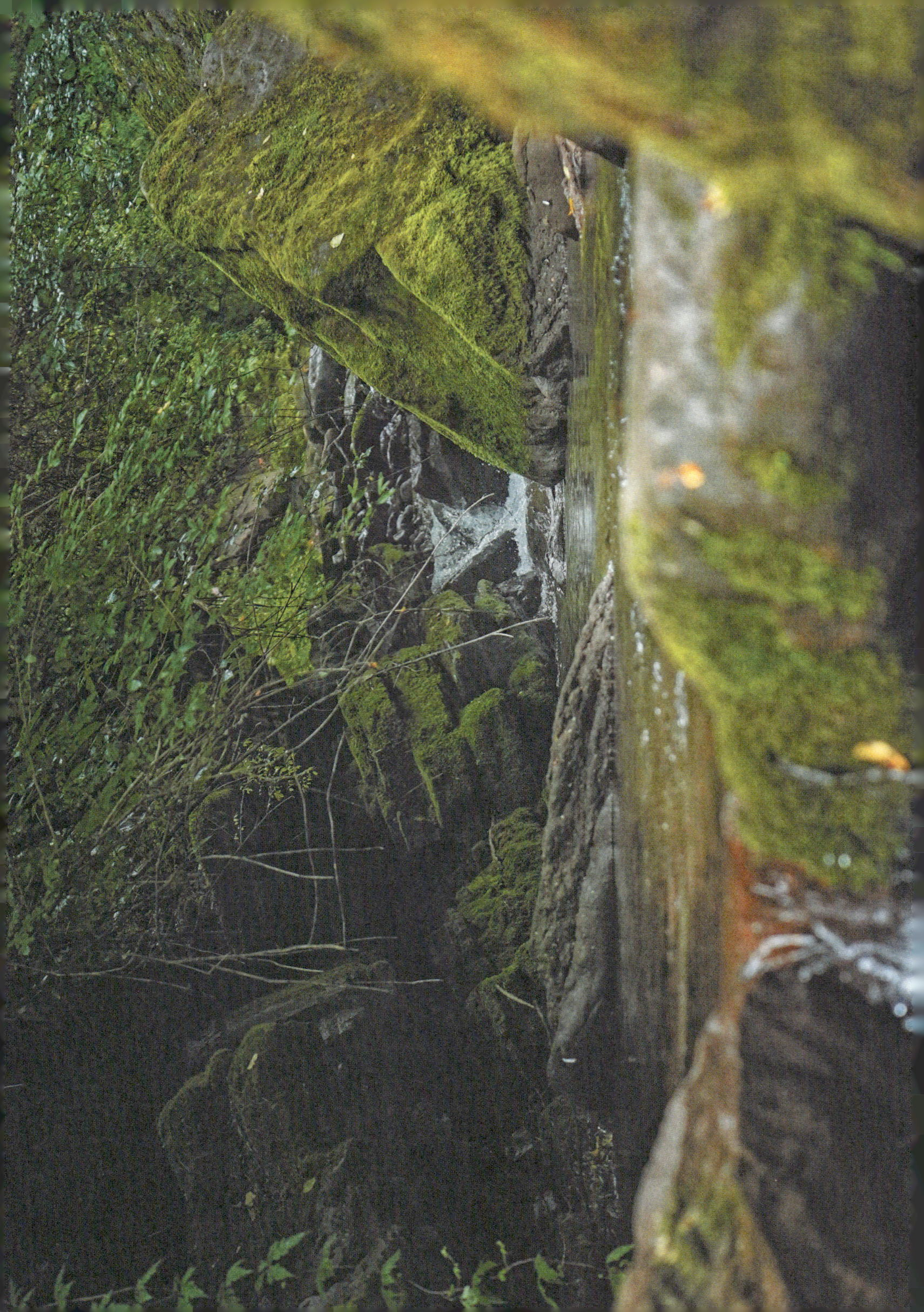

2021 年
07 / 24
星期六

只要念念不忘,
必能再续前缘!

六盘山

六盘山的名声，主要来自毛泽东的一首词《清平乐》："天高云淡，望断南飞雁。不到长城非好汉，屈指行程二万。六盘山上高峰，红旗漫卷西风。今日长缨在手，何时缚住苍龙？"胸襟和气概都喷薄欲出。其中的"不到长城非好汉"，人皆能背。

其实六盘山不是一座山，而是一条山脉，从北到南纵横了宁夏、甘肃、陕西三省，有上千公里。我们上面说的崆峒山，其实也是六盘山脉的一部分，以奇险峻峭著称。六盘山平均海拔超过2500米，但整体山势还算平稳，所以横穿并不困难。当初红军过六盘山，一夜就过去了。六盘山中南部也叫陇山，所以地理名称就有了陇东、陇中、陇西、陇南等，甘肃的简称干脆就叫陇。六盘山也是渭河和泾河的分水岭，泾渭分明的两条河都发源于六盘山。

查地图，发现六盘山的景区有两处：一处是六盘山国家森林公园，一处是六盘山红军长征景区。两处都不在甘肃境内，而是在宁夏固原境内，一南一北，相距一个小时的车程。看地图你会发现，宁夏南部的固原，深深嵌入了甘肃，给人的感觉几乎是卡住了甘肃的脖子，在最南端泾源县的周围，就是六盘山的核心地带。

尽管这次行走的重点是甘肃，但既然顺路，我决定去这两处景点走走。两处都属于陇上文化，这是人为的行政界线隔不开的。

我们早上从平凉的广成国际大酒店出发，沿着青兰高速一路向西。高速紧贴着崆峒山往前延伸。从远处望去，崆峒山上烟斜雾横，层峰叠翠。过了崆峒山后转G70往南下行，半小时后出高速，沿着乡间公路走一段，就到了六盘山国家森林公园的大门口。

大门离景区还有一段距离，但车不能开进去，需要买完票后坐景区的摆渡车，再翻山越岭进入核心景区。因为前一天刚下过雨，景区空气湿润清新，层层山峦云雾缥缈，自带仙气。景区所在地是泾河的源头，翻过山后进入谷地，就顺着泾河的溪谷一路前行。

景区的第一个景点是小南川。这是泾河的主要源头之一。我下车的时候不以为意，觉得最多是一个小山谷。结果下车后要徒步三公里才能找到小南川的最佳景致。我们要赶时间，于是就坐了观光车进去。到停车点下来，沿着步道走到水边，绝佳的景色让人惊喜感叹。水声潺潺，清流飞瀑，青苔绿茸，古木森森，一派世外桃源的景象，有那种"泉声咽危石，日色冷青松"的幽静。即使有不少游客，也没有打破林深不知处的静谧。源头最佳景色大概纵深五百米，以一处落差三五米的珠玉飞溅的瀑布为起点，再往上便没有路了。如果沿着山溪往下走，可以一直行走三公里

左右。下行或者上行，都能够把自己融化在世间最美的景致之中。可惜我们时间不够，只能继续坐观光车出去。

道路上景色也不错，两边的落叶松林，挺拔俊俏，犹如接受检阅的千军万马，整齐有序，绵延不绝。这些树林应该是人工林，但经过几十年的维护，不少树木已经长得粗大壮实。我相信，在过去，六盘山一定是参天大树遮天蔽日，后来应该被砍伐掉了。

从小南川出来，下一个景点是凉殿峡景区。据说凉殿峡是一代天骄成吉思汗的屯兵之地。从小南川到凉殿峡，要走接近五公里的山路，有摆渡车可以过去。我们等了二十分钟，终于坐上了摆渡车，一路上山到了凉殿峡。凉殿峡周围没有什么陡峭的山峰，中间还有一大片草地，几个蒙古包散落在草地上。有一条小路通

到了下面的峡谷。我们到峡谷走了一圈，峡谷中的小路有一公里左右，旁边有溪流，但水流很小，没有小南川的那种清幽雅静。小路走了一段后就接上了大路，又走回到了出发地。这里来的人明显少于小南川，景致也确实没有太多吸引力。

  从地理位置来看，此地也不太可能是成吉思汗的屯兵之地。在那个时候，应该没有现成的道路可以到达这个位置。进来要翻越几座山，而且海拔高度忽上忽下，军队还没有走到就筋疲力尽了。成吉思汗到过六盘山应该是真的。他一路西征，几乎必然要翻过六盘山，但从哪里过去的，也只能是后人猜测了。

六盘山红军长征景区

从六盘山森林公园出来，我们上车奔赴下一个景点：六盘山红军长征景区。从森林公园到红军长征景区，一个小时的路程，从高速公路一路向北，然后拐上去长征景区的道路就行了。

大概是 2012 年，我曾路过长征景区。那次我是去参加新东方的"梦想之旅"演讲活动，从银川到固原，再从固原到天水的路上，就经过了红军长征景区。那个时候人烟稀少，从一条盘山路上到山顶。我记得当时恰逢早春时节，山上还是荒凉一片。山顶有三面红军军旗的纪念碑，后面有红军长征纪念馆，纪念馆后面有一高大的立壁，刻着毛泽东的《清平乐·六盘山》。不过，当时纪念馆是关门的，我们也不得其门而入。

这次到达一看，景点扩充了好几十倍，从山脚一直延伸到了山顶。到达山顶的盘山公路已经被封闭起来，作为景区内的公路，只有摆渡车能够上下。从大门口到山顶，修建了红军小道，把红军长征时候的重要场景，以场景复原的方式展示在路上。如果走红军小道，一路上去，海拔高度大概从两千四百米升到两千八百米，垂直升高四百米以上。不少人沿着红军小道往上走，真的需要红军精神才能走完。不过一路上红军战斗和长征的场景，一定能够起到激励作用。

　　景区是不用门票的，但如果坐摆渡车，就需要车票了，来回车票三十元一张，也不算便宜。因为时间关系，我们没有从红军走的小道上去，而是坐摆渡车上山。摆渡车的道路，就是被封闭的盘山路，一路景色迷人，鲜花绿树，郁郁葱葱，峰回路转，远山如画。天气也很不错，蓝天白云，惠风和畅。不过到达山头时，整个景区被笼罩在了一片浓雾之中，以至于两丈之外什么都看不见。

　　山顶已经和我原来见到的完全不同。广场巨大，广场前面的红军群像雕塑威武雄壮。广场正面是三面巨大的红旗雕塑，波浪

形叠在一起，气势逼人。旗帜边上写的是"中国工农红军第一方面军""中国工农红军第二方面军""中国工农红军第四方面军"，这是当时翻越六盘山的红军。过了六盘山，红军就顺利到达了陕北。红旗正面写着"长征精神永放光芒"，这个题字我2012年路过的时候就有了。红旗后面是宽阔气派的台阶，一直通到上面的"六盘山红军长征纪念馆"。纪念馆里是对红军长征历史和路线的详细介绍，也着重介绍了红军进入陕甘后和当地人融合的故事。

有意思的是，看完纪念馆，还需要沿原路返回，才能出馆，要是参观的人多就会形成拥堵状态。也可以有一道门到达纪念馆的楼顶，去欣赏四面的壮美风景。楼顶的一边，就是那个刻写了《清平乐·六盘山》一词的巨大立壁。可惜今天浓雾，什么也看不见，只能兴味索然地返回馆内。纪念馆的对面，是长征纪念亭和吟诗台。该词是1935年红军过六盘山时毛泽东写的，但正式出版要到1957年，手迹现在放在纪念馆。

因为浓雾，我们吟诗台也没有去，就坐车下山了。下山后，我们在一家农家乐吃了午饭。午饭后，我们前往下一个景点：会宁县的红军会师楼。

会师楼

会师楼，顾名思义，就是红军会师的地方。确实，这里是红一、二、四方面军会师的地方。会师的时间是1936年10月。

其实，红一方面军，也就是中央红军，在1935年10月就到达陕北了，当时并没有经过会宁。1935年10月19日，党中央和中央红军进驻陕甘革命根据地吴起镇。随后同十五军团胜利会师。至此，中央红军胜利完成了历时一年、纵横十一个省、行程两万五千里的长征。会师的十五军团，是由鄂豫皖苏区的红二十五军，以及陕甘苏区的红二十六、二十七军组成的。红二十六、二十七军，就是我们前面提到的南梁陕甘边根据地的红军。

为了迎接红二、四方面军，1936年10月2日凌晨，红一方面军15军团直属骑兵团在团长韦杰、政委夏云飞带领下，打进了会宁的"西津门"，攻克了会宁城。10月8日，三路方面军在这里胜利会师，宣告红军长征最终胜利结束。

我一直以为，"会宁"是因为红军会师起的名字，没有想到从北魏就叫会宁了。这里也是丝绸之路的重要路线之一。丝绸之路从兰州到这里，再向前翻过六盘山，就到了平凉，从平凉再沿着泾河向东南就到了长安。所以会宁古城也算是千年不倒的城市。红军又来续写了浓墨重彩的一笔，使这个城市充满了红色的光辉。这几年政府对于红军长征这件事情越来越重视，会宁自然成了红色旅游景点。

我们从高速出口下来，就到了并不大的会宁城，按图索骥找到了会师楼。会师楼实际上是当时的城门，已经被修葺得很漂亮。新城楼的样子，和旧照片对照看，发现不太一样。旧照片是城楼砖墙一直到顶。新城楼的上面是木结构房屋，里面展览了攻克城楼的团长韦杰、政委夏云飞的照片。登上城楼，可以俯瞰后面老城内的建筑，除了几栋民房都是空地。估计未来会修成仿古街道。城楼前的广场很大，中间是纪念碑，右边是纪念塔，左边是纪念馆。纪念塔是1986年修建的，红色连体双塔，十一层，塔顶收为一亭，整塔雄健而空灵，现在已经是会宁乃至甘肃的地标性建筑。右边的纪念馆里面，展示讲解了各路红军长征的经过，图片和文字比较简洁明了，是我走过的这么多长征纪念馆中，做得不夸张、很充实的一个。

从纪念馆里出来，看到门口有个红色书店，就进去买了几本有关长征的书籍，准备回去有空的时候翻翻，对于红军长征，做进一步的了解。

本来，后续的行程应该是到渭源县，考察渭河源头，并且继续前行，去看马家窑文化、八坊十三巷、炳灵寺石窟、刘家峡水库。但昨天收到通知，北京有紧急事情要我回去处理。我决定走完会宁后，中断行程，去到兰州，明天一早从兰州飞回北京。

后续的行程以后找机会再来。

只要念念不忘，必能再续前缘！

（全书完）

俞敏洪

1962 年生于江苏江阴农村,生肖虎。幼时睡觉爱打呼噜,得小名"老虎"。在农村生活十八年后,考入北京大学西语系英语专业,毕业后留校任教十年。自知天资缺乏,放弃读硕读博的念想,试图在学术之外另觅出路。

1991 年从北京大学辞职,之后创办新东方教育科技集团。从此浪迹江湖,所言所行暗合了他不安分的心性。幸得旧雨新知相助,奋斗至今,风雨不归,乐不思蜀。

闲暇之余,寄情山水,号称行走天下。平时喜欢乱翻书,不求甚解,但自得其乐。又好舞文弄墨,记录人生心迹。无事常邀朋友同事小酌怡情,偶尔酩酊大醉,不知今夕何夕。

数十年沧海桑田,荣辱不惊,赤子之心未泯。花甲之年,依然起早贪黑,规划未来,乐此不疲,不知老之将至。

俞你同行：我从陇上走过

作者_俞敏洪

产品经理_王宇晴 刘树东　　装帧设计_朱大锤 董歆昱　　产品总监_熊悦妍
技术编辑_顾逸飞　　责任印制_梁拥军　　出品人_王誉

营销团队_闫冠宇 许逸彤

鸣谢

总策划_金利

果麦
www.guomai.cn

以 微 小 的 力 量 推 动 文 明

图书在版编目（CIP）数据

俞你同行：我从陇上走过 / 俞敏洪著. —— 南京：江苏凤凰文艺出版社，2023.7
ISBN 978-7-5594-7838-2

Ⅰ.①俞… Ⅱ.①俞… Ⅲ.①游记 – 作品集 – 中国 – 当代 Ⅳ.① I267.4

中国国家版本馆 CIP 数据核字（2023）第 109626 号

俞你同行：我从陇上走过

俞敏洪 著

出 版 人	张在健
责任编辑	白　涵
特约编辑	王宇晴　刘树东
出版发行	江苏凤凰文艺出版社
	南京市中央路 165 号，邮编：210009
网　　址	http://www.jswenyi.com
印　　刷	河北鹏润印刷有限公司
开　　本	1280 毫米 × 890 毫米　1/32
印　　张	10
字　　数	188 千字
版　　次	2023 年 7 月第 1 版
印　　次	2023 年 7 月第 1 次印刷
印　　数	1 — 100,000
书　　号	ISBN 978-7-5594-7838-2
定　　价	68.00 元

江苏凤凰文艺版图书凡印刷、装订错误，可向出版社调换，联系电话：025-83280257